I0719697

# DIE JUNGFRAU AUS DEM NEBEL

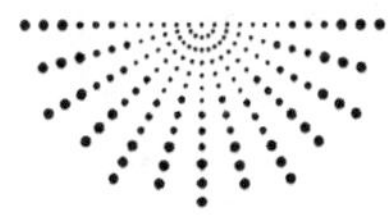

TANYA ANNE CROSBY

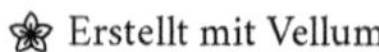 Erstellt mit Vellum

„Tanya Anne Crosby ist eine Meisterin ihres Genres ..."

— LAURIN WITTIG, BESTSELLER-AUTORIN


„Liebe, Ehre, Spannung, Leidenschaft ... all die guten Zutaten, die wir in einem Highlander-Liebesroman mögen."

— SUZAN TISDALE, BESTSELLER-AUTORIN VON ROWANS LADY.


„Bezaubernde Landschaften, atemberaubender Verrat und herzerwärmende Leidenschaft verkünden Tanya Anne Crosbys triumphale Rückkehr in das alte Schottland."

— GLYNNIS CAMPBELL, BESTSELLER-AUTORIN

HÜTER DES STEINS

BIBLIOGRAPHIE DER REIHE


**AUCH ALS HÖRBÜCHER ERHÄLTLICH.**

Es war einmal eine Highland-Legende (Once upon a Highland Legend)

Highland Fire (Highland Fire)

Das Schwert des Königs (Highland Steel)

Für den Laird! (Highland Storm)

Die Jungfrau aus dem Nebel (The Maiden from the Mist)


**IN VERBINDUNG DAMIT ...**

Die Frauen der Highlands (The Highland Brides)

Eine Frau für MacKinnon (The MacKinnon Bride)

Lyons Geschenk (Lyon's Gift)

Ein unverhoffter Antrag (On Bended Knee)

Unbezähmbare Herzen (Lion Heart)

Das Lied der Highlands (Highland Song)

*und*

Eine Braut für den Silberwolf (Angel of Fire)

# MITTELALTERLICHES SCHOTTLAND

„Die Dinge, die ein Mann gehört und gesehen hat, sind die Fäden des Lebens und wenn er sie vorsichtig aus dem wirren Spinnrocken der Erinnerung zieht, kann jeder, der das möchte, sie zu Glaubensgewändern seines eigenen Geschmacks verweben."

— W.B. YEATS, THE CELTIC TWILIGHT

# EINLEITUNG

*Wenn der Schicksalsstern über dem* Minch
  *aufgeht,*
*geleitet er eine liebliche Jungfrau durch den*
  *Nebel.*
*Mit langem, weichem Haar und so heller*
  *Haut,*
*dass sie einen Löwen aus seiner Höhle*
  *hervorlockt.*

— PROPHEZEIUNG DER JUNGFRAU

# PROLOG

BURG DUNRÒNAIGH, INSEL RÒNAIGH, IM
NOVEMBER 1135

Caden Mac Swein nahm die Hellebarde seines
Großvaters aus der Halterung an der Wand. Er
trat zurück, um die schwere Waffe zu schwingen und
das Gewicht erneut zu bemessen. „Wie viele?"

„Fünfzig, soweit wir das erkennen können."

Er schwang die Hellebarde erneut und fluchte leise
vor sich hin. Die große Axt war aus Eschenholz und
über vier Fuß lang. Die Klinge bestand aus dreiund-
dreißig Zoll robusten Eisens mit einer Kante aus
feinem Stahl. Im Ganzen war die Waffe sechs Fuß lang
und wog 13 Kilogramm. Nur ein Mann von Cadens
Größe und Kraft konnte sie schwingen und jeder, der
sich in einem Radius von etwa einer Armlänge von ihm
befand, konnte seine Fähigkeiten mit der Waffe
bezeugen.

Sofern man noch einen Kopf hatte, um zu sprechen.

Er strich mit seinen schwieligen Fingern über die
scharfe Klinge. Die Wikinger-Waffe bedeutete ihm weit
mehr als das große Schwert; sie war seine erste Wahl.

Sie gehörte einst seinem Urgroßvater, Swein des Nordens. Sie hieß *Ungeheuer* und wenn das Ungeheuer geschwungen wurde, traf es unbeirrt sein Ziel.

Nachdem er sich für die Schlacht angekleidet hatte, stürmte Wee Davie mit dem Schwert ihres Vaters in die Halle. Mit dreizehn war der Junge recht klein für sein Alter und das Breitschwert war fast so lang wie er groß war. „Sie sammeln sich in der *Grotte des Riesen*", verkündete er. „Lass uns gehen und sie von unserem Land vertreiben!"

Caden runzelte die Stirn. Die *Grotte des Riesen* war eine natürliche Meeresgrotte, die eine so hohe Decke hatte, dass sich dort ein Echo bildete. Sie war geräumig genug, dass sich mehr als fünfzig Männer in ihr verbergen konnten. Wenn sich jemand in ihr versteckte, könnte die Zahle derer leicht falsch eingeschätzt werden. Es war entscheidend, dass sie genau wussten, wie vielen Männern sie heute gegenüberstehen würden. Sie waren nicht so zahlreich, als dass sie es sich leisten könnten, ein Risiko einzugehen.

„Sind sie hineingegangen?", fragte er seinen Bruder, da er gemerkt hatte, dass der kleine Davie sie vom hohen Turm aus erblickt haben musste. Burg Dunrònaigh war von ihren Vorfahren erbaut worden und als *Laird des Nordmeeres* bekannt. Sie trotzte mit ihrer Beständigkeit sogar den Sturm-Kelpies, die über die Gewässer des Skotlandsfjörð herrschten.

„Nay", antwortete sein Bruder.

„Gut." Caden nickte. „Gut." Es war ihr großes Glück, dass die Grotte am Ufer von Geistern heimgesucht wurde und verflucht war. Die meisten Menschen würden sich niemals hinein trauen, wo die Knochen von unglückseligen Männern und Frauen immer noch an den Stalagmiten nahe der Decke hingen. Sie waren von der ansteigenden Flut eingesperrt und zu hochgeschwemmt worden, als dass man sie jemals hätte herausholen können. Nun klammerten sie sich selbst im Tod an ihre Kojen und warteten mit zitternden Knochen, dass das Meer sie sich holte. Und das würde geschehen, denn hier war die See erbarmungslos. Niemand, der je den Skotlandsfjörð überquert hatte, konnte behaupten, dass *die blauen Männer* nicht die fürchterlichsten Feinde waren. Die Schotten der westlichen Inseln hatten allesamt Angst vor ihnen, aber offensichtlich nicht genug, um Cadens Ufer mit ihren dreckigen Stiefeln fernzubleiben.

„Lass uns gehen! Ich bin bereit", verkündete Davie, obwohl es ihm schwerfiel, das Breitschwert seines Vaters hochzuheben. Caden betrachtete seinen jüngsten Bruder mit großem Unmut und entgegnete: „Nein, das bist du nicht, Davie."

Dem Jungen rutschte sein Helm über die großen blauen Augen. „Bin ich wohl", behauptete er. „Du kannst mich nicht aufhalten, Caden. Ich bin ein erwachsener Mann." Er schaute zu Alec in der Hoffnung, die Gunst des Hauptmanns zu erringen, und weil er wusste, dass er der einzige Mann war, auf den Caden jemals hörte; aber Alec hatte sich wohlweislich abgewandt. „Heute werde ich wie ein Mann an der Seite meiner Kameraden kämpfen", beharrte Davie. „Ich werde an deiner Seite kämpfen, Bruder!"

„Nay, Wee Davie", sagte Caden sanft. „Du nützt mir mehr, wenn du hierbleibst." *Hier.* Das bedeutete in der Burg. Fern der vielen blutrünstigen Klingen. Trotz ihrer glorreichen Vergangenheit war Caden einst der dritte von fünf Söhnen gewesen. Nur er und der kleine Davie waren noch übrig. Ihr Urahn, Conn Cétchathach der hundert Kriege, war Hochkönig von Irland gewesen. Obwohl Davie noch ein Junge war, hatte er bereits ein Viertel der Schlachten, die Conn geschlagen hatte, erfahren müssen. Einer von ihnen – entweder Caden oder Davie – musste dieses Gefecht überstehen, um das

Ende der Tage unversehrt zu erleben. Caden beabsichtigte, dass es Davie sein würde.

Der Junge schmollte, den Kiefer angespannt in einem Gesicht voller Sommersprossen.

„Davie", erklärte Caden., „einer von uns *muss* bleiben, um die Burg zu bewachen. Es ist eine Ehre, mein Bruder. Dunrònaigh ist das Herz von Rònaigh und der Ruhm unserer Leute. Sollten wir überrannt werden, wer wird sie zu den Schiffen führen? Wer wird sie befehligen, falls ich getötet werde?"

„*Gonadh!* Das ist Frauenarbeit, mit der du mich zurücklässt, Caden."

Caden legte eine Hand auf die Schulter seines Bruders. „Den Platz des Chiefs und alles, was uns lieb und teuer ist, zu bewachen? Nay, mein Bruder. Das ist eine Aufgabe, die nur einem Chief zukommt."

Davie war nicht überzeugt und verzog sein Gesicht. „Dann mach es doch selbst!"

Cadens verstärkte seinen Griff. Seine Stimme wie auch sein Herz verhärteten sich. „Dùin do ghob." *Halte den Mund.* „Einer von uns muss die Krieger in den Kampf führen und solange du das Schwert, das ich in meiner Hand halte, nicht schwingen kannst, wirst du nicht derjenige sein. Verstehen wir uns?"

Wee Davie hob sein Kinn. „Bitte, Caden", bettelte er. „Bitte. Ich bin doch jetzt ein erwachsener Mann. Bitte!"

„Nein." Caden machte ein finsteres Gesicht. „Ein Mann muss niemals bekräftigen, dass er ein Mann ist. Mein Entschluss ist endgültig."

Fürwahr, es gab noch nicht einmal mehr adlige Frauen, um ihre Bündnisse mit anderen Ländern zu stärken. Über diese Entscheidung würde er nicht diskutieren. Sein Bruder würde heute *nicht* kämpfen. Er würde sicher in der Burg bleiben, damit er leben könnte, um eine andere Schlacht zu schlagen. Er und Davie standen sich Auge in Auge gegenüber. Um seinen

Standpunkt zu unterstreichen, reichte er seinem Bruder *Ungeheuer*. Die schwere Waffe fiel mit einem dumpfen Aufschlag zu Boden, wobei die Eisenspitzen die Steinplattn beschädigten. Sie verfehlte den Fuß des Knaben nur knapp und der Krach glich dem Echo in der *Grotte des Riesen*.

Davie starrte auf die Hellebarde und runzelte zornig die Stirn.

Es gab nichts weiter zu sagen. Davie machte vielleicht ein finsteres Gesicht, aber Caden hatte sein Argument eindrücklich unterstrichen. Wortlos sah der Junge zu, wie Caden die Hellebarde vom Boden aufhob. Und er blickte immer noch finster drein, als Caden zur Tür ging. Alle Männer, die in der Halle gewartet hatten, folgten ihm. Sein Hauptmann beeilte sich, mit ihm Schritt zu halten. Erst nachdem sie den Raum verlassen hatten, wandte Caden sich zu ihm um und sagte: „Sorgt dafür, dass mein Bruder hier drinnen bleibt."

„Ich werde es versuchen."

„Nay", entgegnete Caden und seine Stimme dröhnte wie ein Donnerschlag. „Ihr werdet es tun, Alec. Wenn meinem letzten noch lebenden Bruder heute etwas zustößt, kostet Euch das den Kopf." Bedeutungsschwer schwang er die Hellebarde mit beiden Händen durch die Luft.

Es war eine kühne Drohung, eine, die Caden Mac Swein niemals an seinem vertrautesten Freund und Berater vollziehen würde, aber Alec verstand die Entscheidung seines Lairds besser als jeder andere. Caden würde den jüngsten noch lebenden Mac Swein um jeden Preis vor den Übeln des Krieges schützen. Sein eigener Körper war zwar von Kopf bis Fuß mit Narben übersät, aber Caden war es so lieber, als wenn Wee Davie sie davongetragen hätte. Schlussendlich würde Davie Mac Swein ihren Clan anführen und Caden würde den Verlust eines weiteren Bruders nicht verkraften müssen. Trotzdem konnte sich auch Alec den Luxus, im Turm zu verbleiben, nicht erlauben, da die Anzahl ihrer Männer nach den vielen Scharmützeln mit den MacLeods viel zu gering geworden war. Und doch, wenn es denn sein musste, würde es ein guter Tag zum Sterben sein. Die Sonne schien hell am blauen Himmel. Das Meer schlug hohe Wellen und der November verwandelte den Schaum am Ufer in Eiskristalle.

Oben auf Dunrònaighs uraltem Turm flatterte die Standarte der Mac Sweins – ein aufgerichteter Löwe mit einem Bogen – im wütenden Wind. Die mächtigen Kiefer der Raubkatze waren aufgerissen und der Sturm wirkte wie das Fauchen zu seinem zähnefletschenden Grinsen.

Unten an der Meeresgrotte wartete eine Schar Eindringlinge darauf, vertrieben zu werden, und der Stahl ihrer Waffen funkelte bösartig in der gnadenlosen Sonne.

Drei weitere Boote navigierten durch die schäumende Brandung, ihre Zahl erhöhte sich stündlich. Glücklicherweise gab es nur einen Ort, an dem sie anlegen konnten: auf dem kleinen schmalen Strand. An allen anderen Stellen liefen sie Gefahr, mit ihren Booten an Rònaighs Klippen zu zerschellen.

Die militärische Stärke solch einer kleinen Insel war jämmerlich, aber alle Bewohner, jeder Mann und jede Frau, wussten, wie sie sich verteidigen mussten. Ihr Vorteil war die See und die einfache Tatsache, dass sie vom Turm aus jeden Zoll der Insel und des Meeres sehen konnten. Heute würde ihr größter Vorteil schnelles Handeln sein.

„Seht Ihr ein Banner?"

„Keins."

„Gierige Mistkerle", sagte Caden knurrend. „Ich

wette, dass es wieder MacLeod ist. Er lechzt mehr nach dieser Insel als nach einem Erstgeborenen."

„Es ist eine Frage des Stolzes", meinte Alec. „Er will Eurem Vater selbst nach dessen Tod beweisen, dass er der bessere Mann ist."

„Amadain na galla." *Verfluchter Idiot.*

Siebzig von Cadens Männern warteten vor dem Bergfried. Er reckte die Hellebarde seines Großvaters dem hellblauen Himmel entgegen. „Für Dunrònaigh!", rief er.

„Für Dunrònaigh!", brüllten seine Leute. Zusammen marschierten sie Dunrònaighs Hügel hinunter und zum Strand, wo das Meer durch die Wildheit des Nordwinds aufgewühlt wurde. Der Winter stand bevor, doch trotz der Kälte legte Caden seinen Umhang ab und mit dem Umhang seiner Vorfahren entledigte er sich der letzten Reste seines Anstands. Der eisige Wind heizte seinem Mut ein.

Seine Krieger taten es ihm gleich, da sie in der Schlacht durch nichts behindert werden wollten. Wie ihre Wikinger-Vorfahren hießen sie den Berserker in ihrer Seele willkommen und jeder Mann bereitete sich darauf vor, dieses Land bis zum letzten Atemzug zu verteidigen.

Auf dem Weg nach unten brüllten sie die uralten Schlachtrufe, schwangen ihre geschärften und glänzenden Waffen durch die Luft und riefen den Zorn der *blauen Männer* an – der eigensinnigen Sturm-Kelpies, die den *Minch* und das nördliche Meer dahinter beschützten. Jeder Schritt wurde leichter, da das Land abschüssig war und sie wie ein tödlicher Fluss geschmolzenen Silbers nach unten strömen ließ. Vom höchsten Punkt der Burg sah es aus, als stürzte eine menschliche Welle auf das tiefblaue Meer zu.

Im Gegensatz dazu schleppten sich die Eindringlinge schwerfällig den Hügel hinauf, obwohl Gier und Blutrünstigkeit ihren Marsch antrieben.

„Für Dunrònaigh!", rief Caden ein letztes Mal.

„Für Dunrònaigh!", antworteten seine Männer.

Die Sonne funkelte auf den Helmen und Schwertern, als die beiden Streitmächte auf dem Hügel Dunrònaighs aufeinandertrafen.

Die Schlacht begann. Der Krach war ohrenbetäubend und das Klirren von Metall gnadenlos. Blut spritzte auf den Boden, ein makabrer Regen, der jeden Grashalm bedeckte und den Hügel rot färbte.

Unermüdlich schlug Caden die anstürmenden Krieger zurück. Er schwang seine Hellebarde wie ein Besessener und tötete alle, die in *Ungeheuers* Reichweite kamen. Die Schlacht tobte, bis nur noch die wildesten Männer übrigblieben.

Caden drängte vorwärts, bis ihm die Arme schwer wurden. Er kämpfte sogar noch weiter, als eiskaltes Metall in seine Schulter schnitt. Schmerz durchfuhr ihn wie ein Blitz. Raserei überkam ihn, denn wenn er heute versagte, würde der kleine Davie den Preis dafür bezahlen müssen. Nay! Er würde seinen Bruder nicht enttäuschen.

Genau in dem Augenblick, in dem er vielleicht noch einmal getroffen worden wäre, wehrte Alec den Schlag ab. Die Spitze von Alecs Schwert bohrte sich in die Rückseite des Schädels des Angreifers und kam durch seine Nasenlöcher wieder heraus, wobei Blut über Cadens Brust spritzte. Der Mann stürzte zu Boden und sein Blut vermischte sich mit dem derer, die vor ihm gefallen waren. Der Hügel sah aus wie ein roter Teppich und war so glitschig durch das viele Blut, dass es einiger Anstrengung bedurfte, nicht zu stürzen.

Mit einem Racheschrei hob Caden seine Hellebarde, neue Kraft durchströmte ihn, wenn er an seinen Bruder dachte. Bei Gott, sie würden ihn töten und seine Gliedmaßen abhacken müssen, damit er hier heute aufgab. Und doch, während er wütete, schafften es zwei weitere Boote, am Ufer anzulegen.

Noch mehr Krieger stapften den Hügel hinauf, um sich an der Schlacht zu beteiligen. Caden wurde klar, wie schnell sich das Blatt wenden könnte, und er riss sich zusammen und fühlte sich gestärkt in seiner Entschlossenheit. Er stieß einen weiteren Kriegsschrei aus und preschte durch das Gedränge, wobei er zuschlug, wo er nur konnte, und seinen Männern, einem nach dem anderen, behilflich war. Jeder Angreifer, den seine Klinge fällte, befeuerte seinen Wahn.

Blut lief ihm in Strömen über die Arme und machte den Griff seiner Axt rutschig, aber Caden umfasste die Waffe, als wäre sie eine Verlängerung seines Körpers und schwang sie mit all seiner Rage und Kraft. *Ungeheuer* und er waren eins geworden. Doch selbst Helden wurden in Schlachten getötet und der Krieg war niemandes Freund. Er spürte einen Stich in seiner rechten Wade, stolperte nach vorn und brüllte vor Schmerz. Aber *Ungeheuer* war weiter in Bewegung, belebt durch seinen Durst nach Vergeltung.

Die Sonne schien herab und brach sich in einem Silberhelm, sodass Caden geblendet wurde, doch die Hellebarde blieb auf Kurs, schlug vor ihm einen tödlichen Pfad und schnitt durch Fleisch und Knochen. Caden hörte ein Geräusch, das ihn innehalten ließ, die Stimme seines Bruders, aber er konnte nicht schnell genug erkennen, woher sie kam.

Einen kurzen Moment lang sah er in Davies blaue Augen, in denen Stolz auf seine Leistung lag. Er hatte den Mann getötet, der Cadens Bein durchstochen hatte. Er hatte ihm das Breitschwert ihres Vaters direkt durch die Brust getrieben und der Krieger konnte sein Ziel, Cadens Herz, nicht mehr erreichen.

Cadens Hellebarde verstand diese wundersame

Leistung nicht. Sein Bruder verharrte vor ihm mit breitem Grinsen und wartete auf Cadens Bestätigung ... wartete darauf, dass dieser zugab, dass er einen Fehler gemacht hätte und dass Davie in der Tat ein Mann wäre.

*Er wartete.*

Kostbare Sekunden vergingen verlangsamt. Da er unerfahren in der Schlacht war, wusste Davie nicht, dass er ausweichen sollte, und Caden konnte den schicksalhaften Schwung seiner Klinge nicht aufhalten. Wieder schnitt die Hellebarde durch Fleisch und Knochen, sie trennte Wee Davies Kopf mit einem Schlag ab. Der Kopf flog, aber Caden sah ihn nicht auf dem Boden landen. Ein schwarzer Vorhang fiel vor seinen Augen; er war in der Dunkelheit gefangen und hörte die Schreie der Männer, die um ihn herum starben.

# KAPITEL EINS

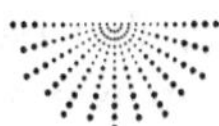

DUNRÒNAIGH, APRIL 1136

Irgendwo oben im Turm schlug eine schwere Tür zu. Sekunden später wirbelte ein Luftzug die Binsen unter dem Tisch auf und kitzelte Alec an den Beinen. Mehr Türen wurden auf und wieder zugeschlagen. Es war ein einziges Getöse, das im ganzen Gebäude widerhallte. Auf und zu. Auf und zu. *Bum. Bum. Bum.*

Alec fluchte leise vor sich hin.

Er konnte sich an keinen Winter erinnern, der so hart gewesen war. Natürlich war Rònaigh nur ein kleiner Fels im Firth von Scotia, weniger als tausend Morgen an einem schönen Tag. Ein guter Teil ihres Landes bestand aus felsiger Küste. Sie bestellten so viel Land, wie sie konnten, und überlebten dank der Gnade des Meeres – Fisch, Meeresvögel, alles, was *die blauen Männer* ihnen ans Ufer warfen. Selbst in einem guten Jahr überlebten nur die Abgehärteten und es war schwer genug, durchzukommen, wenn alle willens und in der Lage waren, zu arbeiten, und der Laird fähig war, zu regieren. Aber jetzt, nach der Schlacht auf dem

Hügel, hatten sie die Hälfte ihrer Männer verloren und Rònaighs Wohl war erbarmungslos mit dem des zornigen Mannes im oberen Stockwerk verbunden. Caden Mac Swein war wie ein wütendes, stures Kind und er verfluchte das Schicksal. Nur Alec wusste, was er zu erreichen versuchte: Er wollte die Clansleute dazu bringen, ihn abzusetzen, aber das würde niemals passieren. Caden Mac Swein war schon immer ihr Held gewesen und *ucht Dé*, bei Gottes Gnade, wenn nur einer von beiden – Caden oder Davie – hatte leben sollen, würde Alec sich glücklich schätzen, dass es Caden gewesen war.

Wee Davie war ein lästiges Kind gewesen. Er war zu klein für sein Alter und so eigensinnig wie die Sturm-Kelpies. Schon bei der Geburt er von zarter Statur gewesen – genau die Art von Kind, die ein Wikinger-Herrscher im Schnee ausgesetzt hätte. All das hatte dazu beigetragen, dass die Abstammung des kleinen Davie immer noch fragwürdig war. Der alte MacLeod hatte die Fehde zwischen den Clans begonnen, als er Cadens Mutter in einem Anfall von Groll stahl, und obwohl Mary Mac Swein ihrem zweifelhaften Fänger nach knapp drei Monaten entkommen konnte, war sie mit einem Bauch von der Größe eines Wals nach Hause gekommen. Würde jemand Alec nach seiner Meinung fragen, würde er sagen, dass er die Wahrheit ihrer Behauptung infrage stellte. Tatsächlich hegte er den Verdacht, dass Mary Mac Swein den alten MacLeod leid geworden und freiwillig zurückgekehrt war. Keiner sagte der Frau, was sie zu tun hatte, und Alec war alt genug, um sich an jeden Tanz, den sie dem alten Mac-Leod gewährt hatte, zu erinnern. Mary hatte gern kokettiert – ebenso wie Cadens Brüder. Nur Caden hatte den Anstand seines Vaters geerbt. Deshalb würde niemand auf Rònaigh jemals anderer Meinung sein: Caden war der beste und schlauste der fünf Mac Swein

Jungen, obwohl sein jetziges Verhalten kein Indiz dafür war.

*Bum. Bum. Bum.*

Alec biss die Zähne zusammen und versuchte, sich auf die Wirtschaftsbücher zu konzentrieren.

*Eins. Zwei. Drei. Vier. Fünf. Sechs. Sieben.*

Zählen fiel ihm nicht so leicht wie Caden. Aber genau so viele Säcke Gerste blieben ihnen nur. Es dauerte noch mindestens einen Monat bis zu Beltane, dem traditionellen Tag, an dem ihre Felder gesegnet wurden, und vor diesem Tag etwas zu tun, würde einen Fluch auf der Ernte des Jahres riskieren. Nun steckte er in der Zwickmühle, zu überlegen, wie er die restliche Menge so verteilen konnte, dass alle etwas bekamen. Diese Aufgabe oblag sonst dem Laird. Alec hatte keine Ahnung, wie er verfahren sollte, insbesondere, da er ein persönliches Interesse an der Sache hatte.

Da nur noch ein Monat vor ihnen lag, sollte er wahrscheinlich die gesamte Gerste bis auf einen Sack an die Bierbrauer geben, da niemand Bessies Brot mochte. Selbst Alec mochte es nicht. Er zwang sich nur, es zu essen, weil er das Mädchen, das es backte, mochte. Bessie wusste natürlich nichts von Alecs Gefühlen. Er wollte ihr ausreichend Zeit zum Trauern geben, da ihr verstorbener Ehemann einer der guten Männer war, die auf dem Hügel gefallen waren. Und Gott sei's geklagt, er war auch der Schuster gewesen, sodass jetzt die Hälfte des Clans ohne vernünftiges Schuhwerk umherging. Dankenswerterweise wurde es langsam wärmer, wodurch die Fischer wieder hinausfahren konnten, ohne dass ihre Zehen so blau wie der *Minch* wurden.

*Bum. Bum. Bum.*

Alec wusste nicht mehr weiter und hob die Hand, um den Verwalter zu sich zu rufen, der gerade in diesem Augenblick den Raum betrat. Mit einer unterwürfigen Verbeugung näherte sich Afric dem Tisch des Lairds. Er verbeugte sich nicht, weil Alec der Laird dieses Besitzes wäre, sondern, weil der Verwalter wie alle verbliebenen Clansleute wusste, dass sich ohne Alec jemand anders mit dem „Ungeheuer von Dunrònaigh" auseinandersetzen müsste. Auch erblindet war Caden Mac Swein in seinem elenden Zustand nicht weniger angsteinflößend als zuvor.

*Bum. Bum. Bum.*

„Was um Himmels willen macht er da oben?"

Der Verwalter zuckte mit einer Schulter. „Fürwahr, je mehr wir ihn ignorieren, desto lauter scheint er zu werden."

*Möge der miesmutig Dummkopf verflucht sein und verrotten.* Caden Mac Swein hatte den Verlust seines Bruders fünf lange Monate betrauert. Doch all das lag in der Vergangenheit. Es gab nichts, was sie tun konnten. Wollte er, dass sie die Insel einfach MacLeod übergaben? Denn dazu würden sie im Wesentlichen gezwungen sein, wenn jemand anderes als Caden – blind oder nicht – den Platz des Lairds einnähme. Nur Caden besaß das Recht, über dieses Land zu herrschen, und niemand sonst hatte eine so eindrucksvolle Abstammung – noch nicht einmal die MacLeods von Skye. Dies war genau der Grund, den Alec dafür verantwortlich machte, dass es überhaupt eine Fehde gab. Hätte der alte Laird nicht so geprahlt und mit der Vorgeschichte Rònaighs bei dem alten MacLeod angegeben, hätte dieser sich vielleicht nicht gezwungen gesehen, Cadens Mutter zu entführen. Beim Heiligen Kreuz, es gab nur wenig, was schlimmer war als ein Angeber, allerdings erkannten diese sich nur selten als solche.

„Er kommt wieder in Ordnung", versprach Alec, aber das sagte er schon seit Ende November, als Caden

Mac Swein auf mysteriöse Art und Weise erblindet war. Auch Alec hegte inzwischen leise Zweifel.

„Euer Wort in Gottes Ohr“, stimmte der Verwalter zu und fügte dann hinzu: „Da ist eine Frau draußen, die behauptet, dass sie mit Euch sprechen muss.“

„Mit mir?“

„Aye, Hauptmann.“

„Nicht mit dem Laird?“

Der Verwalter schüttelte den Kopf.

„Eine Frau? Hier? Hat jemand ein Schiff anlegen sehen?“

„Nay, Sir.“

„Aber wie zum Teufel ist sie dann hierhergekommen?“

Afric hielt sich eine Hand vor den Mund und flüsterte: „Ich weiß es nicht, aber ich würde sagen, dass sie eher auf dem Besen hergeflogen als mit einem Boot gefahren ist. Sie trägt eine Klappe über einem Auge und das andere ist auch halbblind.“

Alec kratzte sich den Bart. Er legte seine Feder nieder. Es war schon fünf Beltanefeiertage her, seit sie Gelegenheit gehabt hatten, fremde Frauen auf ihrer Insel zu begrüßen. Früher war dies die einzige Zeit des Jahres gewesen, zu der der alte MacLeod seine Clansleute nach Rònaigh verschifft hatte, um den heiligen Tag mit seinem guten Freund, dem alten Mac Swein, zu feiern. Aber nachdem Mary gestorben war, hatte der alte MacLeod einen Krieg angezettelt und jetzt versuchte er bei jeder Gelegenheit, sie zu berauben. Alec hatte sich nicht so viel Mühe gegeben, den Zustand des Lairds geheim zu halten, als dass er ihn nun einer wandernden alten Hexe verraten hätte. Er wog das, was er vielleicht erfahren würde, gegen das ab, was sie vielleicht herausbekam, und befahl dann: „Schickt sie weg.“ Damit zog er das Wirtschaftsbuch zu sich heran und tippte mit dem

Finger auf eine rätselhafte Ziffer. „Was ist dies für eine Anmerkung, Afric? Manchmal kann ich Euer fürchterliches Gekritzel nicht lesen. Ist das eine Sieben? Was bedeutet diese kleine Linie, die Ihr da gezeichnet habt?"

Der Verwalter schien Alecs Frage nicht zu hören oder überhaupt seine Beschwerde zur Kenntnis zu nehmen. Es lag ein eigenartiger Ausdruck in seinen Augen, den Alec nicht ignorieren konnte. „Was ist los?", fragte er.

„Nun, Sir, ich weiß, was Ihr gesagt habt ... über den Zutritt von Fremden, aber die alte Hexe behauptet, dass sie Informationen hat, die unserem Laird dienlich wären."

Alec blinzelte. „Wie seltsam. Eine blinde Frau, die einem blinden Mann helfen will?"

*Bum. Bum. Bum*

„In Ordnung ... Ich nehme an, dass wir der Frau eine Chance geben müssen." Sie waren verzweifelt genug, um nach jedem Strohhalm zu greifen, der ihre Notlage beenden könnte. „Führt sie in die Halle."

Der Verwalter entfernte sich und Alec erhob sich, um auf dem Stuhl des Lairds Platz zu nehmen und ihren ungewöhnlichen Gast zu begrüßen. Kurze Zeit später humpelte eine kleine hutzelige Frau in die Halle; eine ihrer Hände umfasste einen Stock aus hellem Holz. Ihr Gesicht war vollständig blau angemalt und ihr gutes Auge war mit Schwarz beschmiert, damit es zu der dunklen Klappe auf ihrem linken Auge passte. Mit ihrem lockigen weißen Haar sah sie aus wie ein Dämon. Und bei jedem ihrer Schritte auf dem Steinfußboden, wenn sie sich auf ihren Stock stützte, dröhnte es wie Donner. Trotzdem sah sie zerbrechlich aus und Alec dachte, dass jemand so Schwaches auf keinen Fall seinem Laird helfen könnte. Seine Enttäuschung drückte sich als ein Seufzer aus und er blickte zu den prächtigen Gobelins, die ihre Wände schmückten. Einst, vor langer Zeit, waren sie der Neid Éires gewesen. Der Hochkönig selbst hatte seine Tochter mit einem Wikinger-Jarl verheiratet. Er hatte halb erwartet, dass das Bündnis unter dem Einfluss der kalten Nordwinde zerbröckeln würde, aber stattdessen hatte er einen Verbündeten im Norden gefunden – einen Wikinger-König, der so wild wie *die blauen Männer* und der *Minch* war.

Auch wenn diese Frau eine Enttäuschung war, so bekam er zumindest die Gelegenheit, sie mit der Geschichte seines Clans zu erfreuen. „Willkommen!", sagte er mit einer überschwänglichen Geste. „Willkommen in der Halle der Könige von Rònaigh."

Die Frau schien nicht besonders beeindruckt zu sein.

Alec sprach ein wenig lauter, da er sicher war, dass sie nicht nur blind, sondern auch taub war. „Hier, gute Frau, steht Ihr vor dem Thron, von dem aus einst der Swein des Nordens regierte." Alec richtete sich voller Stolz auf, um auch den Rest zu erzählen: „Verheiratet mit der Lieblingstochter des Hochkönigs von Éire, Conn Cétchathach persönlich!"

Immer noch unbeeindruckt sagte die alte Frau: „Ja, ja ... ich kannte sie gut." Sie schniefte und fuhr sich mit einem knochigen Finger unter ihrer spitzen Nase entlang. „Was für ein Griesgram Swein doch war."

Alec runzelte die Stirn.

Natürlich war es noch nicht einmal im Entferntesten möglich, dass sie diese Männer kennen konnte. Beide waren vor mehr als tausend Jahren gestorben. Offensichtlich war die alte Frau senil, und so beschloss Alec, ihr nicht zu widersprechen. „Aye", meinte er scherzhaft, „das muss in der Familie liegen." Caden war schließlich auch recht griesgrämig geworden.

„Das muss wohl so sein", stimmte die Alte zu und in

ihrem guten Auge war ein Funkeln zu sehen. „Mein Name ist Biera", verkündete sie.

Unerschütterlich gut gelaunt sagte Alec: „Willkommen Biera, gute Freundin von Swein. Was können wir für Euch tun?"

Ohne vorherige Warnung verlängerte sich Bieras Stock über die schier unmögliche Entfernung zwischen ihnen und schlug Alec einmal auf den Kopf. „Ich habe Euch nicht gesagt, dass er *mein Freund* wäre. Ein Freund ist jemand von größerem Wert. Ich empfinde keine Liebe für diese Männer. Und Ihr, junger Mann, denkt besser daran, dieses Wort nicht so schnell in den Mund zu nehmen. Ihr seht, was *Freundschaft* zwischen Verbündeten angerichtet hat. Ihr seht, welche Gnade bei Schönwetterfreunden zu finden ist!"

Nun hatte sie ihn ordentlich ausgeschimpft, wie eine Großmutter ein kleines Kind, und mit der Hand rieb Alec sich die Stelle an seinem Kopf. Er war viel zu fasziniert von der Verlängerung von Bieras Stock, als dass er hätte zornig sein können, und seine Überraschung stand ihm ins Gesicht geschrieben. Die Frau hatte etwas an sich, was ihm viel zu bekannt vorkam, und doch glaubte er nicht, dass er ihr runzeliges Gesicht zuvor schon einmal gesehen hatte.

„Ich bin alt", fuhr sie fort, „und fast so verschroben wie Euer blinder, übelgelaunter Herr. Aber noch nicht einmal Swein selbst hätte es gewagt, sich über mich lustig zu machen. Und übrigens brauche ich keine Besen mehr, aber ich brauche *Euch.*"

Verwirrt rieb Alec sich weiter den Kopf. Schon jetzt war die Beule so groß wie eine Gürtelschnalle. Woher wusste sie, was Afric gesagt hatte? Und darüber hinaus, wie konnte jemand so Schwaches einen Stock dergestalt schwingen? Es war unfassbar, sie stand viel zu weit weg. Und er war noch nicht einmal sicher, dass er gesehen hatte, wie sie sich bewegte. Ganz im Gegenteil erschien es Alec, als hätte sie die ganze Zeit genau da gestanden und ihn durch all die schwarze Farbe mit ihrem guten Auge angestarrt.

Wie seltsam.

Die Frau lächelte dünn. „Also habe ich jetzt Eure Aufmerksamkeit", stellte sie fest und stach mit der edelsteinbesetzten Spitze ihres Stocks, der bösartig zu glitzern schien, in Alecs Richtung. Alec zuckte zusammen und sank zurück auf seinen Stuhl.

„In zwei Nächten wird ein Schicksalsstern über dem *Minch* aufgehen. Und ein Mädchen namens Sorcha wird herkommen, da sie dem Stern folgt. Sie wird zur Insel Skye übersetzen wollen. Ihr werdet ihr Eure Dienste anbieten, sie aber nicht zu ihrem Ziel, sondern nach Rònaigh an Taibh bringen."

*Er sollte eine Frau stehlen?* Alec spitzte die Ohren. „Mit Gewalt?"

„Wenn es sein muss."

„Wie werden wir sie erkennen?"

Die Frau lächelte liebevoll. „Sie ist unverwechselbar mit ihrem langen, weichen Haar und wunderschönen blauen Augen. Das hübscheste Mädchen, das Ihr jemals gesehen habt, aber sie ist nicht Euch bestimmt."

Enttäuschung überkam Alec – bis die Frau fortfuhr: „Ihre Töchter werden Bündnisse über mehrere Zeitalter besiegeln und ihre Geschenke werden Eurem Laird das zurückgeben, was er verloren hat."

*Behauptete diese Frau etwa, dass sie die Toten auferstehen lassen konnte?* Wenn sie Wee Davie nicht zurückbringen konnte, gab es nichts, was irgendjemand für Caden tun konnte. Außer vielleicht seine Sehkraft wiederherzustellen ... Alec verengte prüfend die Augen. „Sagt mir, Mylady, was meint Ihr damit?"

Die Frau schien auf einmal zu wachsen. Sie richtete sich auf und erreichte so eine überraschende Größe; es war, als hätte ihr Buckel die volle Länge ihres Rückgrats verborgen.

„Sein Augenlicht", zischte sie und die Worte glitten wie Nattern durch ihre Zähne. „Ihr dürft Sorcha nicht erlauben, Rònaigh zu verlassen, denn wenn sie das tut, wird sie mich suchen."

Für einen winzigen Moment entdeckte Alec seinen Mut wieder. „Warum?", beharrte er. „Habt Ihr dem armen Mädchen etwas angetan?"

Die alte Frau krümmte einen Finger in Alecs Richtung. „Amadán!" *Tölpel.* „Was ich mit ihr zu tun habe, hat Euch nicht zu interessieren. Ihr müsst nur wissen, was sie mit Eurem Laird zu tun hat."

Einen kurzen Augenblick lang war ihr Gesichtsausdruck furchterregend und Schauer der Angst liefen Alec über den Rücken. In jenem Moment sah er die reine Wahrheit des Universums in den Tiefen ihres einen guten Auges. Diese Frau war keine gewöhnliche Sterbliche. Sie war etwas *anderes.*

„Verstehen wir einander also?"

Alec nickte. „Aye", sagte er und richtete sich sofort auf. Er klatschte in die Hände und rief nach dem Verwalter. „Bringt Bier", befahl er. „Bringt *uisge!*" Zu ihrem überirdischen Gast sagte er: „Wir haben viel zu besprechen."

„Allerdings", stimmte die alte Frau zu, stützte sich gebückt auf ihren Stock und humpelte zum Tisch, auf dem noch die Wirtschaftsbücher lagen. „Was für ein netter junger Mann", sagte sie. „Was für ein lieber, netter junger Mann. Kommt jetzt und lasst mich Euch erklären, was getan werden muss. Das letzte Mal, als der Schicksalsstern der Erde so nahekam, reisten drei weise Männer eine weite Strecke, um einem kleinen Kind Gold, Weihrauch und Myrrhe zu bringen."

# KAPITEL ZWEI

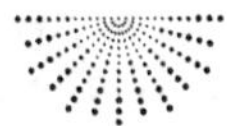

## IN DER ZWISCHENZEIT IN DEN KALEDONISCHEN WÄLDERN …

Sorcha dún Scoti schaute nach oben, durch ein Dach aus Grün, und starrte den seltsamen Stern an, der passenderweise gestern Morgen erschienen war – in einem Augenblick, in dem sie kurz überlegt hatte, nach Hause zurückzukehren. Nun schien der Stern immer näher zu kommen, je weiter sie nach Westen ritt. Es war, als würde Una selbst sie vom Himmelszeit aus necken. „Komm und finde mich", schien sie zu sagen. „Finde mich doch, wenn du kannst."

„Keine Angst, das werde ich schon", sagte Sorcha mit zusammengebissenen Zähnen und all die silbrigen Birken mit ihrem blassen neuen Laub zitterten im Wind.

Sie funkelte den Stern an, beruhigte sich jedoch bald darauf. Immerhin war ihre Mutter nach den Sternen benannt worden. Vielleicht war dies gar nicht Una? Vielleicht war es Riannag dún Scoti, die ihr zeigte, wo sie hingehen sollte. Ach, wer auch immer es war oder wo auch immer man sie hinführen wollte, eins stand fest: Es gab nichts mehr, was Sorcha im Tal hielt.

In diesem Moment machte der Geruch von Salz sich in der Luft bemerkbar – ein Geruch, der ihr nun bekannt war, nachdem sie so viel Zeit in Ailginshire verbracht hatte. Inzwischen würde Keane von ihrer Abreise erfahren haben. Würde er sich der Suche anschließen?

Es war Sorcha gleich. Sie brauchte keine Menschen in ihrem Leben, die sie bedenkenlos anlogen – noch nicht einmal Una.

*Una, die alle Antworten hatte.*

*Una, die sie alle seit ihrer Geburt großgezogen hatte.*

*Una, die da draußen war ... irgendwo.*

Sorcha spürte es in ihren Knochen. *Warum? Warum? Warum?*, hatte sie sich vor vielen Monden gefragt, als der Berg in ihrem Tal zusammengebrochen war und die heilige Reliquie ihres Volks zusammen mit Unas Grotte zerstört hatte. Der Stein von Scone war der einzige Grund für die Anwesenheit der Hüter im Tal gewesen – ein natürliches Gefängnis, wie Sorcha es nun ansah. Nur war er jetzt fort – unter einem Berg aus Geröll begraben zusammen mit der Mutter ihrer Leute. Warum also hatten sie sich überhaupt abgesondert, um einen wertlosen Stein zu hüten, den die Götter sich so bald zurückgeholt hatten? *Welche Zukunft hatten die Hüter nun?*

Aber am meisten wunderte Sorcha sich, wieso Una ihren *grimoire* und ihren *keek stane* aus der Grotte geholt hatte.

*Weil sie es wusste.*

Doch wenn sie es wusste, warum hatte sie diese wertvollen Dinge bei Sorcha gelassen und war dann in die Höhle zurückgegangen, um auf ihren Tod zu warten?

*Weil es so nicht passiert war.*

Dessen war Sorcha jetzt sicher. Es war kein Wunder, dass sie nicht trauern konnte – weil Una lebte. Wenn dem nicht so wäre, würde Sorcha dies in ihren Knochen spüren. Genau, wie sie wusste, dass sie atmete, war sie überzeugt, dass die listige alte Frau ihr Grab nicht mit dem Stein von Scone teilte. Sie war da draußen ... *irgendwo.*

„Ich *werde* Euch finden", sagte sie und drohte dem Stern mit der geballten Faust.

Aber *sie* würden Sorcha nicht finden, schwor sie sich. Da sie allein reiste, hütete sie sich davor, die Straßen des Königs zu benutzen. Davids Männer tendierten dazu, dort zu patrouillieren, und wenn es Straßenräuber gab, würden diese auch eben da auf der Lauer liegen. Es war jedoch nicht schwierig, sie zu meiden, denn Sorcha kannte den Wald besser als die meisten Menschen. Sie war schließlich eine Tochter des Windes. Ein Kind des Waldes. Sie und ihre Leute waren die letzten der Bemalten, *blah, blah, blah* – abgesehen von der Tatsache, dass Sorcha die Herzschläge ihrer Vorfahren nicht mehr in ihren Adern hören konnte. Sie war keine dún Scoti mehr, sondern eine Caimbeul und stammte von dem Mann ab, den man sie von klein auf zu hassen gelehrt hatte. Dieses falsche Spiel war von ihrem gesamten Clan unterstützt worden – von den Menschen, die sie zu lieben und zu vertrauen gelernt hatte. Sorcha wollte nicht mehr zu ihnen gehören.

Sie spuckte auf den Boden, ließ die Hüter hinter sich und ihre Vergangenheit vom Wind verwehen. Sie würde jetzt eine neue Geschichte beginnen ...

Ihr Bruder, der Laird, hatte inzwischen sicherlich Reiter nach Keppenach und nach Dunràth geschickt.

Doch das machte nichts aus, denn sie würden mit leeren Händen und so schlau wie zuvor zurückkehren.

Sorcha hatte recht viel von ihren Geschwistern gelernt. Keane hatte sie gelehrt, wie man jagte und Spuren verfolgte. Lael hatte ihr den Umgang mit der Klinge beigebracht. Cailin hatte ihr gezeigt, wie man mit Pfeil und Bogen umging. Catrìona hatte sie gelehrt, ihren Charme zu benutzen. Und Lìli – ja, Lìli war ebenso ihre Schwester – hatte sie im Gebrauch von Heilkräutern unterwiesen. Und zu guter Letzt hatte ihr Bruder, der Laird, sie gelehrt, wie man log. Zorn, so schwarz wie das Haar ihres Neffen, stieg in ihr auf. Denn fürwahr, *jeder* hatte sie angelogen.

*Jeder.*

*Du bist nicht die Tochter eines Hüters*, höhnte eine leise Stimme in ihrem Hinterkopf und die Worte verursachten ihr Übelkeit. Sorcha blinzelte heiße Tränen weg und schaute zu dem Stern mit dem langen Schweif auf, der sich wie eine Schlange am stürmischen Himmel wand. Sie hatte das seltsame Gefühl, dass sie die Antworten auf all ihre Fragen finden würde, wenn es ihr gelang, den Ort zu erreichen, wo sein Schweif die Erde berührte.

Unabhängig davon, ob Una noch lebte, war Sorcha sicher, dass sie wusste, wo sie war. Jeden Frühling, ungefähr um diese Zeit, verließ die listige alte Frau das Tal, um ihren Geschäften mit den benachbarten Clans nachzugehen. Aber Sorcha begann, den Verdacht zu hegen, dass sie sie aus einem ganz anderen Grund verlassen hatte ...

Laut einer Geschichte aus dem *grimoire*, den Sorcha in ihrer Tasche trug – dasselbe Buch, das Una ihr an dem Tag vor ihrem „Tod" gegeben hatte –, kehrte Cailleach auf die Insel Skye zurück, um dort am Abend vor Beltane von den Jungbrunnen der Feen zu trinken und sich so in ihre Sommerschwester zu verwandeln.

Dahin war Sorcha also nun unterwegs – nicht zu Padruig, sondern zu dem einen Ort, den niemand erwartete, weil die gottesfürchtigen Menschen nicht mehr an die alten Geschichten glaubten. Sie folgten einem König, der die Götter ihrer Vorfahren aufgegeben hatte. Aber Sorcha besaß ihren Glauben noch. Und der Stern da oben schien sie direkt zu Una zu führen. *Wie ein Leuchtfeuer.* Tag und Nacht schien er – Tag und Nacht – und Sorcha war überzeugt, dass er nur für sie schien ... und ihr den Weg zu Cailleach zeigte.

Pferde und Reiter kamen an ihr vorbei und sternenförmige Waldanemonen neigten ihre winzigen weißen Köpfchen.

Sorcha lehnte sich zurück und ließ ihren nun wertlosen *keek stane* in die Satteltasche fallen. Sie hatte ihn in der Hand gehalten, für den unwahrscheinlichen Fall, dass der Kristall zu ihr sprechen würde. Aber je heller jener Stern schien, desto trüber wurde der *keek stane*, bis er nicht mehr heller war als ein gewöhnlicher Kristall.

Nächtliche Geräusche durchzogen die Luft wie Musik. In der Ferne heulte ein Wolf. Das grüne Laubdach wurde schon bald lichter und der weite Himmel war zu sehen, als Sorcha ihr Pferd auf einen kleinen Hügel über dem Dorf Lochinver lenkte. In den letzten paar Tagen war sie über Hügel und Berge und durch Täler bis zum Meer gereist und nun war sie so weit gekommen, wie es ohne Boot möglich war. Morgen würde sie einen Weg über die See finden müssen, doch was besaß sie schon, um die Überfahrt zu bezahlen?

Bestimmt nicht den *keek stane*. Auch nicht das Buch in ihrer Satteltasche. Sorcha besaß nichts von Wert, außer ihrer süßen, treuen Liusaidh.

Sie stieg ab und ließ den Blick schweifen. Von diesem Punkt aus konnte sie meilenweit über das Meer schauen – böse und grün, mit heftig schäumenden Wellen. „Kehre um", schien es zu sagen. „Wage es nicht, diesen Weg zu nehmen." Aber Sorcha traute sich. Und jeder, der sie gut genug kannte, konnte bestätigen, dass sie nicht so leicht zu entmutigen war. Wenn Una irgendwo da draußen war, würde Sorcha sie finden.

Als wollte sie ihre Reiterin beruhigen, rieb Liusaidh ihre Nüstern an Sorchas Schulter und kam etwas näher, als wollte sie sie umarmen. Reuevoll streckte Sorcha eine Hand aus, um ihr liebes Pferd zu tätscheln. Sie war sicher, dass sie sich schon bald von dem Tier verabschieden musste.

„Ich werde Euch finden", flüsterte Sorcha wieder und zitterte, aber nicht aus Angst, denn sie hatte keine. Und ihr war auch nicht kalt. Sie trug einen brennenden Mantel aus Zorn, der sie bis auf die Knochen wärmte.

Eine zeitlose, ewige Stille war ihre Antwort und Sorcha lehnte sich an ihr Pferd und streichelte die üppige weiße Mähne. Morgen in aller Frühe würde sie sich von Liusaidh trennen und eine Überfahrt auf einem Schiff buchen. Bis irgendjemand ihr wahres Ziel erahnte – falls sie das jemals tun würden –, wäre sie schon lange weg. Sie würde über den *Minch* zur Insel Skye segeln.

Verflucht sollte ihr Vater sein. Verflucht sollten ihre Leute sein. Nur die Wahrheit war ihr jetzt wichtig.

* * *

DUBHTOLARGG

Nicht zum ersten Mal und sehr zu seinem Leidwesen bewaffnete Aidan dún Scoti sich für den Krieg.

Er hatte fälschlicherweise geglaubt, dass seine Schwester von allein zurückkehren würde. Aber rückblickend war es ein Fehler gewesen, ihr nicht zu folgen, als er den trotzigen Blick in ihren Augen gesehen hatte. Nur einmal zuvor hatte er einen solchen Gesichtsausdruck unter seinen Geschwistern gesehen und er hatte fälschlicherweise geglaubt, dass seine jüngste und nachgiebigste Schwester niemals tun würde, was Lael getan hatte – das Tal zu verlassen, ohne zurückzublicken.

Jetzt war Sorcha weg und Aidan konnte sich nur selbst dafür die Schuld geben.

Er hätte auf seine Frau hören sollen. Er hätte Sorcha die Wahrheit sagen sollen – dass ihr Vater der Mann war, der Aidans Vater getötet und seine Mutter geschändet hatte. Aber da er es nicht getan hatte, blieb nun die Frage, die er am meisten fürchtete und zu stellen hasste: Würde Sorcha es wagen, ihren leiblichen Vater aufzusuchen?

Padruig Caimbeul war ein Schurke. Es graute Aidan davor, dass seine Schwester ihm allein gegenübertreten würde. Er wünschte, Una würde noch leben, weil die listige alte Frau immer wusste, was zu tun war.

Vor noch gar nicht so langer Zeit hatte sie ihm eine schreckliche Prophezeiung gemacht – eine, die er ignoriert hatte. Sie hatte gesagt, dass die Wölfe des Piktenlandes in alle Himmelsrichtungen verstreut werden würden. Im Augenblick schien es buchstäblich wahr zu werden, denn nur er und Cailin waren noch im Tal und Cailin würde Cameron MacKinnon heiraten, wenn dieser jemals Manns genug sein würde, sie zu fragen.

Vor elf Jahren war seine Schwester als Erste gegangen, als sie in den frühen Morgenstunden von König David aus ihrem Bett gestohlen wurde. Und trotz der Art ihres Fortgangs war Cat nie wieder ins Tal zurückgekehrt. Lael war davongeritten, um Broc Ceannfhionn zu helfen, Keppenach zurückzuerobern, und sie war dortgeblieben und hatte König Davids Schlächter geheiratet. Jetzt war auch Keane weggegangen. Gegen Aidans Willen hatte er seine Seele an David mac Mhaoil Chaluim verkauft, für eine Braut, die immerhin eine Prinzessin von Moray war; aber das tat nichts zur Sache. Und jetzt Sorcha ...

Bis heute Morgen war er sicher gewesen, dass er nach Norden reiten würde, um Keane und seine neue Frau zu besuchen. Aber das war nun nicht mehr der Fall. Sowohl Lael wie auch Keane lebten nur wenige Tagesritte von Dubhtolargg entfernt und die Reiter waren bereits von Keppenach und Dunràth zurückgekehrt, ohne Sorcha zu begegnen. Deshalb machte er sich Sorgen, zog seinen Schwertgürtel fest und steckte sein Schwert in die Scheide. In dem Augenblick betrat Lìli das Zimmer.

„Ich werde mit Euch gehen."

„Nay."

„Aidan, bitte! Padruig ist mein Vater. Ihr habt kein Recht, mich aufzuhalten."

Aidan wandte sich zu seiner Frau und warf ihr einen nie zuvor gekannten Blick zu. „Ich habe jedes Recht als Euer Ehemann und Laird."

Unbeirrt ergriff sie ihn am Arm und drückte ihn leicht. „Bitte, Aidan", flehte sie. „Ich vertraue ihm nicht."

„Ein Grund mehr, Euch von seiner Gegenwart zu verschonen", entgegnete er. Natürlich sprach er von ihrem Vater – dem verhassten Schurken, der nicht nur eine, sondern zwei der Frauen, die er verehrte, gezeugt hatte. Er murmelte einen Fluch und bereute, dass er den Mut der Frauen in seiner Familie dergestalt unterstützt hatte, dass sie ihm so leicht die Stirn boten, wo erwachsene Männer sich dies nicht trauten.

*Warum in Cailleachs Namen hatte er Sorcha so lange die Wahrheit vorenthalten?*

Die Vergeblichkeit dieser Anstrengung war niemals offensichtlicher, als er dem liebevollen Blick seiner Frau begegnete. Sorcha sah überhaupt nicht wie er aus, aber umso mehr wie Lìli. Sie hatten sogar das gleiche kupferfarbene Haar und die gleichen eindringlichen veilchenblauen Augen. Wie bald nach Lìlis Ankunft hatte er selbst angefangen, die Wahrheit zu hinterfragen? Es hatte nicht lange gedauert. Und doch hatte Sorcha in ihrem absoluten Vertrauen es niemals gewagt, ihre Abstammung anzuzweifeln. Sie hatte ihr ganzes Schicksal in die Hände derer gelegt, die sie liebten. Aidan mochte gar nicht darüber nachdenken, wie sie sich in diesem Moment fühlte.

*Hintergangen, wenn nicht noch viel schlimmer.*

„Aidan", sagte Lìli streitlustig, „ich habe keine Angst um mich. Ich habe Angst um Euch, mein Liebster ... und um Sorcha. Wisst Ihr das nicht?"

„Dann müsst Ihr keine Angst haben", versicherte ihr Aidan. „Denn falls heute jemand stirbt, werde nicht ich es sein."

„Berüchtigte letzte Worte, Ehemann! Ich bin mir sicher, Euer Vater hat das auch gesagt, als er es wagte, eine Schlange in seine Halle zu lassen! Bedenkt, dass Ihr Padruig nicht ohne Grund herausfordern dürft. Er wird von König David beschützt. Wenn Ihr ihn ungerechtfertigt tötet – wenn er Euch nicht herausfordert –"

Aidan unterbrach sie: „David ist schon immer ein Tölpel gewesen. Es ist mir gleich, dass er ganz Scotia auf seine Seite gebracht hat."

Auch wenn Frieden zwischen den Clans herrschte, konnte Aidan sich nicht auf die Seite eines englischen Thronräubers stellen. Politik lag ihm nicht. Aber wie konnte irgendjemand einem Mann folgen, der von einem englischen König erzogen worden und dann nach Scotia zurückgekehrt war, um den rechtmäßigen Earl von Moray aus seiner Grafschaft zu verdrängen und durch einen englischen Günstling zu ersetzen? Einen Schotten, der schwach genug war, vor einem Mann zu knien, von dem gesagt wurde, dass er seinen Großvater umgebracht hatte.

„Aidan ... bitte, Ihr könnt nicht wissen, wie er ist."

Aidan wandte sich wutentbrannt um. Er tippte sich mit einem Finger auf die Brust. „Ich weiß nicht, wie er ist?", fragte er. „*Ich* weiß es nicht? Beim Stein, Lìli, er ermordete meinen Vater vor meinen Augen und dann schändete er noch blutverschmiert meine Mutter. Und Ihr sagt, dass ich nicht weiß, wie der Mann ist?"

Lìli wurde bleich. Er hatte die Dinge, die ihr Vater ihm und seinen Leuten angetan hatte, noch nie so grob beschrieben. Weil er sie liebte, wurde ihr klar, und weil er besser als jeder andere verstand, zu was Padruig Caimbeul in der Lage war. „Er wird Euch niemals in seine Halle hineinlassen", beharrte sie und hatte Angst vor den Auswirkungen, wenn sie nicht mit ihm ging. „Nicht, ohne Euch alle Waffen abzunehmen. Er wird Euch schutzlos machen und sich selbst mit Wachen umgeben. Und wenn Ihr die Beherrschung verlieren solltet –"

„Das ist genau der Grund, warum ich nicht will, dass Ihr mitkommt, Lìli." Aidan stritt nur selten mit seiner Frau, aber diesmal ärgerte ihn schon ihr Anblick, weil sie ihn in diesem Augenblick an all die Lügen erinnerte, für die er nun büßen musste. Nicht nur glich sie Sorcha, sie sah auch ihrem heimtückischen Vater ähnlich. Er schüttelte den Kopf, zum Teil wegen seiner eigenen Rolle am Unglück seiner Schwester. *Wie musste es sich anfühlen, die Tochter eines Schurken zu sein?* Er wandte sich seiner Frau zu und kleidete sich weiter an.

Einen Moment später wagte es Lìli, ihn am Nacken zu berühren, eine zaghafte Geste, die Aidans Augen zum Brennen brachte. Er konnte ihr nicht widerstehen und drehte sich mit ausgestreckten Armen zu ihr um, wobei er die bösen Worte, die er noch über ihren Vater hatte sagen wollen, hinunterschluckte. Er zog sie an sich, strich ihr das Haar aus dem Gesicht und sagte in weicherem Tonfall: „Ich kann nicht zulassen, dass Ihr einer Gefahr ausgesetzt werdet, a ghrá mo chroí. *Geliebte meines Herzens.* Ihr habt schon genug durch Euren Vater gelitten."

Lìli flehte ihn mit ihrem Blick immer noch an. „Bitte, Aidan ... Ihr versteht nicht. Wenn er Sorcha schadet, werde ich umso mehr leiden. Bitte", beschwor sie ihn. „Sie ist auch meine Schwester."

Eine einfache Tatsache, die ihm Übelkeit bereitete.

Was für ein Lügennetz sie doch gesponnen hatten. Seine jüngste Schwester war auch die Schwester seiner Frau – eine bittere Pille. Er fasste in Lìlis Haar und zog sie fest an sich, küsste sie zärtlich auf die Nase und wollte ihr den Wunsch abschlagen. Aber ihm wurde klar, dass sie recht hatte: Sie kannte Padruig besser als er. Resignierend lehnte er seine Stirn an ihre. Jedem Wort, dass der Mann von sich gab, musste man misstrauen. Und doch würde Lìli instinktiv wissen, ob ihr Vater die Wahrheit sagte. As ucht Dé – *um Gottes Willen* – Sorchas Leben war kostbar und wenn es eine Chance gab, sie zu retten, dann musste er diese ergreifen.

Er gab nach, küsste seine Frau auf die Stirn und befürchtete das Ärgste ... dass ihr Vater ihm seine Liebste entreißen könnte. Ohne Lìli würde sein Leben unerträglich sein.

Zum Glück oder auch zum Unglück, was auch immer gerade zutreffen mochte, kannte Lìli Aidan besser als jeder andere. Sie verstand sein Schweigen als das, was es war, nämlich einen Augenblick der Schwäche. „Bitte ... Ihr *müsst* mir erlauben, mit Euch zu gehen. Ich werde wissen, ob er Sorcha gefangen hält."

„Was ist, wenn das der Fall ist? Er wird nicht auf Euch hören. Er wird sie niemals freilassen, nur weil Ihr darum bittet."

Lìli flehte ihn mit den Augen an. „Aye, aber vielleicht würde meine Mutter es tun." Lady Saundra lebte noch und vielleicht würde sie wahrlich Stellung beziehen und für ihre verloren geglaubte Tochter eintreten. Aber würde sie dies auch tun, wenn das Mädchen, das sie rettete, der Bastard ihres Mannes war?

In der Privatsphäre ihres Zimmers, während der Rest des Hauses sich in Aufruhr befand, schwiegen Aidan und Lìli eine Weile, bis sie ihn an sich drückte. „Ich wünschte, dass er es nicht erfahren müsste."

Mögen die Götter gnädig sein. Padruig würde es gar nicht hören müssen, weil er sein Kind nur sehen müsste, um es zu wissen. Der Mann hatte zwei Töchter und verdiente keine von ihnen.

Padruig Caimbeul war ein Schurke der schlimmsten Sorte. Musste Aidan also eine Schwester in Gefahr bringen, um die andere zurückzuholen? Er befand sich in einer unhaltbaren Lage, aber Lìli sprach die Wahrheit. Er musste sie mitnehmen, um ihrem Vater gegenüber zu treten. Entschlossen schob er sie von sich, allerdings nicht unfreundlich. „Geht und gebt Cailin Bescheid", sagte er. „Sie ist in unserer Abwesenheit für das Tal verantwortlich. Sagt Ria, dass sie auf ihre Tante aufpassen soll, und macht Euch reisefertig."

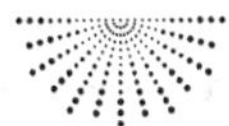

# KAPITEL DREI

Die See war stürmisch und brachte die Schiffe im ganzen Hafen zum Schaukeln. Im Gegensatz zu anderen, die sich vor einem Unwetter fürchteten, waren die Männer von Rònaigh nicht so leicht unterzukriegen. Sie saßen den Sturm lieber auf dem Meer aus. Aber sie konnten noch nicht ablegen ...

*Nicht bevor Sorcha eintraf.*

Und dann erschien sie ... ihr langes glänzendes Haar zu einem dicken, losen Zopf geflochten, ritt sie zum Hafen auf einer schönen weißen Stute, die anders als jedes Tier aussah, das Alec jemals erblickt hatte. Pferd und Reiterin hielten die Köpfe hoch erhoben und Alec konnte das Feuer in ihrer Seele erkennen, ganz einfach an der Art, wie sie mit ihrem Schweif schlug – das Pferd natürlich, nicht die Reiterin. Die alte Biera hatte eine wunderliche Geschichte erzählt, aber alles war genauso, wie sie es vorhergesagt hatte.

„Könnte sie es sein?"

„Was glaubt Ihr?"

Die beiden Männer schauten zu, wie das Mädchen das schöne Tier ans Ende des langen Stegs führte und dabei leise in sein Ohr sprach. Sie war schön und damit meinte Alec nicht nur die Stute. Er tat sich selbst einen

Augenblick lang leid, weil sie nicht ihm gehören konnte.

Eine ganze Weile stand Sorcha da und streichelte die Wangen des Tiers und Alec überlegte, was seine Clansleute sagen würden, wenn sie dieses liebliche Füllen von seinem Schiff traben sahen. In Wahrheit war er nicht sicher, was ihn am meisten begeisterte – die Versprechen der alten Frau in Bezug auf das Mädchen oder das Pferd. Sehr viele der Dorfbewohner Rònaighs hatten noch nie ein Ross gesehen, schon gar keins von dieser Güte. Zum größten Teil brauchten sie Pferde auf ihrer Insel nur zum Pflügen. Im Stall von Dunrònaigh standen ein paar Esel und Eselinnen, aber nur Caden hielt sich ein schönes Pferd.

Und das Mädchen ... nun, sie war auch nicht gerade ein Troll. Tatsächlich besaß sie die äußerliche Erscheinung einer Königin und wenn die alte Frau recht hatte, würde in den Hallen von Dunrònaigh schon bald wieder Gelächter zu hören sein. Ihre Kinder würden auf den Wiesen herumspringen. Und weit wichtiger, Caden Mac Swein würde seine frühere Pracht zurückerhalten. Obwohl sie zuerst einmal die junge Frau nach Rònaigh bekommen mussten und dafür würden sie Hilfe brauchen.

„Sollen wir sie ergreifen?"

„Nay." Alec blickte den Kapitän des Schiffes düster an. „Habt Geduld."

Er hatte die Fischer bereits dafür bezahlt, dem Mädchen die Überfahrt zu verweigern, und es wäre ihnen dienlicher, wenn sie freiwillig zu ihnen kam. Für das, was er vorhatte, brauchte er das Vertrauen der jungen Frau.

Er bezweifelte ohnehin, dass bei dem heutigen Seegang des *Minch* ein anderes Boot ablegen würde. Das Meer mit seinen wütenden Launen verhielt sich wie eine Frau und der Mond und die Sterne hatten die

Herrschaft darüber. Der neue Stern am Himmel schien für große Unruhe gesorgt zu haben und keines der Schiffe war so gut ausgerüstet wie ihres.

Auch nach all den Jahrhunderten verwendeten seine Leute immer noch die Technik ihrer Wikinger-Vorfahren, zwar nicht die einst gefürchteten *drakkar* mit ihren Drachen am Bug, sondern die von den Kaufleuten für den Frachttransport verwendeten *knörrs*. Mit dem breiteren und tieferen Rumpf konnten drei dieser Schiffe leicht ihr ganzes Dorf wegbringen und sie besaßen vier davon. *Die blauen Männer* mochten toben, aber sie würden das Meer wie Sieger beherrschen. Und sie würden ihren Weg finden, ganz gleich, wie hoch die Wellen schlagen mochten, denn die Jungfrauen, die sie durch den Nebel geleiteten, waren Freunde der *Meermenschen*.

„Sie ist hübsch ... Was, wenn sie in Versuchung geraten?"

„Das werden sie nicht."

„Wie könnt Ihr so sicher sein?"

„Weil ich ihnen eine kleine Geschichte erzählt habe."

„Was für eine?"

„Ich habe ihnen gesagt, dass sie die Tochter von Cailleach ist und dass sie sie an ihrem Pferd erkennen würden. Ich habe allen erzählt, dass sie eine jungfräuliche Braut wäre, die dem Laird von Dunrònaigh versprochen ist. Und wenn jemand sie davon abhielte, dem Schicksalsstern zu ihrem Geliebten zu folgen, würde Cailleach persönlich die Sturm-Kelpies aufscheuchen und sie in ihr Verderben stürzen. Bei einer so rauen See garantiere ich, dass es keiner probieren wird."

„Ach, das ist keine kleine Geschichte. Das ist ein ausgewachsenes Lügenmärchen. Aber was ist, wenn sie Euch nicht glauben?"

„Haltet Euren Mund! Was glaubt Ihr, wie viele Mädchen werden hier auf einem schneeweißen Pferd ankommen? Und was ist mit dem Stern? Nay, die alte Biera hat ihn vorhergesagt und da ist er."

Der Kapitän des Schiffes schaute nach oben. „Das ist das seltsamste Ding, das ich je gesehen habe", stimmte er zu. Er sorgte sich trotzdem immer noch: „Was ist, wenn sie es weitererzählen?"

„Pah! Lasst sie reden, was sie wollen. Wir kümmern uns nur darum, das Mädchen nach Rònaigh zu bekommen. Alles andere ergibt sich von allein."

Am anderen Ende des Kais wandte sich besagte junge Frau um. Sie schien die Schiffe im Hafen zu mustern ... nur drei davon waren seetüchtig und keines mehr als das ihre.

„Auf geht's", sagte er zum Kapitän. „Die Männer sollen sich bereithalten. Wir werden in weniger als einer Stunde ablegen." Die Aufregung, die in der Luft lag, nahm weiter zu. Rònaigh war noch nie schutzloser gewesen. Aber wenn die alte Frau die Wahrheit gesagt hatte, konnte das Mädchen noch viel mehr tun, als Caden sein Augenlicht zurückzugeben: Sie würde den Mac Sweins zu ihrer einstigen Größe verhelfen.

* * *

„ICH WERDE DICH NIEMALS VERGESSEN", sagte Sorcha zu Liusaidh. „Du bist meine beste Freundin."

So wie es aussah, auch ihre *einzige* Freundin, denn Sorchas Clansleute hatten sich als verlogen erwiesen. Leider Gottes waren *grimoire* und *keek stane* zu wertvoll, um sie herzugeben, und ohnehin würde niemand ihren wahren Wert erkennen. Trotzdem hätte Sorcha gerne beides hergegeben, um ihr Pferd zu behalten. Unglücklicherweise war Liusaidh das Einzige von Wert, das sie besaß und womit sie handeln konnte.

36

Seufzend tätschelte sie die Wange des Tieres und vermisste es schon jetzt. Doch es würde nicht einfacher werden, je länger sie zögerte. Sie war entschlossener denn je, ihr Ziel zu erreichen. Sorcha nahm die Satteltasche mit ihren Sachen ab und schwang sie sich über die Schulter. Danach band sie die Zügel des Pferds an einen Pfosten und kehrte den fragenden, großen braunen Augen den Rücken. Sie schaute hinauf zu dem unnachgiebigen Stern und ging den Steg entlang zum ersten Fischer, dessen Boot seetauglich aussah. Nicht ein Vogel wagte sich bei dem tosenden Wind hinaus. Nur dunkle Wolken und der Stern mit dem langen Schweif zeigten sich am Himmel. Ein paar Möwen verkrochen sich in der Nähe eines Hauses am Dock und versteckten sich vor dem Sturm. Salziges Sprühwasser traf ihre Haut und Sorcha zögerte, zwang sich dann aber, weiterzugehen. „Entschuldigt bitte, Sir", sagte sie und störte einen Mann, der gerade seine Segel einholte, bei seiner Arbeit. „Ich möchte Euer Boot mieten."

Der Mann warf ihr einen argwöhnischen Blick zu. „Habt Ihr die Wellen gesehen? Ich fahre heute nicht raus, Mädchen. Das ist nichts für Mensch oder Tier." Er schaute über ihre Schulter zu Liusaidh und kümmerte sich dann wieder um seine Segel. „Kommt morgen zurück", schlug er vor, wenn auch ohne viel Interesse.

Sorcha konnte nicht bis zum Morgen warten. Sie spürte eine Dringlichkeit, weiterzukommen. *Heute. Jetzt.* Niemand konnte sagen, wie lange der Stern da sein würde, um sie zu führen, und wenn sie bis zum nächsten Tag wartete, war er vielleicht weg. Sie runzelte die Stirn.

Sein Boot *war* klein, entschied sie und ging weiter zum nächsten Schiff, ein großes seetüchtiges Fahrzeug. „Entschuldigt, Sir. Ich möchte eine Überfahrt auf Eurem Boot kaufen."

„Ach! Kennt Ihr den Unterschied zwischen einem

Boot und einem Schiff, Mädchen? Dies ist ein *Schiff* und kein Boot. Es gibt kein Boot, dass den *Minch* an einem Tag wie heute überstehen kann. Und dann werdet Ihr zu Futter für die Meermenschen und findet Euch im Bauch eines Ungeheuers wieder."

„Entschuldigt, bitte", korrigierte sich Sorcha. „Ich möchte eine Überfahrt auf Eurem *Schiff* kaufen."

„Nay", sagte der Mann schnell und ohne sich überhaupt die Mühe zu machen, Sorcha nach ihrem Ziel zu fragen. Er hatte sie einfach so abgewiesen. Aber dann blickte er zum anderen Ende des Kais, wo ein weiteres Schiff lag, und Sorcha spürte sein Zögern. Daher sagte sie: „Bitte, Sir. Ich gebe Euch meine Stute als Zahlung. Sie ist jung, gesund und hat gute Zähne."

Der Mann hielt einen Augenblick inne bei seiner Tätigkeit und schaute zu Liusaidh; vielleicht überlegte er noch einmal, aber dann sagte er schroff: „Ich würde mein Schiff heute nicht einmal für eine ganze Herde gestohlener Pferde in den *Minch* steuern – nicht heute."

*Gestohlen!*

„Guter Mann", widersprach Sorcha, „Liusaidh ist nicht gestohlen! Sie wurde geboren und aufgezogen in –" Sie brach ab, bevor sie offenbarte, woher sie kam. „In den Bergen. Sie ist ein feines, starkes Pferd und sehr folgsam. Damit Ihr es wisst, ich habe sie selbst aufgezogen. Ich habe ihr die Eisen angepasst. Und sie eingeritten. Ich würde niemals versuchen, Euch ein gestohlenes Pferd zu verkaufen."

„Nun, falls Ihr es noch nicht bemerkt habt, dies ist der *Minch* und wir brauchen keine Pferde, ob gut abgerichtet oder nicht. Was ich brauche, ist ein Schiff und wenn meines versinkt, unterschreibe ich mein eigenes Todesurteil. Das habt Ihr es, Mädchen. Ich hänge zu sehr am Leben, als dass ich Euch dienen könnte. Jetzt macht Euch fort. Imeacht gan teacht ort!" *Geht weg und kommt nicht zurück!*

Der Sturm schlug Sorcha die Haare ins Gesicht. Es stimmte, das Meer sah furchterregend aus, aber diese Männer wirkten nicht, als würden sie ein wenig Wasser und Wind fürchten. Liusaidh war ein wertvolles Pferd. Eine Gelegenheit wie diese würde sich ihnen nicht jeden Tag bieten und tatsächlich hatte sie sich um Liusaidhs und ihrer selbst willen im Wald gehalten, weil eine einsame Frau auf einem Pferd von diesem Wert ein verlockender Köder für Räuber war.

Frustriert schaute sich Sorcha im Hafen um und sah nur ein weiteres Schiff, das dem schäumenden Meer trotzen könnte. Wieder blickte sie hoch zu dem Stern und überlegte, ob seine Gegenwart die Götter irgendwie gereizt haben könnte. Wenn es allerdings wirklich Cailleach war, so wollte sie wahrscheinlich Bewegung in die Sache bringen. Nichtsdestotrotz machte sich Sorcha unverdrossen auf den Weg auf die andere Seite des Kais, wo das größte Schiff vor Anker lag. „Entschuldigt, Sir, werdet Ihr heute auslaufen?"

Der Mann plusterte sich auf. „Aber natürlich!", sagte er grinsend. „Wir stammen von den Wikingern ab. Ein wenig Wind hält uns nicht zurück."

Er war groß und kräftig, sehr, sehr blond und fast so ansehnlich wie sein Boot. Seinem Verhalten nach zu urteilen, schien er nicht die Art von Mann zu sein, der für Schurkereien anfällig sein könnte, aber irgendetwas stimmte nicht mit ihm. Doch Sorcha konnte es sich nicht leisten, sich daran zu stören, weil sie keine Wahlmöglichkeiten hatte. Sie *musste* einen Weg über den *Minch* finden. „Sagt mir, Sir … wie weit ist die Insel Skye entfernt?"

Der Mann zuckte mit den Schultern. „Bei diesem Wetter? Mindestens eine halbe Tagesreise."

Sorcha biss sich auf die Lippen. „So weit?"

„Heute sind wir dem *Minch* ausgeliefert, Mädchen. Wenn Ihr niemals das Pech hattet, *den blauen Männern* in die Quere zu kommen, könnt Ihr nicht wissen, wie hinterlistig sie sein können."

*Blaue Männer?*

Sorcha hatte keine Ahnung, was er meinte. Sie wusste nicht, wer *die blauen Männer* waren oder warum sie einem davon in die Quere kommen sollten. *Meervolk. Blaue Männer.* Sie wusste nicht, worüber die Kapitäne dieser Kähne sprachen. Aber ein Blick auf das Deck dieses Schiffes offenbarte eine Mannschaft von Seeleuten mit hellen Haaren, die alle an den Segeln hantierten. Keiner von ihnen war blau. „Nun", sagte Sorcha und ging das Risiko ein. „Ich möchte eine Überfahrt auf Eurem Schiff buchen. Und hört mich bitte an, bevor Ihr ablehnt. Ich habe ein wertvolles Pferd, mit dem ich bezahlen kann."

Der Mann hielt in seinem Tun inne und schaute hinüber zu Liusaidh, die immer noch genau da stand, wo Sorcha sie an den Pfosten gebunden hatte. Ihre schöne Mähne wehte im Wind hin und her. „Das da?"

„Ja, Sir. Das ist es."

„Sie gehört wirklich Euch?"

Sorcha atmete tief ein. „Aye, Sir."

„Ist sie leicht erregbar?"

„Nein, Sir."

Im Gegensatz zu den anderen schien er Sorchas Angebot zu überdenken und sie hielt die Luft an.

„Glaubt Ihr, dass sie mit dem Meer zurechtkommen wird?"

Sorcha wandte sich zu Liusaidh um und dann wieder zurück, sie fühlte sich sowohl aufgekratzt wie auch traurig. „Ich wüsste nicht, warum nicht."

„Wie heißt das Fohlen denn?"

„Liusaidh", antwortete Sorcha. Sie lächelte, weil sie diejenige gewesen war, die ihr den Namen gegeben hatte. „Das bedeutet Krieger." Und tatsächlich stand Liusaidh ganz allein da wie eine Kriegerin, bereit, der

Welt und allen Schwierigkeiten zu trotzen. Sorcha hatte nie an ihrer Ergebenheit gezweifelt – ganz im Gegensatz zu manchen nichtsnutzigen Leuten.

Der Mann strich sich über die Stirn und dachte über Sorchas Angebot nach, während er Liusaidhs Wert einschätzte. „Alle ihre Zähne, sagtet Ihr?" Sein Ton wirkte hoffnungsvoll.

„Aye, Sir."

„Ist sie beschlagen?"

„Aye, Sir. Sie hat neue Eisen."

„Wie sieht es mit ihrem Temperament aus?"

Er schaute Sorcha bedeutungsvoll an und musterte sie von oben bis unten, sodass sie schon überlegte, ob er sie oder ihr Pferd meinte. Glücklicherweise schien sein Blick nicht lüstern zu sein, aber wenn er kämpfen wollte, würde Sorcha ihm gewiss Paroli bieten. Gegen sie und ihre Schwestern zu kämpfen, war kein Freilos. Nur für den Fall, dass er sich irgendetwas in der Richtung überlegte, sagte sie schnell: „Gut, Sir. Sofern sie nicht provoziert wird."

Einen Augenblick später schüttelte der Mann seinen Kopf, als wollte er ihr Angebot abschlagen. „Ach, Mädchen, das Meer ist heute bösartig und kaum geeignet für eine angenehme Reise."

„Bitte, Sir!"

Er neigte den Kopf zur Seite und musterte sie erneut. „Habt Ihr selbst denn Seemannsbeine?"

Sorcha runzelte die Stirn, da sie solche Ausdrücke nicht gewohnt war. „Ich weiß nicht, was Ihr meint, Sir. Aber, aye, ich habe zwei gut taugliche Beine."

Der Mann grinste breit. „Ich meine damit, ob Ihr dazu neigt, Euch auf dem Wasser zu übergeben. Ich habe zu viel zu tun und es ist niemand an Bord, um ein Mädchen aus gutem Hause wie Euch zu bedienen."

*Aus gutem Hause?* Fürwahr, er hatte keine Ahnung, wer Sorcha war, und wenn er es wüsste, würde er vielleicht auf sie spucken. Sie hasste den Kerl, der sie gezeugt hatte so sehr, dass sie am liebsten auf sich selbst gespuckt hätte. Aber die Worte des Mannes brachten ihr Erleichterung, weil sie ahnte, dass sie ihn vielleicht doch noch überzeugen könnte. „Macht Euch keine Gedanken, Sir, ich brauche niemanden, der mich bedient. Und was die Seemannsbeine betrifft, so habe ich den größten Teil meines Lebens in einem Haus auf einem See gelebt und ich habe mich bislang nur übergeben, wenn ich zu viel Bier getrunken habe."

Der Mann schmunzelte. Er rieb sich über das Kinn. „Da haben wir was gemeinsam, Mädchen, da haben wir was gemeinsam. Ihr wollt also zur Insel Skye?"

Sorchas Magen flatterte vor Aufregung. „Ja, Sir."

Er kniff die Augen zusammen und nach einem langen, quälenden Moment nickte er schließlich. „Dann holt Euer Pferd und bringt es hierher. Wir locken es ins Boot und dann geht es los."

*Er hatte es Boot genannt. Nicht Schiff.* Sorcha konnte ihre Freude nicht verbergen. Fast hätte sie den Mann an Ort und Stelle geküsst, nicht zuletzt dafür, dass er ihr mehr Zeit mit ihrer geliebten Liusaidh gab.

Sie rannte los, um die Stute zu holen, und sah so die zufriedenen Blicke zwischen den Schiffsleuten nicht. Als sie an Bord war, bot ihr der Mann, mit dem sie verhandelt hatte, einen Becher an. „Ich garantiere Euch, dass die Reise mit ein wenig *uisge* im Bauch angenehmer wird." Er trank selbst davon, verzog das Gesicht beim Schlucken und reichte Sorcha den Krug. Dann fügte er hinzu. „Mein Name ist übrigens Alec und ich heiße Euch an Bord der St. Ronan's Barque willkommen."

„Danke", sagte Sorcha und nahm das freundliche Angebot des Mannes an. Sie war tatsächlich durstig und zudem auch hungrig. Seit sie das Tal verlassen hatte, hatte sie sich nur von Beeren und Pilzen ernährt.

„St. Ronan's Barque? Das ist ein feiner Name, aber ich weiß nicht, wer das sein könnte."

„Der Schutzheilige meiner Heimat", erklärte Alec. „Für jene, die die Religion des Königs mögen. Doch ich, für meinen Teil, halte mich an Cailleach. Bis vor ein paar Tagen war ich ein wenig vom rechten Weg abgekommen, aber das ist jetzt nicht von Belang, Mädchen. Trinkt. Wir haben die Segel gesetzt."

Sorcha kannte sich mit dem Glauben des Königs nicht wirklich aus. Es war ihr auch gleichgültig, wer zu wem betete. Dieser Mann hatte keine Ahnung, wie nah er der Mutter der Schöpfung war. Sorcha würde sie einander vorstellen. Das Abenteuer und die Aussicht, schon bald wieder mit ihrer Mentorin vereint zu sein, freute sie und sie nahm den *uisge* an, trank einen Schluck und stellte fest, dass er schlechter war als der *uisge* in ihrer Vorratskammer. Auf jeden Fall wollte Sorcha ein und für alle Mal beweisen, dass sie kein Weichling war. Er grinste zustimmend, als sie ohne zu zögern schluckte, dann reichte Sorcha ihm den Krug zurück.

„Nein, behaltet ihn", sagte er. „Ihr werdet ihn brauchen, Mädchen. Die Reise ist nicht lang, aber ein kleines Schläfchen wird Euch guttun. Dafür gibt es nichts Besseres als einen Schluck *uisge*."

Sorcha wusste, dass das stimmte. Obwohl natürlich noch nicht einmal *uisge* ihr beim Einschlafen geholfen hatte, nachdem sie die Lügen aufgedeckt hatte, die ihre Clansleute ihr erzählt hatten. Sie hatte Angst, dass sie den ganzen Krug trinken könnte und immer noch gepeinigt wach liegen würde. Sie dankte Alec und machte es sich neben Liusaidh bequem ...

* * *

IN SEINEN TRÄUMEN und seiner Erinnerung erschien

Padruig Caimbeul überlebensgroß. Für den jugendlichen Aidan war der Unhold mit seinem langen, rotsträhnigen Bart und seinem blutrünstigen Schwert furchterregend gewesen. Aber der Mann, der nun vor ihm saß, war eine kränkliche Kröte mit dreifachem Kinn und einem Bauch, der über die Armlehnen seines Stuhls herausragte. Lìlis entfremdeter Vater war Lord von Caisteal Inbhir Nis, den er von seinem Vater geerbt hatte und dessen Besitz ihm von David mac Mhaoil Chaluim bestätigt worden war – als Lohn für seine Rolle in der Verschwörung, Aidan zu ermorden. Wenngleich dieser Plan ganz offensichtlich gescheitert war. Doch mit all dem Gold, das Padruig David für seine Niederträchtigkeit entlockt hatte, hatte er sich nur ein frühes Grab gekauft. Gemessen an der fettigen Blässe seiner Haut war er schon halbtot.

Nichtsdestotrotz war sein Hof prächtig, mit vergoldeten Wandteppichen und Holzschnitzereien um das Podium herum. Auf den Böden lagen keine Binsen. Der Granit war auf Hochglanz poliert. Säulen, wie Aidan sie noch nie gesehen hatte, säumten alles, bis hoch zum Platz des Lords auf dem Podium. Es war eine Bühne, die zu einem unbedeutenden König passte. Zwischen ihnen standen uniformierte Wachen, Männer, die einfach nur dastanden und Aidan nicht aus den Augen ließen. Aber nichts von alledem sollte Padruigs gegenwärtige Gäste beeindrucken. Im Gegenteil. Aidan hatte das Gefühl, dass Padruig sie in eine Zelle sperren und den Schlüssel wegwerfen würde, wenn er dafür nicht Davids Zorn auf sich ziehen würde. Auch wenn er einer von Davids Günstlingen gewesen war, schien es, dass David sich immer mehr von unehrenvollen Männern distanzierte – eine Tatsache, die zwar gut für Scotia war, aber David in Aidans Augen nicht gerade als den einen wahren König empfahl.

Die fünf, einschließlich Padruigs eigener Tochter,

waren umringt von Wachen, die alle Lanzen mit silbernen Spitzen hielten. In dem Augenblick, als er den Zweck ihres Besuches offenbarte, wurde Aidan klar, dass sie den Mann umsonst aufgesucht hatten. Nicht nur hatte Padruig keine Ahnung, wo Sorcha war, er wusste auch offensichtlich nicht, dass er ihr Vater war. Gott sei's geklagt, denn hätte Aidan noch zwanzig Jahre leben können, ohne Padruigs Gesicht wiederzusehen, wäre er als ein glücklicherer Mann gestorben.

Padruig wackelte mit einem kurzen, dicken und fettigen Finger vor Aidans Gesicht. „Wollt Ihr mir etwa erzählen, dass *ich* eine Tochter habe?"

Die Frage blieb unbeantwortet so stehen, weil Aidan ihm dies ja bereits mitgeteilt hatte und sich nicht dazu anstacheln lassen würde, es zu wiederholen.

„Ich habe eine Tochter und Ihr habt es nicht für nötig gehalten, mich darüber zu informieren?" Padruig verzog das Gesicht. „Kein Wunder, dass man euch als Wilde bezeichnet, wenn ihr doch so wenig Manieren habt."

Aidan ballte eine Hand zur Faust angesichts der Arroganz des Mannes. Er saß dort oben auf dem Podium, auf seinem goldenen Stuhl und sprach zu Aidan, als wäre dieser ein niederer Soldat. Und das, nachdem er Aidans Mutter geschändet und misshandelt hatte. Da traute er sich auch noch, zu fragen, *warum* Aidan ihm Sorchas Herkunft nicht eher offenbart hatte?

*Dreckschwein.*

„Falls Ihr Euch nicht mehr erinnert, Ihr habt eine weitere Tochter, die Ihr in den Tod geschickt habt. Warum sollte Euch jemand noch eine anvertrauen?"

Aidan sprach natürlich von Lìli, die nach Dubhtolargg geschickt worden war, um ihn in seinem Bett zu ermorden – eine Tatsache, die ihr Vater zweifellos abstreiten würde. Aber Aidan glaubte Lìlis Wort, trotz ihrer Blutsverwandtschaft mit diesem Mistkerl vertraute er seiner Frau uneingeschränkt.

„Ich verstehe", sagte Padruig und erdolchte Aidan mit seinem unheimlichen veilchenblauen Blick. „Und würde es Euch etwas ausmachen, mir zu erklären, was Ihr damit meint?" Er nahm eine Pflaume von einem Tablett neben seinem Stuhl und aß sie langsam, wobei er weiter Aidan anstarrte. Er machte viel Aufhebens um jeden Bissen und ließ den Saft über sein Kinn laufen. Aidan wartete mit dem Sprechen und versuchte, sich zu beherrschen, bis er es schließlich nicht mehr aushielt.

„Haltet Ihr meine Schwester gefangen oder nicht?"

„Sorcha?"

„Aye."

„Was für ein hübscher Name", sagte Padruig und labte sich immer noch an der saftigen Pflaume. „Scheint sie so hell wie ihr Name? Bedeutet er nicht helles, strahlendes Licht in Eurer dreckigen Sprache? Oder etwas Ähnliches? Wie eigenartig, dass sie im Licht jenes seltsamen neuen Sterns weggelaufen ist. Findet Ihr das nicht verblüffend?"

Irgendetwas im Verhalten des Mannes sagte Aidan, dass dieser angesichts der Nachrichten bereits Pläne schmiedete. Er wandte sich zu der Frau, die neben ihm saß – vermutlich Lìlis Mutter, obwohl die Dame ihrer verloren geglaubten Tochter, die still hinter Aidan stand, scheinbar nichts zu sagen hatte. Es gab keine Fragen nach ihren Enkelkindern, noch nicht einmal ein verstohlenes Lächeln. Zum Glück hatte auch Lìli noch nichts gesagt und Aidan hoffte, dass sie weiter schweigen würde. Denn, ob bewaffnet oder nicht, er würde Padruig erwürgen, wenn der Mann es auch nur wagte, die Frau, die er liebte, zu beschimpfen. Das war der einzige Grund, warum er nicht gewollt hatte, dass Lìli mitkam. Aber offensichtlich hatte

Lìli sich trotz ihres vorherigen Gepolters entschieden, zu schweigen. Aidan überlegte, ob sie ihn in der Hoffnung auf ein bittersüßes Wiedersehen mit ihrer Mutter begleitet hatte – ein tränenreiches Eingeständnis ihrer Entfremdung und ein wenig Reue wegen allem, was vorgefallen war. Nichts dergleichen passierte.

Padruig flüsterte aufgeregt mit der Frau neben ihm und wandte sich dann wieder zu der unwillkommenen Entourage, wobei er um Aidan herumschaute, um seine Tochter anzusprechen: „Ich sehe, du bist auch da, Lìleas. Komm her, um deine Mutter zu begrüßen. Ich weiß, dass wir dich bessere Manieren gelehrt haben." Als Lìli sich nicht sofort fügte, setzte er hinzu: „Oder bist du wie der Wilde geworden, den du geheiratet hast?"

Zitternd trat Lìli nach vorne, stellte sich neben Aidan und streckt ihre Hand nach seiner aus. Er gab ihr die Unterstützung, nach der sie suchte, und scherte sich nicht darum, was ihr Vater von seiner Geste halten würde. Sollte er Zweifel an Aidans Kraft hegen, könnte er ihn gerne auf die Probe stellen. Er war nicht mehr der unglückliche Junge von einst, der sich nicht an dem Mann rächen konnte, der seinen Vater umgebracht hatte.

„Stimmt das?", fragte Padruig. „Ist Sorcha von mir?"

Lìli hob das Kinn. „Ja, Sir … sie ist meine Schwester."

Padruig lachte schallend. Und dann lachte er weiter, er war offensichtlich recht amüsiert. Schließlich räusperte er sich und sagte: „Nun … das ist aber schade für dich, meine Liebe, da ich gefürchtet hatte, wenn ich dir alles hinterlasse, würdest du es an den Bergschotten neben dir weitergeben. Doch anscheinend muss ich das jetzt nicht mehr tun." Er lächelte fratzenhaft. „Vielleicht ist deine kleine Schwester ein wenig … zugänglicher.

Und wenn sie so feurig ist wie ihre Mutter, lässt sich möglicherweise ein guter Preis für sie erzielen."

Aidans Gesicht wurde rot. „Ihr werdet sehen, dass meine Schwester *nicht* zugänglich ist", entgegnete er mit zusammengebissenen Zähnen. „Und wenn Ihr sie nicht gefangen haltet, sind wir hier fertig und werden uns verabschieden."

Padruig verengte die Augen. „Junge, ich hätte Euch töten sollen, als Ihr nur ein schmächtiges Kerlchen wart. Aber leider habe ich es nicht getan."

Aidan drückte Lìlis Hand. „Ihr könnt es ja jetzt versuchen."

Wieder lachte Padruig. „Kühne Worte von einem unbewaffneten *Gast.* Sagt mir, König der Bergschotten, was sollte mich davon abhalten, Euch hier und jetzt zu töten? Ich hätte das Recht dazu." Er deutete mit einer Hand auf seinen Hofstaat und all seine Wachen. „Schließlich habt Ihr mich bedroht und keiner der Anwesenden würde dies bestreiten."

Aidan knirschte mit den Zähnen. „Ich bezweifle, dass Ihr Euch schnell genug von dem Stuhl erheben könntet, um Euer Leben zu retten."

„Ihr –" Padruig stand viel schneller auf, als Aidan vermutet hätte.

Es war wohl besser, den Mann nicht zu provozieren, solange Lìli neben ihm stand, aber er konnte sich kaum noch beherrschen. „Damit Ihr im Bilde seid", unterbrach Aidan ihn, „sollte ich Euch wohl warnen, dass ich nicht allein gekommen bin."

„Das habe ich gesehen, Schurke. Doch auch wenn Ihr heute Davids Unterstützung bei Euch habt, verratet mir, dún Scoti, wer ist da draußen und beschützt *meine* kleine Sorcha?" Er zeigte mit der Hand gen Himmel. „Sie ist mein heller Stern. Und wenn meiner Tochter etwas zustößt, mache ich Euch persönlich dafür verantwortlich."

Aidan biss die Zähne zusammen, er wollte dem Mann nicht offenbaren, wie sehr diese Frage ihn beunruhigte. Es stimmte. Er war mit einem Heer gekommen, aber Sorcha war irgendwo dort draußen, allein und unbeschützt. Und jetzt war das Schlimmste passiert: ihr Vater, der Teufel, wusste Bescheid.

„Geht jetzt", sagte Padruig, setzte sich wieder und entließ sie mit einer Handbewegung. „Seid versichert, dass ich keine Kosten und Mühen scheuen werde, um *mein* Kind zu finden. Ich werde jeden Stein umdrehen ..." Er gab sich besorgt. „Und ich werde mein allerliebstes Kind wiederfinden und mich mit ihm wiedervereinen und –"

„Vater", flehte Lìli.

„Halte den Mund, Weib!", platzte es aus Padruig heraus und er stand wieder auf. „Du hast meinen Namen und alles, was ich besitze, verunglimpft – an jenem Tag, als du mit dem dreckigen Schotten ins Bett gestiegen bist. Hör mir gut zu, Tochter, ich werde den gleichen Fehler nicht noch einmal bei deiner kleinen Schwester machen. Gott hat mir die Gnade erwiesen, mir eine neue Chance zu geben, und ich werde *meine* Tochter finden und sicherstellen, dass sie mir Erben schenkt, und wenn ich das Mädchen selbst schwängern muss!"

Erzürnt von der Drohung stürzte Aidan zum Podium. Die gekreuzten Lanzen von Padruigs Männern versperrten ihm sofort den Weg. Lìli weigerte sich, seine Hand loszulassen, und erinnerte ihn daran, dass sie auch noch da war. Es würde Sorcha nicht helfen, wenn er von den silbernen Lanzenspitzen aufgespießt würde und den Märtyrertod starb.

„Aidan!", rief Lìli.

Padruig lachte abscheulich.

„Lasst uns gehen", flüsterte Lìli. „Jetzt sofort! Er will Euch nur verhöhnen." Aber dann, als Aidan sich zum

Gehen wandte, warf sie noch einen letzten sehnsüchtigen Blick zurück zu der Frau, die neben ihrem Vater saß. Und als diese sich abwandte, gab Lili einen erstickten Laut von sich. Es brach Aidan das Herz. Und damit ihr Vater nicht noch die Befriedigung hatte, ihre Tränen zu sehen, führte er sie schnell zur Tür hinaus. Er hätte gern noch einen Moment verharrt, um sie zu trösten, doch kurz nachdem das Fallgitter sich hinter ihnen gesenkt hatte, wurde es schon wieder gehoben und sechs Reiter preschten durch das Tor.

„Sie jagen Sorcha hinterher", sagte Aidan, das spürte er in seinen Knochen.

Ohne einen Erben wäre Padruig Caimbeuls Vermächtnis verloren. Aidan wurde klar, dass er Sorcha vor Padruigs Männern finden musste. Er küsste seine Frau flüchtig auf den Mund, sagte ihr, dass er sie liebte, und schickte sie dann in Begleitung einiger Wachsoldaten nach Hause. Darauf wandte er sich mit seinen restlichen Männern und jenen, die Jaime Steorling und David mac Mhaoil Chaluim ihm überlassen hatten, in Richtung Westen.

# KAPITEL VIER

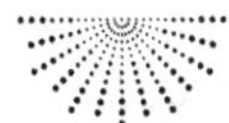

Sorcha wachte mit einem trockenen Mund auf. Es fühlte sich an, als hätte sie Wattebäusche verschluckt. Ihr Kopf schmerzte und sie hatte Angst, ihre Augen dem hellen Sonnenlicht zu öffnen – zumindest glaubte sie, dass es Sonnenlicht sein müsste.

Das Letzte, woran sie sich erinnerte, war, dass sie an Bord des Schiffes gegangen war. Sie waren unmittelbar nach dem Ablegen in einen Sturm geraten. Das Schiff schaukelte und schwankte, schaukelte und schwankte ...

*Aber nay ... es musste der uisge sein.*

Ihre Augen flogen auf, als sie plötzlich merkte, dass ihr Kopf sich drehte und nicht das Bett, auf dem sie lag.

Sie befand sich in einem seltsamen Raum, der nur spärlich möbliert war. Wie in einer Kerkerzelle schmückten lediglich Spinnweben die Wände und es gab wenig, was ihr Wärme hätte spenden können. Das Bett selbst war groß genug für drei erwachsene Männer und als sie ihren Blick schweifen ließ, entdeckte sie einen nackten Fremden – ein Mann, so stämmig wie der Kapitän des Schiffes, mit blondem Haar. Er sah aus wie ein Bär und saß mit verschränkten Armen und geschlossenen Augen, die nackten Schultern an die Wand gelehnt, auf einem Stuhl am anderen Ende des Zimmers. Selbst im Schlaf wirkte sein Gesicht hart und einen Moment lang hielt Sorcha ihn für ihren Gefängniswärter, aber dann zählte sie eins und eins zusammen: fremder nackter Mann und zerwühlte Laken. Sie keuchte auf und kletterte aus dem Bett. Sofort hob sie die Decke an, um zu sehen, ob sie Blutflecken entdecken konnte, aber sie erblickte nur saubere Bettwäsche.

Sie *fühlte* sich auch nicht misshandelt. Wenn ein Mann dieser Größe es gewagt hätte, sie zu vergewaltigen, würde sie es doch sicherlich spüren. Verwirrt ließ Sorcha die Decke fallen, stellte sich vor den Fremden und stemmte die Hände in die Hüften. „Wer seid Ihr?", fragte sie.

Der Koloss öffnete die Augen, strahlend blaue Augen, die sie leicht scheel anblickten. Sorcha hätte am liebsten mit einer Hand vor seinem Gesicht herumgewedelt.

„Wer seid *Ihr*?", entgegnete er. „Und vor allem: was macht Ihr in meinem Bett?"

Sorcha war schon längst nicht mehr *in* seinem Bett, hielt es aber nicht für nötig, ihm dies unter die Nase zu reiben. Das konnte er schließlich selbst erkennen. „Was soll das heißen, wer bin *ich*?"

„Ich denke, ich habe mich klar ausgedrückt, Mädchen."

„Wo ist Alec?", fragte Sorcha. Sie wollte jetzt denjenigen sehen, der sie hinters Licht geführt hatte.

„Das hätte ich mir denken können", sagte er angewidert.

„Was hättet Ihr Euch denken können?" Sorcha blieb verwirrt. Außerdem hatte sie das dumpfe Gefühl, dass sie noch nicht einmal in der Nähe der Insel Skye war. „Wo bin ich?", fragte sie gereizt. Irgendjemand musste für Alecs falsches Spiel bezahlen.

„In *meiner* Kammer", antwortete er, als wäre Sorcha ein Dummkopf.

Sie starrte ihn wütend an. „Und wo, bitte schön, ist das genau?"

„Burg Dunrònaigh."

Als wüsste sie, wo das nun wieder war! *Atme*, befahl sich Sorcha. *Atme.* Es war durchaus möglich, dass es eine vernünftige Erklärung für all das gab. Nur weil ihre Clansleute sie verraten hatten, musste das ja nicht heißen, dass alle Menschen, die ihr begegneten, genauso waren. „Nun, dann sagt mir doch ... steht Burg Dunrònaigh vielleicht auf der Insel Skye?"

„Nay", antwortete der Mann und stand plötzlich auf. Er war splitterfasernackt und schämte sich in keiner Weise, der Welt sein Gemächt zu zeigen. „Wenn Ihr mein Bett nicht mehr braucht, könntet Ihr mich bitte allein lassen, damit ich mich ausruhen kann?"

Als könnte sie das! Aber wenn er nicht ihr Wächter war, dann mussten sie hier zusammen eingeschlossen sein.

Zielsicher durchquerte er die Kammer und ging auf das Bett zu, das angeblich ihm gehörte. Sorcha sprang aus dem Weg und war überrascht, dass er sie dabei nicht einmal ansah. Bei ihrem Ausweichen wäre sie fast über ihren eigenen Ärmel gestolpert. Fürwahr, was in Cailleachs Namen trug sie da?

*Ein Brautkleid?* Ein eisblaues, aufwändig genähtes, fließendes Gewand mit Ärmeln, die bis zum Boden reichten. Wer hatte sie umgezogen? Und noch viel wichtiger: warum hatte man ihr ein so ein kunstvoll gefertigtes Kleidungsstück angezogen? Überhaupt, wenn sie nicht auf der Insel Skye war, wo war sie dann? „Wollt Ihr schlafen?", fragte Sorcha aufgebracht, als er unter der Decke lag.

Er drehte sich zur Wand. „Sofern Ihr keinen besseren Vorschlag habt." Aber er bewegte sich nicht, um seine verschleierte Drohung in die Tat umzusetzen.

„Ich würde Euch die Augen auskratzen", warnte Sorcha ihn.

„Das wäre überflüssig", entgegnete er.

Weil er sie nicht wollte? Oder weil er sie schon genommen hatte? So oder so, Sorcha wurde langsam wütend. *Was war das hier für ein Mist?* Wo hatte Alec sie hingebracht?

Sie nahm nun den Platz des Fremden ein und setzte sich auf seinen Stuhl, während sie versuchte, zu verstehen, was hier passiert war. Einen Augenblick später fing der Mann an, laut zu schnarchen.

Ihr Bruder Aidan hätte ihr gesagt, dass sie niemals Fremden vertrauen sollte, aber sie war so erpicht darauf gewesen, Una zu verfolgen, dass sie gar nicht auf die Idee gekommen war, dass etwas faul sein könnte. Hatte sie geglaubt, dass sie nicht anfällig war für die Gefahren, die nur Frauen ereilten? War sie so arrogant gewesen, anzunehmen, dass ihr kein Leid zugefügt werden könnte?

Sie war eine Hüterin – eine Auserwählte –, aber das bedeutete nicht, dass sie nicht verletzt werden konnte. Nichtsdestotrotz, wenn man ihre Fähigkeiten bedachte, konnte man Sorcha nicht als unglückselige Jungfrau bezeichnen. Sie war nicht so erzogen worden, dass sie sich von Angst hätte einschüchtern lassen.

Sie versuchte, sich zu erinnern, kam aber nicht weiter als bis zu dem *uisge*. Der Mann namens Alec hatte ihr den Krug gereicht und Sorcha hatte ihn natürlich angenommen, da sie keinen Grund gesehen hatte, zu glauben, dass es etwas anderes wäre, als er behauptet hatte. *Warum hätte er schließlich lügen sollen?* Sorcha hatte ihm bereits alles gegeben, was sie von Wert besaß. Und sie hatte nicht einen Augenblick lang vorgehabt, mehr zu trinken, als sie vertrug.

Es gab keine andere Erklärung: Der *uisge* musste mit einem *Betäubungsmittel* versetzt gewesen sein.

Nun, da sie darüber nachdachte, hatte er ihr die Überfahrt schon recht schnell zugesagt ...

Hatte dieser „Alec" sie an einem geheimen Ort abgesetzt und war dann mit ihrem Pferd verschwunden? Hatte er sie an einen schmierigen, einsamen Laird verkauft? Oder schlimmer noch ... war das Schiff untergegangen und Sorcha vielleicht als einzige Überlebende auf einer vergessenen Insel gestrandet?

*Fürwahr.* Als sie an Liusaidh dachte, bekam sie zum ersten Mal Angst. *Aber nay!* Sie musste dafür beten, dass ihre Stute lebte und es ihr gutging.

Ach! Sie hätte diese Fragen und viele mehr so gern gestellt, aber das Schnarchen des schlafenden Riesen füllte den Raum und er hatte sie weggeschickt.

Je länger Sorcha dasaß und darauf wartete, dass er endlich aufwachte, desto wütender wurde sie. Wie konnten sie es wagen, sie in einem Turm wie eine Gefangene einzusperren! Und wenn sie wirklich eine Gefangene war, wer war dann dieser Mann? *Auch ein Gefangener?* Auf jeden Fall hatte ihm jemand seine Kleidung weggenommen, denn sie war nirgendwo zu sehen, ebenso wenig wie ihre eigene. Da wurde ihr klar, dass auch ihr *keek stane* und der *grimoire* verschwunden waren. Dies waren die einzigen beiden Gegenstände, von denen sie sich niemals trennen konnte – nicht, wenn sie Una wiedersehen wollte.

Für Außenstehende wirkte der *keek stane* wie nichts weiter als ein gewöhnlicher Kristall, aber tatsächlich war er ein uralter Wahrsage-Stein, der die Macht hatte, die Gegenwart und Vergangenheit zu offenbaren. Die letzte Vision, die Sorcha in seinen Tiefen gesehen hatte, hatte ihre Verwandtschaft mit Padruig enthüllt. Das wiederum hatte sie diese elendige Reise beginnen lassen. Und nun wollte der *keek stane* sie im Stich lassen.

Der *grimoire*, auch wenn es ihr jetzt nichts nützte, war voller Rezepte für Tinkturen und Heilmittel. Beide Gegenstände waren viel zu wertvoll, als dass sie diese hätte verlieren dürfen. Aber nun saß sie hier auf ihrem Hintern und wartete, dass ihr jemand ein paar Antworten lieferte.

Die Wut machte sie rastlos. Sie wollte jetzt endlich Antworten erhalten. Sorcha stand auf, ging zum Bett hinüber und schüttelte den unhöflichen Mann an seiner Schulter.

Ohne jegliche Scham drehte er sich um, streckte ein nacktes Bein unter der Decke hervor und stellte einen Fuß auf den Boden. Er legte einen Arm über die Augen, als wollte er sie vor dem Licht schützen, machte aber keine Anstalten, sein recht eindrucksvolles Gemächt zu bedecken. „Wer seid Ihr?", schnauzte Sorcha ihn an. Als er nicht antwortete, schüttelte sie ihn noch einmal. „Hallooo?"

„Ach, Mädchen. Habt Ihr kein Mitleid? Ich habe die ganze Nacht auf dem verdammten Stuhl verbracht und darauf gewartet, dass ich an der Reihe wäre. Jetzt könntet Ihr mir ein wenig Dankbarkeit erweisen und mich schlafen lassen."

*Dankbarkeit?*

Sorcha war nur dankbar, dass er genug Benehmen hatte, die Finger von ihr zu lassen, aber das erklärte noch nicht, wie sie in *seinem Bett* gelandet war oder wer er überhaupt war. Und es erklärte auch nicht, warum sie in einem Turm eingesperrt war und das zu kurze Kleid einer anderen Frau trug. „Ich verstehe nicht", sagte sie.

„Damit sind wir schon zu zweit", antwortete der Mann. „Wenn Ihr jetzt jedoch mit dem Reden fertig seid, haltet euren Mund und lasst mich schlafen."

*Wie unhöflich!*

Sorcha trat vom Bett zurück und setzte sich wieder

auf den einzigen Stuhl neben der einzigen Tür. Noch nie hatte jemand in so einem Tonfall zu ihr gesprochen.

Sollte sie gegen die Tür schlagen?

*Wer würde dann kommen?*

Nay, zuerst musste sie herausfinden, was passiert war, damit sie wusste, was auf sie zukam. Wenn sie den ganzen Haushalt aus dem Schlaf riss, was dann?

Sie hatte von Stämmen gehört, die Frauen stahlen, um sie als Ehefrauen zu unterjochen. Aber dieser Kerl schien gar kein Interesse an ihr zu haben. Er hatte sie offensichtlich nicht angefasst und schien sie auch nicht attraktiv zu finden. Aus irgendeinem seltsamen Grund fühlte sie sich deswegen übelgelaunt – doch was für einen Sinn ergab das? Sie würde ihm die Augen auskratzen, wenn er es wagte, sie ohne Erlaubnis zu berühren. Und doch *verehrten* Männer ihre Schwester Lìli. Lìlis Schönheit war die Muse der Minnesänger. Sie hatten für sie sowohl eine Ode wie auch einen Fluch gedichtet. War Sorcha also unter so schlimmen Umständen empfangen worden, dass sie nun dergestalt unansehnlich war – selbst für diesen unhöflichen Barbaren?

Das Schnarchen des Mannes hallte wie Donner von den Wänden wider – sie blickte sich genauer um –, Steinwände voller Risse und Spalten. Zudem bemerkte sie, dass das Gewand an ihrem Leib verschlissen war. *Fürwahr.* Sie hatte ein Kleid getragen, das in bestem Zustand gewesen war. Vielleicht ein wenig langweilig, aber aus Glennas weichem braunem Wollstoff genäht und es hatte ihr sehr gut gepasst.

Sie verschränkte die Arme gegen die morgendliche Kälte und stand wieder auf, um ihr Gefängnis zu untersuchen. Soweit Sorcha es beurteilen konnte, befand sie sich in einem Turm.

Sie zog den Stuhl zum einzigen Fenster der Kammer. Es war nur ein enger, langer Schlitz, durch den kaum ein Finger und schon gar kein Mensch passte. Auch ließ es zu wenig Sonnenlicht herein, um den Schlafenden mit einem Strahl ins Gesicht zu ärgern, wenngleich es im Zimmer nach und nach heller wurde, was ihn ebenso wenig zu stören schien.

Sie achtete darauf, den übelgelaunten Schurken nicht zu wecken, und stieg auf den Stuhl. Dabei warf sie einen Schatten auf sein Gesicht, aber er schien auch dies nicht zu bemerken. Er schnarchte weiter.

Als er Sorcha in seinem Bett entdeckt hatte, musste er aufgewacht und auf seinen Stuhl geflüchtet sein. Schlief er immer so tief? Oder hatte man ihm ebenfalls etwas eingeflößt? Sie selbst hatte offensichtlich weiter geschlummert, als sie auf das Bett gelegt wurde.

Allein die Vorstellung ärgerte Sorcha. Sie zog an einem Stück verblichenem rotem Tuch, das in einer Ritze feststeckte. Es war lang und zerfetzt und *irgendetwas* klebte daran ...

Sie hielt es sich unter die Nase und verzog das Gesicht bei dem Geruch nach saurem Essen. Angewidert stopfte sie den Stoff durch den Fensterschlitz und ließ ihm vom Wind fortwehen.

Von ihrer Position auf dem Stuhl aus konnte sie die ganze Insel von einem Ende bis zum anderen sehen. Grüne Felder überall, außer am zerklüfteten Ufer, das aus dunklem Felsgestein bestand – ähnlich wie der Stein, den ihre Vorfahren vor mehr als zwei Jahrhunderten versteckt hatten. Der Stein von Scone, der verflucht und jetzt fort war. Der Stein, den ihre Leute zum Nachteil ihres eigenen Wohlbefindens versteckt und bewacht hatten, und nun war er von der Erde verschluckt worden. Was machte das für einen Sinn? *Überhaupt keinen.* Aber das war nun nicht von Belang, denn sie war offensichtlich nicht auf der Insel Skye. Doch vielleicht war sie an einem Ort in der Nähe.

Wieder dachte sie über die Möglichkeit eines Schiffbruchs nach.

Fürwahr, auf dem Festland war keiner der anderen Schiffer auch nur im mindesten geneigt gewesen, sein Glück aufs Spiel zu setzen, und Sorcha hatte Cailleachs Warnungen natürlich in den Wind geschlagen. Sie war so versessen darauf gewesen, Una zu folgen. Und jetzt ... wohin hatte es sie verschlagen und was war mit ihr passiert?

Hoch oben am Himmel, in einem so seltsamen Winkel, dass sie ihn kaum erkennen konnte – er schien geradezu über der Insel zu schweben –, befand sich der eigenartige Stern, dem sie gefolgt war. Sie musste den Kopf so weit in den Nacken legen, dass sie fast vom Stuhl gefallen wäre in ihrem Versuch, ihn zu erspähen.

In der Zwischenzeit konnte sie überall in der Umgebung Menschen fröhlich herumlaufen sehen, offenbar nicht wissend, dass sie hier in ihrer Zelle schmachtete.

Oder vielleicht wussten sie es doch und wie ihre eigenen Leute besaßen sie einfach keine Schuldgefühle. Verwirrt von ihren Entdeckungen setzte Sorcha sich wieder auf den Stuhl.

Machte es Sinn, zu schreien?

Wie standen die Chancen, dass es jemanden interessieren würde?

Sie war offensichtlich in der Gewalt des Lairds der Insel, sie und ... dieser Schurke – der Mann, dem sein Schönheitsschlaf wichtiger war als seine eigene Freiheit – wurden hier gegen ihren Willen festgehalten. Was hatte er wohl verbrochen? War er ein Mörder? Ein Dieb?

Eins stand fest: Er war kein Frauenschänder – den Göttern sei Dank. Bei Cailleach, er war unhöflich und grantig und zum ersten Mal, seit sie das Tal verlassen hatte, vermisste sie ihren Bruder. Aidan hätte diesem

Kerl seinen hübschen großen Kopf abgerissen. Jetzt wünschte sie sich, dass sie ihre Spuren nicht so gut verwischt hätte, weil keiner sie jemals finden würde ... außer sie kamen auch auf die Idee, dem blöden Stern zu folgen.

Wütend und trotzig reckte sie ihre Faust dem hellen Licht entgegen. „Ich weiß, dass Ihr da draußen seid", flüsterte sie. „Warum habt Ihr mich verlassen, Una?"

Aber da kamen ihr Unas letzte Worte an sie in den Sinn. „Suche diejenigen, die du mit deinem ganzen Herzen und nicht nur mit deinem Kopf liebst", hatte sie gesagt.

## KAPITEL FÜNF

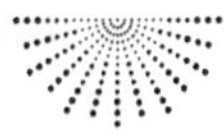

„Psst. ... schlafende Schönheit ...“
*Schlafende Schönheit?*

Caden verschluckte sich fast an dem überraschten Gelächter, das aus ihm herausbrechen wollte. Natürlich antwortete er nicht, obwohl er nicht schlief. Wer hätte bei dem Gejammer der Frau schon schlafen können?

Seit Monaten zog er den unnützen Vollrausch der Wahrheit vor, dass er seinen eigenen Bruder erschlagen hatte. Er hatte den kleinen Davie geköpft. Und jetzt konnte er noch nicht einmal mit einem Löffel seinen Mund finden. Er hatte sein stinkendes Hemd, das voller angesäuerter Essensreste war, zerrissen und aus dem Fenster geworfen. Er war menschlicher Abfall – eine jämmerliche Kreatur, dazu verdammt, den Rest des Lebens im Liegen zu verbringen, damit er sich beim Versuch, die Schwelle zu überqueren, nicht verletzte. Allein gestern hatte er sich ein Dutzend Mal die Stirn am Türrahmen gestoßen und dann seinen Zorn an dem Holz ausgelassen. Zwei lange Monate hatte er an Wundfieber gelitten und war nicht sicher gewesen, ob er den nächsten Tag erleben würde. Fünf Monate später war er immer noch eine Bürde für seinen Clan.

Gestern Abend war er volltrunken, mit einem Krug

*uisge* in der Hand, den Alec ihm gegeben hatte, eingeschlafen. Erst jetzt verstand er, dass Alec einen Grund dafür gehabt hatte. *Mistkerl.* Er hatte ihm den Krug nicht aus Sorge um sein Wohlbefinden angeboten, oder um seine Stimmung zu verbessern, sondern um Caden besinnungslos zu machen, damit er nicht merkte, wenn sie ihm irgendein armes Mädchen in sein Bett legten.

*Und wer zum Teufel war sie?* Sie lebte auf keinen Fall auf der Insel. Caden kannte hier jeden Mann, jede Frau und jedes Kind. Auf seinem kleinen Fleckchen Land war es unmöglich, einen Fremden zu treffen, und doch war sie eine Fremde.

Aber er wusste, dass sie weiches Haar hatte. Er war neben ihr aufgewacht und ihre seidenen Zöpfe hatten seinen Arm gekitzelt. Daraufhin war er sofort aus dem Bett geflohen, damit er sie mit der Stärke seiner Erregung nicht ängstigte. Diese war angesichts seines derzeitigen Zustands recht unerwartet gekommen. Tatsächlich konnte und wollte Caden sich nicht erinnern, wann er das letzte Mal bei einer Frau gelegen hatte.

Sie roch nach Wacholder und Sonnenschein und ihr Haar war seidig. Mehr wusste er nicht. Sie könnte dick oder dünn, blond oder brünett sein. Diese Dinge konnte er nicht an ihrer Stimme, die sich trotz der Wut darin lieblich anhörte, erkennen. Aber Caden machte ihr keinen Vorwurf. Wenn er weggeholt und hier abgesetzt worden wäre, hätte er beim Aufwachen so laut geschrien, dass selbst die Sturm-Kelpies in ihren Schlafplätzen gezittert hätten. Aber er musste ihr zugutehalten, dass sie keine Angst vor ihm hatte. Sie schien überhaupt keine Angst zu haben und auch ohne Cadens Zustand zu kennen, ließ sie sich nicht von ihm unterkriegen, was doch bemerkenswert war.

Trotzdem hatte Caden kein Interesse, bei ihr zu liegen, nur weil sie gerade da war. Er war schließlich keine hirnlose Kreatur, die jede sich bietende Gelegenheit zur Paarung nutzte. Außerdem wollte er keine Kinder zeugen, die er vielleicht nicht aufwachsen sehen würde.

*Was in Gottes Namen hatte Alec sich dabei gedacht?* Versuchte er so verzweifelt, Cadens Laune zu heben, dass er eine Braut stahl, nur um ihn zu besänftigen? Hatte er seine Lektion nicht von Cadens Vater und Auld MacLeod gelernt?

Auld MacLeod hatte Cadens Mutter eines Nachts im Vollrausch zur Insel Skye entführt. Über ihre Rückkehr nach Rònaigh hörte Caden verschiedene Geschichten. Eine besagte, dass Auld MacLeod sie umgehend zu Cadens Vater zurückgeschickt hätte, als er merkte, dass Mary Mac Swein hochschwanger war. In einer weiteren Variante hieß es, dass seine Mutter mitten in der Nacht davongelaufen und es nicht klar wäre, ob Wee Davie der Sohn seines Vaters war. Caden hatte nie Zweifel gehabt: Davie war sein Bruder und er hätte jeden Mann getötet, der –

*As ucht Dé, was sollte er mit Erben anfangen, wenn er nicht in der Lage war, sie zu beschützen?*

Nay, es war am besten, dass seine Leute lernten, ohne ihn zurechtzukommen, selbst wenn es bedeutete, dass sie Rònagh verlassen und sich an Auld MacLeod wenden müssten. Rònaigh stand unter keinem guten Stern. Dass die Götter vier fähige Erben beseitigt und stattdessen einen blinden Mann zum Regieren zurückgelassen hatten, war Beweis genug.

„Psst … Ihr … psst …“

Standhaft ignorierte Caden das sture Mädchen und gab vor, wieder zu schnarchen, was ihm noch eine kurze Zeit der Ruhe einbrachte. Er überlegte, warum sie nicht einfach versuchte, den Raum durch die Tür zu verlassen. Er wusste ohne den geringsten Zweifel, dass

Alec sie niemals verriegeln würde, da es Cadens Tür war und er es nicht wagen würde.

Und überhaupt, warum sollte er so etwas auch tun, es sei denn, das Mädchen war gefährlich? Vielleicht plante er, Caden endlich aus dem Weg zu schaffen. Weil man nirgendwo hinkonnte. Nicht ohne ein Boot.

„Psst … Ihr … psst … psst …"

„Ach, Mädchen, was wollt Ihr? Seht Ihr nicht, dass ich schlafe?"

„Nay. Tut Ihr nicht."

„Woher wollt Ihr das wissen?"

„Weil Euer kleiner *Hauptmann* kerzengerade steht. Ich kann sehen, wie er zuckt."

Caden blinzelte. Einen Augenblick traute er seinen Ohren nicht.

Er verstand nicht gleich, was das Mädchen da sagte, doch dann ließ er eine Hand nach unten wandern, um sicherzugehen. Und tatsächlich tanzte sein „kleiner Hauptmann" wie ein Idiot. Ihre Beschreibung seines Gemächts ließ ihn vor Lachen brüllen.

„Ach je! Ich bin so froh, dass Ihr es lustig findet", sagte sie mit sarkastischem Tonfall. Als sein Gelächter abebbte, fragte sie: „Wie lange seid Ihr an diesem gottverlassenen dreckigen Ort schon eingekerkert?"

*Dreckig?* Caden antwortete vorsichtig: „Noch nicht lang genug." Seine Laune verbesserte sich für den Augenblick. Er verbarg ein kleines Lächeln.

„Dann müsst Ihr etwas Fürchterliches getan haben", mutmaßte sie.

„Ziemlich", stimmte er zu, denn so war es ja auch. Der christliche Priester hatte gesagt, dass seine Erblindung ihm als Buße von Gott auferlegt worden war, und er hatte wirklich keine Verletzung, die den Verlust seines Augenlichts hätte erklären können. Im einen Moment war alles gut und im nächsten war es weg … wie der kleine Davie.

„Nun, wenn wir hier zusammen gefangen sind, solltet Ihr wohl besser meinen Namen kennen."

*Schweigen.*

„Ich bin Sorcha. Und Ihr?"

„Caden", antwortete er nach einer Weile und spürte Gewissensbisse, weil er sie täuschte.

„Also, Caden, was habt Ihr getan, um ein solches Schicksal zu verdienen?"

Das Zelt über Cadens Schoß brach zusammen. „Ich habe einen Jungen getötet", sagte er.

„Absichtlich?"

„Nay."

„Ihr behauptet also, dass es ein Unfall war?"

„Das vermute ich."

„Fürwahr! Wer ist denn der Laird von diesem armseligen *caisteal*?"

Cadens Stimme war voller Hass, als er antwortete: „Sicherlich ein abscheulicher Mann."

„Aber natürlich", entgegnete sie. „Wer würde schon Unschuldige in einem Turm einsperren?"

*Schweigen.*

„Damit meine ich mich, wenn Ihr versteht. Ich weiß nicht, wie es bei Euch ist, aber ich habe nichts getan, um eine solche Behandlung zu verdienen. Ich habe nur die Überfahrt auf einem Schiff gebucht, das mich nach Skye bringen sollte, und stattdessen hat man mich hierhergebracht und gegen meinen Willen eingeschlossen. Einst haben sie meine Schwester in den Kerker geworfen und sie wäre fast gehängt worden. Vielleicht hatte sie es verdient, aber ich bin froh, dass sie es nicht getan haben. Und heute würde man es nicht glauben, wenn man alle ihre Kinder herumlaufen sieht ..."

Sie schwieg einen Augenblick, obwohl sie noch nicht fertig war.

„Ich nehme an, dass sie mich mit ihrem Laird verheiraten wollen, aber ich verstehe nicht warum. Er muss mich verwechselt haben."

Mit *er* meinte sie zweifellos Alec.

„Ich besitze nur wenig von Wert."

Wieder Schweigen, da Caden ihr keine Angst machen wollte. Sie besaß mehr von Wert, als ihr bewusst war.

Schon seit Jahren hatte Alec über das Stehlen von Bräuten gescherzt und mit ihrem feurigen Wesen würde sie eine großartige Ehefrau abgeben – sofern sie nicht potthässlich war.

„Hört Ihr mir zu?"

„Aye, Mädchen. Ihr wolltet nicht, dass Eure Schwester gehängt wurde."

„Ich bin *niemand*", beharrte sie. „Ich bin nur Sorcha."

„Aye, nun, Ihr müsst jemand sein", entgegnete Caden und genoss das Feuer in ihrer Stimme. „Jeder ist jemand."

„Hmm", sagte sie mit der Erleichterung einer Gefangenen, die in ihrem Zellengenossen einen Mitverschwörer entdeckt hatte. „Auf jeden Fall werde ich diesen widerlichen Laird niemals heiraten. Er ist wahrscheinlich eine hinterlistige Kröte mit sechs Fingern und Zehen und Warzen an der Nasenspitze. Nur ein solcher Mann hätte es nötig, sich eine Frau zu stehlen …"

Caden stimmte dem von ganzem Herzen zu. „Kein Mann, der sich als solcher bezeichnen darf, sollte ein Mädchen gegen ihren Willen nehmen."

„Da sagt Ihr was!", entgegnete sie. „Seht Euch doch an. Ihr seid ein gutaussehender Mann und wenn Ihr nicht in diesem Turm eingesperrt wärt, könntet Ihr jede Frau haben, die Ihr wollt, würde ich behaupten. Seht Euch doch an und lüstern seid Ihr obendrein." Sie lachte leise und es hörte sich an wie Musik. „Ich nehme nicht an, dass man Euch je vorwerfen könnte, dass Ihr es lieber mit Männern treibt. Oder vielleicht bevorzugt Ihr tatsächlich Männer, aber das glaube ich nicht."

Caden bevorzugte keine Männer. Er hatte noch nie davon gehört und auch noch niemanden getroffen, auf den dies zutraf, obwohl er vermutete, dass es besser wäre, es mit einem Kerl als mit einer Ziege zu treiben. Fürwahr, er hatte einem Mann einst sein ganzes Vieh beschlagnahmen und ihn ins Kloster schicken müssen. Es hatte ihm leidgetan, weil er wusste, wie schwierig es war, auf einer abgelegenen Insel mit einem solchen Mangel an Frauen zu leben – eine einfache Tatsache, die nun nicht mehr zutraf. Nach dem Schicksalsschlag hatten sie jetzt viel mehr Frauen als Männer und die Frauen trafen ihre Wahl selbst über Beltane hinaus. Eine einzige Schlacht und ihr Schicksal hatte sich verändert. Bis jetzt war Caden im Gegensatz zu Alec viel zu sehr mit der Verteidigung dieses Landes beschäftigt gewesen, als dass er sich um Frauen hätte Gedanken machen können. Obwohl er plötzlich und unerklärlich die ganze Last seines Schmutzes spürte. Nachdem er so viel Essen auf seine Kleidung gekleckert hatte, hatte er sich nicht mehr die Mühe gemacht, sich anzukleiden. Meistens stellte Moira seinen Teller auf den Stuhl und eilte dann ohne ein Wort hinaus aus Angst, dass er sie schlagen würde. Caden war der Meinung, dass er ihnen einen Gefallen tat, denn wer wollte schon am Tisch sitzen und zusehen, wie ein erwachsener Mann sich Erbsen in seine Nase schob?

Das Mädchen schwieg eine Weile, während Caden nachdachte, und er überlegte, ob sie wohl aus dem Fenster schaute. Zuvor hatte er gehört, wie sie den Stuhl über den Holzboden gezogen hatte, und er war davon ausgegangen, dass sie ihn unter das Fenster geschoben hatte. Burg Dunrònaigh war für größere Männer – Wikinger von großer Statur – gebaut worden. Selbst Caden musste sich auf die Zehenspitzen stellen, um nach draußen zu schauen – eine Anstrengung, die sich nicht mehr lohnte.

Nach einer langen Zeit des Schweigens fragte sie: „War dieser Junge, den Ihr getötet habt, mit dem Laird verwandt?"

Es tat weh, auch nur das Wort auszusprechen. Caden schluckte schwer. „Aye."

Dann schwieg sie wieder und schien nicht sicher zu sein, was sie noch sagen sollte. Derweil versuchte Caden, das Bild des Körpers von Wee Davie, wie er vor ihm ohne seinen Kopf taumelte, aus seinen Gedanken zu verbannen. Es hatte einen Moment gedauert, bis der Körper den eigenen Verlust verstanden hatte. In der Zeit schien es, als könnte Caden die Überraschung seines Bruders in dessen Haltung erkennen ...

Und dann musste Cailleach sich ihm erbarmt haben, denn er konnte sich an nichts weiter erinnern. Die Erblindung war urplötzlich gekommen und er hatte noch nicht einmal mehr gesehen, wie die Leiche des kleinen Davie auf das blutgetränkte Gras gestürzt war.

Um seiner Clansleute willen hatte Caden sein Herz verschlossen. Er hatte mit Tränen in den Augen und nur einem einzigen Wort auf seiner Zunge weitergekämpft. *Nein, nein, nein.*

„Wenn ich dem Mann gegenübertrete, werde ich ihm die Haare ausreißen", drohte Sorcha und in ihrem Tonfall lag ein Versprechen. „Dem Laird, meine ich. Wie kann er es wagen, mich in diesem Turm mit einem Mörder einzusperren –"

„Versucht, die Tür zu öffnen", schlug Caden vor und zog die Decke höher.


Sorcha runzelte die Stirn angesichts dieses absurden Vorschlags.

*Versucht, die Tür zu öffnen?*

Es war unvorstellbar, dass die Tür einfach unverriegelt sein sollte, aber etwas an der Art, wie er es gesagt hatte, schürte den Wunsch in ihr, sich selbst auf den Kopf zu schlagen.

Natürlich hatte sie angenommen, dass die Tür verschlossen sein würde. Warum hätte sie etwas anderes denken sollen? Sie war allein in einem Zimmer, mit einem fremden Mann, der nebenbei gesagt schon sehr lange dort zu sein schien. Sein Haar war verfilzt, als hätte er über ein halbes Jahr im Bett gelegen. Obwohl noch nicht einmal das sein gutes Aussehen beeinträchtigte. Sein Gesicht sah aus wie das eines Wikinger-Gottes. Selbst für einen Mann war er riesig – größer und breiter als ihr Bruder Aidan, mit Armen und Beinen, die eher wie Baumstämme als menschliche Gliedmaßen wirkten. Unabhängig davon, wie gut er aussah, so schien er sich doch unwohl in seiner Haut zu fühlen. Und es gab noch etwas an ihm, das seltsam schien ...

Die ganze Zeit über, während Sorcha mit ihm sprach, hatte er kein einziges Mal ihren Blick erwidert, ihr nicht einmal aus Neugier in die Augen geschaut.

Ohne ein weiteres Wort erhob Sorcha sich vom Stuhl und tat, wie Caden ihr geraten hatte. Sie versuchte, die Tür zu öffnen, und entdeckte, dass sie ... unverriegelt war ...

*Aber wie konnte das sein?*

Sorcha hielt die Luft an und schob die Tür auf, um hinauszuschauen und zu sehen, wer davorstand.

*Niemand.*

Keine Wachen. Auch nicht der Mann namens Alec. Der Vorraum war völlig verlassen. Darin befand sich lediglich ein kleines Bett sowie ein paar Truhen und zwei Kohlebecken anstelle von nur einem. Sorcha nahm an, dass eines aus der Kammer, in die man sie gebracht hatte, geholt worden war, aber warum? Die Fenster des Vorraums waren etwas leichter zu erreichen und Sorcha hatte einen guten Blick auf den Hof. Nichtsdestotrotz hielt sie sich nicht lange auf. Stattdessen ging sie schnell die Treppe hinunter, wobei sie halb erwartete, dass Caden aufstehen und Alarm schlagen würde. Aber er tat nichts dergleichen, als sie das Zimmer verließ und die Tür schloss. Er machte keine Anstalten, sie am Gehen zu hindern.

Sorcha nahm immer zwei Stufen auf einmal.

Im Gegensatz zu jeder ihr bekannten Behausung war dieses Gebäude hoch und schmal. Das Treppenhaus war eng und die Stufen glatt und steil. Es gab nur wenige Türen, aber unten stand sie dann in einem runden Alkoven, von dem gleich drei abgingen.

*Welche sollte sie nehmen? Welche sollte sie bloß nehmen?*

Untypischerweise war sie unentschlossen – doch wer hätte es ihr verdenken können? Ihre Zukunft hing von ihrem nächsten Schritt ab. Sorcha berührte jede Tür und versuchte, zu erraten, was sie jenseits davon erwartete. Ihre sonst so scharfen Sinne waren von dem Schlafmittel, das man ihr verabreicht hatte, betäubt. Schade, dass ihre Visionen nicht einfacher zu kontrollieren waren – und wo zum Teufel war ihr *keek stane?* Da Sorcha bewusst war, dass sie nicht allzu viel Zeit hatte, entschied sie sich schließlich für die linke Tür, die sie vorsichtig öffnete und feststellte, dass sich in dem Zimmer dahinter niemand aufhielt. Es schien ein Lagerraum zu sein, obwohl er fast leer war, aber es gab eine weitere Tür am anderen Ende.

Sorcha schloss die eine Tür hinter sich und schlich leise zur nächsten. Auch diese öffnete sie, ohne einen Alarm auszulösen. Heller Sonnenschein stach ihr in die Augen und blendete sie einen Moment lang.

„Madainn mhath!", grüßte eine Frau sie.

Sorcha quiekte vor Überraschung. „Hallo! Guten Tag", antwortete sie, da sie kein Zeitgefühl mehr hatte.

„Ich hoffe, Ihr habt gut geschlafen, Mylady?"

So gut, wie zu erwarten war, wenn man bedachte, dass man ihr ein Schlafmittel verabreicht und sie dann in einem Turm in das Bett eines fremden Mannes gelegt hatte. Dennoch antwortete Sorcha: „Aye.“

Daraufhin lächelte die Frau sie ehrlich an. „A bheil an t-acras ort?“ *Seid Ihr hungrig?*, fragte sie in der alten Sprache.

Sorcha blinzelte verwirrt. Diese Leute verhielten sich nicht wie Gefängniswärter. Vielleicht war sie in Wahrheit gar keine Gefangene.

Aber sie machte sich Sorgen. Vielleicht *war* das Schiff in einem Sturm, an den sie sich nicht erinnerte, untergegangen. Vielleicht hatte sie sich ihren Kopf an einem Mast oder etwas anderem gestoßen und alle außer ihr waren ertrunken. Nur irgendwie musste sie an diese Insel gespült worden sein. Doch diese Geschichte gefiel ihr gar nicht, weil dann *alles*, einschließlich ihrer geliebten Liusaidh, verloren wäre. „Aye“, sagte Sorcha, obwohl sie nicht mehr wusste, wie die Frage gelautet hatte.

Die Frau mit dem freundlichen Gesicht schien Sorchas Verwirrung zu verstehen, nahm sie an die Hand und führte sie mit sich fort. „Mädchen, wir besorgen Euch jetzt etwas zu essen“, sagte sie. „Und dann besuchen wir Eure schöne Stute.“

„Liusaidh?“

Die Frau lächelte. „Euer Name ist Sorcha, nicht wahr?“

„Sicher“, antwortete Sorcha, schüttelte aber vor lauter Verwirrung den Kopf. Trotzdem folgte sie der Frau.

# KAPITEL SECHS

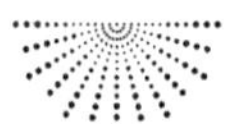

Es hatte keine solche Aufregung mehr gegeben seit der Jagd auf Óengus und seine Söhne.

Als Keane die Nachricht vom Verschwinden seiner jüngsten Schwester erhielt, rief er sofort eine Truppe Männer zusammen und sattelte sein Pferd. Sie durchkämmten die Wälder, Hügel und Täler gründlich auf der Suche nach einem Zeichen von Sorcha dún Scoti. Als es am vierten Tag nach ihrem Verschwinden immer noch keine Spur gab, wurde Aidan immer besorgter. Sorcha war für Padruig von sehr großem Wert, weil der Mann keine Erben hatte, abgesehen von einer Tochter, die er im Stich gelassen hatte, und einem Enkel, den anzuerkennen er sich weigerte. Wenn er sein Vermächtnis erhalten wollte, musste er etwas von seinem Stolz aufgeben oder sich einen Sohn besorgen ... oder eine *weitere* Tochter, die er als Handelsware benutzen konnte. Zu seinem großen Glück hatte ihm das Schicksal letzteres beschert.

Mit vierundzwanzig war Sorcha ebenso schön wie ihre Schwester Lìli, auch wenn sie in selbem Maße jung und naiv war. Sie besaß weder Laels aufbrausendes Temperament noch Cailins Gerissenheit und doch stellte Keane fest, dass seine jüngste Schwester viel erfahrener war, als man annehmen würde – ganz wie Catrìona, die von König David aus dem Tal gestohlen worden war. *Ähnlich wie seine Frau Lianae.*

Die beiden Frauen hatten beide von Haus aus eine sanfte Natur, aber wenn es notwendig war, wollte Keane nicht die Zielscheibe ihrer Wut sein.

Beim Gedanken an seine Frau lächelte er und erinnerte sich an den Tag, als er sie bei Lilidbrugh mit bloßen Füßen, blutigen Sohlen und dem Naturell einer Furie kennenlernte. Sorcha hatte die gleiche Gutmütigkeit, aber gepaart mit einer gewissen Unbarmherzigkeit, die ihr auf sich allein gestellt zugutekommen würde – außer wenn jemand an ihr Mitgefühl appellierte, dann war völlig ungewiss, zu was man sie zwingen könnte.

Was Padruig betraf, war Keane sicher, dass der alte Tölpel sie nicht in seiner Gewalt hatte.

Wenn dem so wäre, hätte er niemals Männer losgeschickt, um die Wälder zu durchsuchen. Er war ein geiziger alter Sack, der seine Ressourcen nicht einfach so verschwenden würde. Aber um sicherzugehen, patrouillierte Aidan das Land in der Nähe von Inbhir Nis, während Cameron McKinnon in Richtung Perth und Argyll geritten war. Aus irgendeinem unerklärlichen Grund zog es Keane nach Nordwesten.

Es lag an dem Stern.

Er erinnerte ihn an Una.

Und wenn er schon an Una dachte, hatte er so eine Ahnung, dass Sorcha dies auch tat.

Die beiden hatten einander sehr nahegestanden und Sorcha hatte sich seit Unas Tod verändert. Es war kein Wunder, dass sie seltsam geworden war. Das arme Mädchen hatte eine schwere Zeit durchgemacht, als sie von einem Tag auf den anderen ganz unerwartet eine Schwester hatte und einen Vater, den jeder verabscheute.

Keane hegte den Verdacht, dass sie sich von ihren Clansleuten, einschließlich ihm selbst, verraten gefühlt haben musste, denn auch er hatte niemals Aidans Anordnung infrage gestellt, dass ihr keiner etwas sagen sollte. Es hatte den Anschein eines harmlosen Geheimnisses gehabt. Was hätte es Sorcha schließlich gebracht, zu erfahren, dass ihr Vater der Schurke war, der seinen Vater umgebracht und ihre Mutter geschändet hatte?

Keane war in allen Richtungen von Tannenwäldern umgeben; er versetzte sich in die Lage seiner Schwester und glücklicherweise hatte er einen Vorteil, den sein Bruder nicht besaß: Er war zehn Jahre im Dienst von König David gewesen und hatte Rebellen verfolgt und zur Strecke gebracht. Was aber noch wichtiger war: Er wusste genau, dass seine Schwester ihre Spuren verwischen konnte; schließlich war er ihr Lehrmeister gewesen. Sie war oft nach Dunràth gekommen und er war sicher, dass sie auf sich selbst aufpassen konnte. Er hatte sie alles gelehrt, was er wusste, und sie war eine gute Schülerin gewesen – so gut, dass er jetzt Probleme hatte, ihre Fährte zu finden.

Nach der None am fünften Tag fand er schließlich eine Spur außerhalb eines kleinen Dorfes: Feuerstellen, die mit Erde gelöscht worden und fast unmöglich zu sehen waren, weil sie ihr Holz in Späne geschnitten hatte, damit es gleichmäßiger abbrannte. Sie lebte von dem, was die Natur hergab, und hatte wilde Pilze, Lauch und Beeren, die in diesem Frühling alle im Übermaß vorhanden waren, gegessen. Sorcha hatte ein weiches Herz und liebte jede Kreatur und so hatte sie sich für die Früchte der Natur entschieden, anstatt essbare Pflanzen mit ihren Wurzeln herauszuziehen. Keane fand Spuren von frisch gepflücktem Lauch und leere Äste an Beerensträuchern. Seine Schwester wusste besser als jeder andere, welche sie sicher essen konnte, denn sie kannte sich aus mit Heilkräutern und war eine recht versierte Heilerin. Man musste Sorcha zugutehalten, dass sie sowohl von Lìli wie auch von Una unterwiesen worden war, und obwohl sie sich als deren Schülerin sah, war sie selbst bereits eine Meisterin.

Keane war sicher, dass es Sorchas Fährte sein musste, und er folgte ihr bis zur Hauptstraße. Dort verlor er sie wieder. Er war überrascht, wie viele Reisende sich auf der Straße befanden, unter anderem zusammengewürfelte Pilgergruppen. So etwas hatte er noch nie gesehen, noch nicht einmal während seiner Reisen für David. Es war, als hätten diese Leute sich alle auf eine Wallfahrt begeben – Männer, Frauen und Kinder auf einem Marsch zum Meer. Er hatte Geschichten von Kreuzfahrern gehört, die nach Jerusalem marschierten, und das hier erinnerte ihn daran. Er kratzte sich am Kopf und schaute zurück zu seinen Männern. Nach einer Weile begegneten sie einem Wandermönch, der in die gleiche Richtung unterwegs war, und er spornte sein Pferd an, um den Geistlichen nach seinem Ziel zu fragen.

„Rònaigh!", sagte der Mann. „Um die königliche Braut zu segnen."

Keane schaute den Mönch von der Seite an und ritt schweigend neben ihm, während er überlegte, wen dieser wohl meinen könnte. Soweit Keane wusste, hatte David keine ehelichen Töchter und nur einen jungen Sohn. Schließlich fragte er: „Was für eine Prinzessin?"

„Eine Tochter der Söhne von Cruithne."

Keane schaute den Geistlichen schief an, denn es war durchaus möglich, dass dieser schwachsinnig war. Cruithne, der König der Pikten, war schon lange tot. Er war ein entfernter Verwandter Keanes gewesen. Aber zu seiner Zeit hatte Kenneth MacAilpín alle sieben Piktenkönige ermordet. Der dún Scoti-Chief war dem Gemetzel nur entkommen, weil Keanes Leute sich in das

Tal geflüchtet hatten, um den wahren Schicksalsstein zu hüten. Padruig hatte MacAilpíns Beispiel folgen wollen, als er vor fünfzehn Jahren in das Tal eingedrungen war, um ihren Vater umzubringen. Im Gegensatz zu den Familien der Piktenkönige hatte Padruig die Söhne und Töchter der Hüter allesamt am Leben gelassen. Daher gab es nur noch zwei unverheiratete blutsverwandte Töchter von Cruithne, seine Schwestern Cailin und Sorcha. Aber *niemand* wusste das und außerdem würde die Sorche, die er kannte, ganz sicher nicht irgendeinen fremden Laird heiraten. „Mein guter Mann", sagte Keane. „Cruithne ist seit mehr als drei Jahrhunderten tot. Es gibt keine Blutsverwandten mehr."

„Da habe ich etwas anderes gehört", behauptete der Mönch. Er schien aufgeregt, dass er die längst verloren geglaubte Tochter des toten Piktenkönigs treffen würde. „Es handelt sich um eine Prophezeiung!"

Keane verzog das Gesicht. „Was für eine Prophezeiung?"

„Mylord", sagte der Geistliche und hörte sich eher wie ein Normanne als ein Schotte an – eine Tatsache, die Keane dazu veranlasste, seine Geschichte gering zu schätzen, bevor er sie überhaupt erzählt hatte. „Es ist schon lange bekannt, dass, wenn der Schicksalsstern wiederkommt, das Haus Conn eine Tochter von Cruithne heiraten wird. Daraus wird ein neuer Clan hervorgehen – Chattan, dessen Söhne und Töchter unserem Land endlich Frieden bringen werden."

*Frieden? In den Highlands?* Wo ein Laird nur wenig Grund hatte, einem anderen zu trauen? Sie wetteiferten alle um König Davids Gunst und diejenigen, die dies nicht taten, sehnten sich heimlich nach einem Retter. *Schwester gegen Bruder, Bruder gegen Vater, Vater gegen Mutter.* Frieden war ein unerreichbarer Luxus.

Nichtsdestotrotz konnte man hoffen.

Keane ritt weiter neben dem Mann her und betrachte dabei dessen Kleidung. „Ihr tragt christliche Gewandung. Wie kommt es, dass Ihr eine ungläubige Braut gegen die Wünsche Eures Königs segnen wollt?" Es war wohlbekannt, dass König David sich der Kirche Englands angeschlossen hatte. Es war nicht mehr gern gesehen, die alten Götter anzubeten und doch ...

Der Mönch lachte. „Mein Sohn, lange bevor es einen Christus gab, war eine Cailleach da. Jeder weise Mann würde so schlau sein, beide zu lieben."

„Ich verstehe", sagte Keane, aber er verstand überhaupt nichts. Und trotzdem hatte er ein äußerst seltsames Gefühl in den Knochen. Er schaute hoch zu dem sonderbaren Stern, dankte dem Geistlichen und ritt noch eine Weile weiter, bis er auf einen weiteren Reisenden traf, der einen Sack trug. „Entschuldigt, Sir? Könnt Ihr mir sagen, wo Ihr hinwollt?"

Die Augen des Mannes glänzten. „Nach Rònaigh, Mylord!"

„Um die königliche Braut zu segnen?"

Der Reisende nickte, sodass sich sein langer, unter dem Kinn zusammengebundenen weißen Bart mit bewegte. Er hob seinen Sack hoch. „Ich bringe Glückwünsche und Geschenke zu Ehren der Jungfrau von Inbhir Nis."

Keane runzelte die Stirn, denn Sorcha war nicht in Inbhir Nis geboren worden. Sie war in den Bergen aufgewachsen und doch musste sie durch Inbhir Nis gekommen sein ...

„In Rònaigh?"

„Aye, Mylord!", rief der Mann.

„Und Ihr reist dorthin, um sie mit eigenen Augen zu sehen?"

„Ich folge dem Stern, Mylord!", sagte der Reisende aufgeregt und zeigte auf die Wolken, die sich über ihren Köpfen zusammenzogen. Doch selbst bei dem aufziehenden schlechten Wetter war der Stern noch gut sichtbar.

Keane dankte dem Mann und ritt weiter. Man sagte, dass diese Erscheinungen zum größten Teil schlechte Omen wären. Obwohl er einst von einem anderen Stern gehört hatte, der sich über ein Drittel des Nachthimmels erstreckt und Wilhelm dem Eroberer den Weg über die Meerenge zu seinem legendären Sieg gegen England gezeigt hatte. Dieser Stern war ebenso prachtvoll und hell genug, dass er bei Tag gesehen werden konnte.

Es war unmöglich, dass Sorcha ihn nicht erblickt hatte. Hatte sie sich den Leuten auf ihrer Reise angeschlossen? Vielleicht, obwohl das bestimmt nicht der Auslöser gewesen war, warum sie das Tal verlassen hatte. Ihre Lügen hatten sie vertrieben.

Einige Zeit später trabte Keane neben einer jungen Frau, die mit zwei Jungen reiste. Sie hielt eines der Kinder an der Hand und schaute argwöhnisch zu Keane auf.

„Nach Rònaigh?", fragte er.

Die Frau nickte. „Aye, Sir."

„Um die königliche Braut zu sehen?"

„Aye, Sir. Einige behaupten, Cailleach hätte sie geschickt, um den Laird von Dunrònaigh zu heilen."

„Von was, bitte?"

„Blindheit, Sir." Sie hob die Hand ihres Kindes, damit Keane sie sehen konnte. „Mein lieber Junge braucht ihren Segen, also müssen wir uns jetzt beeilen, bevor der Stern weg ist."

„Ich verstehe", sagte Keane und schaute hinauf zu dem Stern mit dem langen Schweif.

Nicht eine dieser Geschichten war auch nur im Entferntesten glaubhaft und doch … „Wisst Ihr vielleicht, wie diese Prinzessin aussieht?"

Die Frau lächelte gutmütig. „Sie ist die schönste

Jungfrau, die jemals gelebt hat. Es wird erzählt, dass sie *die blauen Männer* verhext hat. Als sie mit ihrem schneeweißen Einhorn den *Minch* überquerte, trugen diese sie im Nebel ans Ufer."

Sorcha ritt tatsächlich eine weiße Stute, da sie nur weiße Pferde im Tal hatten. Oder besser gesagt, ein Hüter setzte sich nur auf eine weiße Stute. Tatsächlich ritt Sorcha eine Schwester von Beithir, seinem eigenen geliebten Pferd. Keane überlegte, ob sie es wirklich sein könnte. Die Beschreibung, auch wenn sie zu phantasievoll war, passte auf sie. Er dankte der Frau und beschloss, dass es besser wäre, Aidan zu finden und ihm zu berichten, was er herausgefunden hatte. Wenn in diesen Geschichten auch nur ein Funken Wahrheit steckte, dann war ihre Schwester im Begriff, einen blinden Mann von Rònaigh zu heiraten.

„Zu Aidan!", befahl er seinen Männern. Sofort wandte sich der ganze Trupp gen Süden.

* * *

„IHR WOLLT MIR ALSO SAGEN, ich bin nicht Eure Gefangene?"

„Nay."

„Aber ich darf nicht weg?"

„Nay."

Sorcha betrachtete den Mann, den sie nur als „Alec" kannte, und war erbost über alles, was er sagte. Und außerdem darüber, dass er sie getäuscht und ihr etwas eingeflößt hatte, um seinem Ziel näher zu kommen. Männer erblindeten jeden Tag. Frauen wurden blind. Deswegen musste man niemanden entführen. In der Tat, die Frau ihres Bruders war erblindet und niemand in Dubhtolargg machte sich deswegen mit einer Heilerin aus dem Staub.

Sie waren natürlich gut ausgestattet mit Lìli, Sorcha

und Una. Und selbst ohne Una waren sie und Lìli als doch recht fähige Heilerinnen noch da gewesen.

Sorcha versuchte, die Erzählung des Mannes zu verstehen. Er hatte erklärt, dass eine Frau namens Biera vor ungefähr einem Monat gekommen war und ihnen allen eine Geschichte erzählt hätte, woraufhin sie sich auf die Suche nach Sorcha gemacht hatten.

*Könnte die alte Frau Una gewesen sein?*

Ein Teil von Sorcha wollte verzweifelt glauben, dass es so war, obwohl der andere Teil von ihr den Verdacht hegte, dass ihre Reise eine vergebliche Mühe war – ein verzweifelter Versuch, die Zeit zurückzudrehen.

Fürwahr, sie wusste nicht, wie sie ohne Una zurechtkommen sollte. Sorcha hatte ihre Mutter nie gekannt, allerdings was würde sie nun tun, wenn sie Una fand? *Schreien? Über die Lügen und Täuschung schimpfen?* Nay, sie würde die Frau fest umarmen und sie anflehen, nicht wegzugehen. Die schreckliche Wahrheit war, dass Sorcha sich einsam fühlte. Sie war schon lange einsam und nur die Hoffnung, dass Una noch lebte ... *irgendwo da draußen* ... ließ sie weitermachen.

*Feenwasser auf der Insel Skye trinken?*

Jetzt, da Sorcha darüber nachdachte, schien die Idee absurd zu sein und doch ...

Sie schob eine Scheibe des festen Gerstenbrots über ihren Teller. Die Frau namens Bess sah ihr beim Essen zu. Nach einer Weile kam sie herbei und wackelte mit Sorchas Teller. „Seid Ihr nicht hungrig?", fragte sie. „Hattet Ihr nicht gesagt, dass Ihr am Verhungern wärt?"

Das war sie sehr wohl. Aber jetzt nicht mehr. Das Gerstenbrot war fürchterlich. Die Nachrichten waren noch schlimmer. Dankenswerterweise hatten sie ihr eine Tasse Brühe gebracht, die sie ausgetrunken hatte, bevor Alec überhaupt in die Küche gegangen war. Wenn sie gezwungen wäre, dieses Brot jeden Tag zu essen, würde sie weinen, bis sie einen Ozean mit ihren

Tränen gefüllt hätte. Sorcha hegte den Verdacht, dass die Gerste, die sie verwendeten, ranzig war, aber das war nicht das Einzige, was auf diesem Felsen nicht stimmte. Fürwahr, sie hätte eine Gedenkplatte schnitzen können: Hier liegt Sorcha dún Scoti, getötet von einer armseligen Scheibe Brot. Es war schlimmer als der *uisge*, den sie von Chreagach Mhor mitgebracht hatten, und viel, viel schlimmer als der Haggis ihrer Schwester Cailin.

Zumindest hatten sie nicht vor, sie lange gefangen zu halten ...

Außerdem handelte es sich vielleicht um einen edlen Zweck. „Es tut mir leid“, sagte Sorcha. „Aber ich scheine meinen Appetit verloren zu haben.“ Sie schaute wieder zu Alec. „Also wollt Ihr mir Folgendes sagen: Ich kann nirgendwo hingehen bis Beltane und außerdem soll ich Euren Laird pflegen?“

„Das stimmt.“

„Hmmm ...“

Sie war sich der prüfenden Blicke von Bess durchaus bewusst, nahm das abstoßende Stück Brot in die Hand und schob es in den Mund, wenngleich ihr das Kauen schwerfiel. Das Brot war bitter und hart und sie konnte nur mit ihren Eckzähnen überhaupt hineinbeißen. Die Frau beobachtete sie die ganze Zeit erwartungsvoll und Sorcha wollte ihre Gefühle nicht verletzen. Sie schien so freundlich zu sein. Es war sicherlich nicht ihre Schuld, dass Alec ihr etwas eingeflößt und sie von ihrer Reiseroute abgebracht hatte. Schließlich schaffte Sorcha es, ein Stück Brot abzubeißen, den Rest legte sie wieder ab und lächelte Bess matt an.

Natürlich hatte Sorcha durchaus das Recht, ihre Hilfe zu verweigern. Aber so wie sie es nicht übers Herz brachte, das Brot der Frau zurückzuweisen, so konnte sie den Menschen in Not auch nicht den Rücken kehren. Außerdem würde es niemandem nützen, am allerwenigsten ihr selbst. „Ihr hättet mir nichts einflößen brauchen“, klagte sie.

„Es tut mir leid, Mädchen. Wir wussten es nicht besser. Biera sagte, dass man Euch nicht überreden könnte.“

Sorcha hob eine Augenbraue. „Fürwahr, Sir, Ihr hättet auch einfach *fragen* können. Und überhaupt kenne ich diese Biera nicht und sie kann mich auch nicht kennen. Daher bin ich immer noch der Meinung, dass hier eine Verwechslung vorliegt.“

Sowohl Alec als auch Bess schienen nicht geneigt, ihr zu glauben, und warfen einander verstohlene Blicke zu, als wüssten sie mehr, als sie zu teilen bereit waren.

Alec hob eine Augenbraue. „Und Ihr wollt mir sagen, dass Ihr zugestimmt hättet, uns zu helfen?“

Wenn sie selbst hätte entscheiden können, hätte Sorcha vielleicht zugestimmt, aber nicht vor dem Beltanefest. Doch darum ging es nicht. Sie versuchte, zu erklären: „Sir, ich muss vor Beltane auf der Insel Skye sein.“ *Danach würde Una fort sein.* Der *grimoire* gab an, dass Cailleach vor Beltane aus dem Jungbrunnen der Feen trinken musste, also war klar, dass sie danach nicht mehr da sein würde, denn ihre „Schwester“ Brigit war die Schutzpatronin des Viehs und der Feldfrüchte. Nach der Verwandlung wartete viel Arbeit auf sie. „Ihr versteht nicht, Sir. Es ist äußerst wichtig, dass ich *sofort* von hier wegkomme.“

Alec schaute sie mitleidig an. „Tha mi duilich, lass.“ *Es tut mir leid.* „Niemand von dieser Insel wird Euch übersetzen und sofern Ihr Euch keine Flügel oder Flossen wachsen lasst, werdet Ihr hier nicht allein wegkommen.“

Bess sah recht reuevoll aus, obwohl ihre Aufmerksamkeit sich auf Sorchas Teller konzentrierte, und Sorcha bekam langsam Bauchschmerzen. Er behauptete, dass es ihm leidtäte. *Pah!* Das half ihr jetzt auch nicht weiter! Sorcha konnte schwimmen, immerhin hatte sie in einem Haus auf einem See gelebt, aber sie hatte keine Ahnung, wie weit Skye entfernt sein könnte. Das Meer war auch nicht so friedlich wie ihr See. Aus dem Turmfenster hatte sie nichts als schäumende Wellen gesehen und weit und breit keine andere Insel.

„Gleichwohl", sagte er, als wollte er immer noch mit ihr handeln. „Wenn Ihr nach Beltane gehen wollt, bringe ich Euch überall hin, wo Ihr hinwollt."

„Überall hin?"

„Aye."

Sorcha runzelte die Stirn. „Aber Ihr sagt *wenn*."

„Wenn", stimmte er zu und nickte. Wieder sahen Bess und er sich wissend an, als wüssten sie etwas, was Sorcha nicht wusste.

„Nun, Sir, ich kann Euch versichern, ich werde ganz bestimmt gehen wollen!" Da sie augenscheinlich keine andere Wahl hatte, gab sie schließlich nach: „Ist Euer Laird der Mann, den ich oben angetroffen habe?"

„Aye."

„Was für ein Trauerkloß", sagte Sorcha gereizt. Tatsächlich war ihr in ihrem ganzen Leben noch kein schönerer Mann begegnet, der so offensichtlich seinen Lebenswillen verloren hatte.

„Genau deswegen brauchen wir Euch."

Sorcha seufzte. Ihr gutes Herz würde sie eines Tages umbringen, aber der Gedanke an den armen Mann, der oben mit dem Rücken zur Tür lag und dessen Schultern ganz leicht bebten, ließ ihr das Herz schwer werden. Es war eindeutig eine Tragödie. Ganz gleich, wie wütend sie auch jemals auf ihre Geschwister sein mochte, sie würde lieber sterben, als ihnen etwas zuleide zu tun, und schon gar nicht ihre Köpfe abschlagen.

Es war schon seltsam, denn sie konnten nicht wissen, dass Sorcha Erfahrung mit dieser Art von Leiden hatte ... *oder*? Die Frau ihres Bruders war auch blind. Constance war von dem Einsturz ihres Bergs traumatisiert worden – durch das gleiche Unglück, das angeblich auch Una das Leben gekostet hatte. Aber Constance war immer noch blind und weder Sorcha noch Lìli hatten sie heilen können. Sie hatten alles ausprobiert: Tinkturen, Heiltränke, Salze und noch viel mehr. Schließlich hatten sie das Mädchen gelehrt, dass ihre Blindheit nicht das Ende ihres Lebens bedeutete und sie viel mehr zu bieten hatte als das, was ihr das Augenlicht ermöglichte.

„Liebes Mädchen, wir flehen Euch an ... *bitte*. Wenn Ihr so freundlich wärt und unserem Laird helfen würdet, werden wir Euch für Eure Bemühungen reich belohnen."

„Aber ich will doch nur ein Boot, das mich zur Insel Skye bringt. *Und* mein Pferd." Sie schaute Alec wütend an. „Schließlich habt Ihr Euren Teil des Handels nicht erfüllt. Wenn ich tatsächlich zustimmen sollte und falls Euer Laird seine Sehkraft vor Beltane zurückerhält, kann ich dann gehen?"

Alec und Bess wechselten einen Blick und keiner von beiden wagte es, Sorcha anzusean. Aber schließlich gab Alec nach: „Aye. Gut. Heilt unseren Laird und dann könnt Ihr gehen."

# KAPITEL SIEBEN

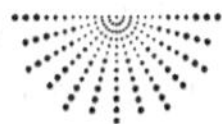

In einem bescheidenen Gasthaus an der Hauptstraße saß eine kleine Frau mit einer schmutzigen Augenklappe und weißem Haar, das so drahtartig war wie ein Vogelnest. Sie hockte zufrieden da, ließ sich Zeit und trank langsam ihren Krug Ale. Kalte Luft strömte herein, als die Tür geöffnet wurde, und sie richtete sich auf, als sechs Männer hereinschlenderten, die das Wappen ihres Herrn auf ihren Uniformen trugen: zwei Raben, die ihre Flügel gegen ein Schwert zwischen ihnen schlugen. Es waren Padruig Caimbeuls Schergen und meist, wenn sie auf der Suche nach jemandem waren, verhieß ihre Ankunft nichts Gutes. Der Wirt zuckte beim Anblick dieser Männer zusammen, aber die alte Frau blieb mit wachem Blick sitzen. Sie duckte sich auch nicht, als die Kerle großspurig umhergingen und anständige Kunden aus dem Gasthaus ängstigten. Sie fragten: „Habt Ihr ein Mädchen gesehen? Mit dunklem Haar und allein unterwegs? Mit Namen Sorcha?"

„Nay", sagte ein eingeschüchterter Mann. Er nahm seine Sachen und schaute argwöhnisch zum unglückseligen Wirt. „Ich habe niemanden gesehen, ich schwöre es!"

„Ich auch nicht“, sagte ein anderer und auch er machte sich zum Gehen bereit.

Es war äußerst unwahrscheinlich, Frauen allein in einem solchen Haus zu finden, sofern sie nicht Dirnen waren, und doch saß das alte Weib unverdrossen da und hatte keine Angst, für eine Frau von schlechtem Ruf gehalten zu werden. Für einige Männer war sogar ein zahnloses altes Weib annehmbar, wenn ihre Schwänze drohten, blau anzulaufen. Einer der uniformierten Männer setzte sich neben sie. „Habt Ihr vielleicht das Mädchen gesehen, das wir suchen?“

Die alte Frau grinste und zeigte perfekte, weiße Zähne. „Das Mädchen namens Sorcha?“

„Aye, Madam.“

„Nein“, sagte sie und schüttelte ihren weißhaarigen Kopf. Doch als der Kerl aufstehen wollte, fügte sie hinzu: „Ich habe aber schon von ihr gehört ...“

Missmutig setzte sich Padruigs Mann wieder hin. „Und was habt Ihr gehört?“

„Ich habe gehört, dass sie auf der Reise zur Wiege unseres Clans ist.“ Die Stimme der alten Frau klang ehrfürchtig. Sie wollte noch mehr sagen, aber der Uniformierte runzelte die Stirn. „Was für ein Geschwätz ist das denn?“

„Ach! Ihr seid ein gutaussehender junger Mann“, meinte die alte Frau. „Ich kann in Euren Augen sehen, dass Ihr außerdem klug seid.“ Nun, da sie ihn besänftigt hatte, erlaubte er ihr fortzufahren. „Ihr müsst wissen, dass der Stein von Scone aus den Felsen der *Grotte des Riesen* auf Rònaigh gehauen wurde. Kennt Ihr den Ort?“

„Natürlich“, sagte der Kerl. Er richtete sich auf. „An Lia Fàil.“

„Das ist er!“

„König David persönlich wurde darauf gekrönt.“

Die Frau nickte. „So erzählt man es sich.“ Sie griff unter dem Tisch nach ihrem langen, knorrigen Stab.

„Einige sagen, dass Conn der hundert Schlachten auch dort gekrönt wurde, aber was weiß ich schon? Ich bin nur eine alte Frau."

Der Mann hob eine Augenbraue. „Ziemlich viel, scheint mir." Aber anstatt sie wegen des Geschwätzes zu beschimpfen, gab er das Kompliment zurück und schmeichelte ihr, um ihr weitere Informationen zu entlocken. „Ihr müsst Ihr eine sehr wichtige Frau sein, wenn Ihr so viel wisst. Erzählt, was habt Ihr noch gehört?"

Die Alte umklammerte den langen Stab mit ihren knotigen Fingern. „Ach ... sonst nichts."

Der Soldat fluchte leise und wollte wieder aufstehen, aber sie hielt ihn erneut auf. „Außer ..."

Padruigs Mann machte sich kaum die Mühe, sein verärgertes Stirnrunzeln zu verbergen, setzte sich erneut und die alte Frau fuhr fort, ohne sich an seiner aufsteigenden Wut zu stören: „Ich habe gehört, dass sie unterwegs ist, um den blinden Laird zu heiraten."

„Den blinden Laird?"

„Den von Rònaigh."

„Rònaigh?"

„Das erzählt man sich." Sie schaute mit unverhohlener Sehnsucht auf das fast leere Glas.

„Wirt!", rief der Mann und hob die Hand. „Wirt, bringt dieser guten Frau noch eine Becher Ale."

Die Alte legte eine Hand auf die Brust. „Danke", sagte sie freundlich und sah erfreut aus. „Ein kleiner Becher tut dem Körper gut."

„Und Ihr trinkt schon lange, so wie Ihr ausseht", sagte der Soldat. „Aber nun, Madam, sagt mir, was habt Ihr noch gehört?"

„Nun", sagte sie, „der Laird von Dunrònaigh – er ist ein Mac Swein, glaube ich – ist ein rechtmäßiger Erbe von Conn Cétchathach, habe ich gehört." Der Wirt stellte einen Becher vor sie hin und die Frau nahm erst einmal einen langen Zug und ließ den Soldaten warten. Als sie schließlich fertig war, wischte sie sich den Mund mit dem Ärmel ihres Gewands ab und rülpste. „Auf jeden Fall heißt es, dass der Schicksalsstern der letzte Vorbote des Aufstiegs von Conns Dynastie ist."

„Der Schicksalsstern?"

„Aye. Ihr habt ihn doch gesehen." Sie zeigte auf die Tür. „Es gibt ein altes Lied, das geht so: ,Wenn der Schicksalsstern über dem *Minch* aufgeht –'"

Der Mann erhob sich von seinem Stuhl. „Mögt Ihr die Blattern bekommen, altes Weib! Ich habe keine Zeit, mir Eure dummen alten Lieder anzuhören. Wenn Ihr nichts weiter zu sagen habt, machen wir uns jetzt wieder auf den Weg."

Die Frau schien enttäuscht zu sein und machte ein langes Gesicht. „Nun ja, macht Euch davon, wenn es sein muss, aber achtet darauf, dem Stern zu folgen. Und dann werdet Ihr sehen", sagte sie. „Dann werdet Ihr sehen", wiederholte sie. „Oh, und denkt daran, der Braut ein Geschenk mitzubringen."

„Der Teufel soll Euch holen, Weib! Ich habe genug gehört", sagte der Soldat und schlug auf den Tisch.

Dann stand er auf, ohne sich zu verabschieden. Zur Erleichterung des Wirts rief er seine Männer zusammen und sie marschierten zur Tür hinaus, wobei sie das Gasthaus so verließen, wie sie es vorgefunden hatten, allerdings ohne gute, zahlende Kundschaft. Der Wirt fluchte ausgiebig, aber die Frau lächelte, trank noch einen Schluck und stellte den Becher wieder ab. Dann holte sie ihren langen Stab unter dem Tisch hervor, verabschiedete sich und folgte Caimbeuls Männern nach draußen. Dabei sang sie ihr Liedchen:

*„Wenn der Schicksalsstern über dem Minch aufgeht,*
*geleitet er eine liebliche Jungfrau durch den Nebel.*

*Mit langem, weichem Haar und so heller Haut,*
*dass sie einen Löwen aus seiner Höhle hervorlockt ...“*

* * *

NACHDEM SIE DARÜBER NACHGEDACHT HATTE, wie verzweifelt diese Leute versuchten, ihrem Laird zu helfen, war Sorcha wesentlich geneigter, ihnen zu verzeihen. Ihr war klar, dass das eine ihrer Schwächen war, ihr Bruder Keane hatte sie oft davor gewarnt. „Sorcha“, hatte er gesagt. „Deine Gutmütigkeit wird noch dein Verderben sein.“

Und jetzt war sie hier und versauerte auf einer abgelegenen kleinen Insel im Nordmeer und Una war weit weg und ganz woanders. Nichtsdestotrotz war es gut, eine vorübergehende Ablenkung zu haben. Erst jetzt, als Sorcha etwas „anderes“ hatte, worüber sie nachdenken musste, wurde ihr klar, wie sehr ihre Wut sie geschwächt hatte. Sie wollte ihre Clansleute nicht wirklich hassen. Auch wollte sie weder auf Aidan noch jemand anderen wütend sein. Fürwahr, sie konnte die Tatsache, dass sie die Tochter eines Dämons war, nicht ändern, aber sie musste deswegen nicht selbst zum Dämon werden. Wie könnte sie Menschen, die in Not waren, ihre Hilfe versagen?

Sie beschloss, das Beste aus der Situation zu machen und so schnell wie möglich wieder wegzukommen, und so ging sie zu den Ställen, um Liusaidh zu besuchen. Niemand hielt sie auf, als sie die Küche verließ. Aber es gab auch niemanden, der sie ignorierte. Man winkte ihr ausgelassen zu und lächelte sie an, als würden diese Leute sie schon seit ewigen Zeiten kennen.

Offensichtlich konnte Sorcha nach Belieben kommen und gehen und laut Alec und Bess brauchte sie nur fragen, wenn sie etwas benötigte.

In diesem Augenblick wollte sie ihre geliebte Stute

sehen und sie musste nicht lange suchen. Liusaidh war in einem dunklen Stall eingeschlossen und kaute auf altem Heu herum. Rundherum standen neugierige Kinder, die ihre kleinen Finger in den Verschlag streckten. Aber als sie Sorcha erblickten, machten sie sofort Platz, um sie durchzulassen.

„Ich habe noch nie ein Feenpferd gesehen", sagte ein Mädchen. Sorcha lächelte und tätschelte ihren Kopf. „Sie ist kein Feenpferd, Liebes. Sie kommt aus der Zucht der Hüter."

„Aye, nun, meine Mama hat gesagt, dass sie ein Feenpferd ist, und ihr *muss* ich wohl glauben."

„Musst du das?"

„Aye."

Es machte keinen Sinn, mit einem Kleinkind zu streiten. Wenn das Engelchen mit dem runden Gesicht glauben wollte, dass Liusaidh ein Feenpferd war, dann war dem eben so.

Amüsiert ging Sorcha in den Verschlag und schloss die Tür hinter sich. Sie streichelte Liusaidhs Wange und flüsterte ihr leise ins Ohr. „Mach dir keine Sorgen, Mädchen", sagte sie. „Wir werden schon bald weiterreisen." Nur noch etwas mehr als zwei Wochen, wenn Sorcha richtig gerechnet hatte. Alle hier bereiteten sich bereits auf das Fest vor, welches das Ende von Sorchas Zeit in diesem Gefängnis signalisierte. Liusaidh musste jedoch nicht ihre Tage eingepfercht in diesem kleinen Verschlag verbringen. Im Tal hielten sie ihre Pferde nicht in dunklen Ställen gefangen. Sobald sie konnte, plante Sorcha, ihre Stute frei laufen zu lassen. Liusaidh war es gewohnt, über die Wiesen zu streifen.

Im nächsten Verschlag stand ein dunkles Pferd, das in ebenso düsterer Stimmung zu sein schien. Da es das einzige andere Pferd war, ging Sorcha davon aus, dass es dem Laird gehören musste. Mit seinem hängenden Kopf sah der Hengst ebenso verzweifelt aus wie sein

Herr. Vielleicht würde er einen Galopp über die Wiesen mit Liusaidh genießen? Unabhängig davon war sie sicher, dass sein Herr ihn schon lange nicht mehr besucht hatte. „Wie heißt das Pferd?", fragte Sorcha die Kinder.

„Diabhal", antwortete ein etwas älterer Junge.

„Er gehört Caden", sagte ein Mädchen. „Bringt Ihr ihn wieder in Ordnung?"

„Das Pferd?"

„Nay!"

Die Kinder kreischten vor Lachen.

„Sie meint unseren Laird", erklärte der Junge.

Sorcha wandte sich um, um zu dem zusammenge-würfelten Haufen zu sprechen. Mit schmutzigen kleinen Gesichtern und roten Nasen warteten alle gespannt auf Sorchas Antwort.

Sicher würde sie versuchen, Caden wieder in Ordnung zu bringen, aber sie konnte nichts versprechen. Und doch waren ihre hoffnungsvollen Gesichter so ernst, dass Sorcha sich nicht traute, sie zu enttäuschen. „Aye, das werde ich", sagte sie und betete, dass es stimmen würde.

Ein Junge trat vor, er hielt eine zerdrückte Blume in seiner Hand. Diese reichte er ihr über das Tor hinweg. „Hier", sagte er. „Sie ist für Euch."

„Tapadh leat", sagte Sorcha. *Vielen Dank.*

„Die alte Biera hat gesagt, dass ich sie Euch geben soll", erklärte der Junge. „Sie sagte, dass Ihr wüsstet, wie sie verwendet wird."

„Hat sie das gesagt?", fragte Sorcha und untersuchte die zerdrückte Blume. Es war die Blüte von *ruagaire deamhan* – dem Dämonenjäger. Die Pflanze verjagte die bösen Geister sowohl außerhalb wie auch innerhalb des Körpers und blühte in der Zeit um die Sommersonnenwende. Wenn die zerdrückten Blüten in Öl getaucht wurden, färbten sie die Tinktur blutrot. Sie konnten verwendet werden, um Blutungen zu stillen, Wunden zu verbinden und sogar als Gegenmittel bei Vergiftungen. Wenn sie eingenommen wurde, nachdem sie in gereinigtem Wasser eingeweicht worden war, entfaltete die Pflanze eine beruhigende Wirkung auf Körper und Geist. Una hatte ihr die Blume gezeigt, sie hielt viel von ihrer Heilkraft. Als Sorcha zehn Jahre alt gewesen war, hatte sie das Mädchen zum Feental nahe Dubhtolargg mitgenommen und ihr gezeigt, wie *ruagaire deamhan* gepflückt und zubereitet werden musste.

*Hmm* … Je mehr sie über diese alte Frau namens Biera erfuhr, desto mehr hegte Sorcha den Verdacht, dass es Una unter einem anderen Namen sein könnte. Aber statt ihre Spuren zu verwischen, schien ihre Mentorin ihr Hinweise zu hinterlassen.

„Kannst du mir zeigen, wo diese Blume wächst?", fragte Sorcha den Jungen. Er nickte und sie ging zu ihm und nahm ihn an die Hand. „Zeigst du es mir jetzt?"

„Ich mache das", antwortete das kleine Mädchen. „Ich!"

„Ich auch", sagte ein weiteres Kind und alle versuchten, Sorchas andere Hand zu ergreifen. Als sie endlich den Stall verließ, hatte sie in jeder Hand eine winzige Kinderhand und ein Dutzend kleine Fäuste hielten sich an ihrem Gewand fest.

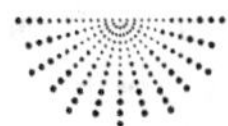

Da nur noch wenige Krieger da waren und sonst nur Frauen und Kinder, um die Burg zu verteidigen, hatte das Dorf Rònaigh den Winter in Angst und Schrecken überstanden.

Als letzten Ausweg hätten sich alle in der Burg versammeln, den Graben in Brand setzen und in der Zeit das Dorf durch die Tunnel unter der Halle evakuieren können. Diese waren vor mehr als fünfhundert Jahren gebaut worden und führten zu der Bucht, wo ihre Schiffe vor Anker lagen. Die Flucht wäre nicht einfach gewesen, da einige der Gänge eng und steil waren. Aber wenn sie zur Bucht gelangt und die Schiffe erreicht hätten, wäre ihnen die Flucht von der Insel gelungen, sofern es das Wetter zuließ. Drei *knörrs* konnten das ganze Dorf aussiedeln. Aber selbst dann war es noch gefährlich, überhaupt in See zu stechen. Auf Rònaigh gab es keine geschützten Häfen und nur einen kleinen Strand, der meist von den hartnäckigen MacLeods besetzt wurde. Nur geübte Steuerleute konnten durch die umliegenden Gewässer navigieren und es bedurfte eines noch größeren Könnens, um den felsigen Eingang zu der Bucht, die ihre Schiffe schützte, zu durchfahren. Dies war schon seit Jahrhunderten ihr größter

Vorteil, dass nur beherzte Seelen sich so weit nach Norden trauten und es noch größerem Mut bedurfte, sich auf Rònaigh niederzulassen und zu bleiben. Im Winter war die Nordsee ein tödlicher Feind.

Doch jetzt, weniger als einen Monat vor Beltane, war das Wetter für die Jahreszeit ungewöhnlich warm. Wenn die Prophezeiung der heiligen Frau stimmte, waren sie jetzt am verwundbarsten. Aber dennoch erwarteten sie das bevorstehende Fest mit Freude und solange sie noch Luft zum Atmen hatten, würde dieser Tag nicht ohne ein Opfer an Cailleachs Gnade und Brighdes unermüdliche Großzügigkeit vergehen. Obwohl Rònaigh ein wankelmütiger Freund im Winter war, verhieß der Sommer wundersame Fülle.

So hoch über dem kalten Meer war das Gras immer grün und voller Samen aller Art. Obwohl sie all ihr Vieh per Schiff hatten holen müssen, war das Meer doch überaus großzügig und bot ihnen Fisch und Meeresfrüchte in ausreichender Menge, um das Dorf und das wachsende Volk der Seehunde satt zu machen. Die *Grotte des Riesen* war voller Nahrung. Während Fremde Angst hatten, dorthin zu gehen, angelten die einheimischen Kinder in den Becken und jagten Krebse.

Alles in allem war es ein Land, das es wert war, es zu verteidigen ...

Und doch hatte Biera gesagt, dass *sie* diejenige sein würde, die sie wegführen würde – das Mädchen mit dem langen seidigen Haar, das jetzt Hand in Hand mit ihren Kindern umherging. Die Zahl der Kinder war weit größer als die der Erwachsenen. Es waren so viele, dass das ganze Dorf nötig war, um sie aufzuziehen. Und trotzdem würde ihre Zeit auf dieser Erde nicht von langer Dauer sein, wenn Sorcha nicht die Prophezeiung der Seherin erfüllte. Es hing so viel von ihrer Pflegschaft Cadens ab. Und noch mehr hing vom Sieg über Cadens Stolz ab. Wenn die Zeit kam ... schon bald

... Bessie betete von ganzem Herzen, dass Sorcha Erfolg haben würde.

Sie wusste sehr wohl, dass Alec keine Freude daran gehabt hatte, ein unschuldiges Wesen zu stehlen, insbesondere nach der Tortur mit Auld MacLeod, aber all ihre Hoffnungen ruhten auf Sorchas Schultern.

Die beiden treuen Diener gönnten sich einen Augenblick für sich allein und beobachteten vom Fenster, wie Sorcha zusammen mit den Kindern den Hügel erklomm. Im hellen Licht des Tages und des seltsamen Sterns sah sie in dem Gewand, das Bess ihr gegeben hatte, göttlich aus. Es war das Kleid, das Cadens Mutter bei ihrer Hochzeit getragen hatte. Sorcha war noch größer, als Mary Mac Swein es gewesen war, und der Rock schwang ihr beim Gehen um die Knöchel. „Glaubt Ihr, dass sie es schaffen kann?"

Biera war so sicher gewesen, aber Alec sah besorgt aus. Er zuckte mit den Schultern.

„Mein Brot hat ihr nicht geschmeckt", sagte Bess seufzend. „Niemand mag mein Brot."

Alec wandte sich zu ihr um. „Ach, Mädchen, sie war nur bedrückt wegen der Neuigkeiten. Macht Euch keine Gedanken deswegen. Ich liebe ..." Er schien zu zögern, noch mehr zu sagen. „Euer Brot", beendete er schließlich den Satz. „Ich liebe Euer Brot, liebe Bessie. Ich liebe Euer Brot so sehr, dass es wehtut."

Sie hatte keine Kinder und nach dem Tod ihres Mannes wollte Bess unbedingt alle zufriedenstellen. Sie hatte alles in ihrer Macht Stehende getan, um sich als Nachfolgerin der alten Köchin zu bewähren, und sie wollte unbedingt Alecs Herz gewinnen. „Möchtet Ihr jetzt etwas davon essen? Ich habe noch drei Laibe."

„Oh, aye", sagte er und lächelte unbeholfen. Er hielt weiterhin ihre Hand fest, als er sich wieder zum Fenster wandte.

Bessie traute sich, zu hoffen, dass er ihre Zuneigung

teilte. Kühn legte sie ihren Kopf an seine Schulter, während sie zuschauten, wie die Kinder Sorcha den Hügel hinauf und an den Ort führten, wo so viele an jenem schrecklichen Tag im letzten November ihr Leben verloren hatten. Aber wie seltsam es doch war, dass so viele von den kleinen gelben Blüten genau dort erschienen waren, wo so viel von Rònaighs Blut vergossen worden war, dachte sie. „Was für eine Blume war das noch mal?"

„Johanniskraut, benannt nach dem heiligen Johannes, dem Täufer."

„Wer ist der heilige Johannes und was ist ein Täufer?"

„Ich weiß es nicht, Bessie. Aber ich glaube, dass es jemand Wichtiges sein muss."

„Ach, dann müssen wir den Priester fragen, wenn er zurückkommt. Obwohl ich glaube, dass das nicht so bald passieren wird, da Caden gedroht hat, ihn an der Zunge aufzuhängen, nachdem er ihm gesagt hat, dass seine Erblindung ein Fluch Gottes wäre."

Sie hatten mehrere Priester, die hin und wieder nach Rònaigh kamen, meistens, um den Schrein des heiligen Ronan zu besuchen. *Alle* Frauen und Männer Gottes waren auf ihrer Insel willkommen; viele glaubten, dass hier die Wiege des Lebens stand, denn hier traf der christliche Gott auf die Kirche Éires, den Glauben und die Wildheit der Nordmänner.

Auf der Nordseite ihrer Insel war ein Druidenkreis, ein heiliges Denkmal, an dem sie jedes Jahr ihr Beltanefest feierten. Noch weiter im Norden gegenüber dem Gipfel lagen die Ruinen einer alten Kirche, die vom heiligen Ronan – einem Mönch, der so vorausschauend gewesen war, dass er die Göttlichkeit von Rònaigh erkannte – erbaut worden war. Seit Menschengedenken waren diese heiligen Orte und Geschichten Teil ihres

Lebens. Die heilige Frau hatte gesagt, sie wären ein auserwähltes Volk.

„Aber es ist seltsam", sagte Alec. „Findet Ihr nicht auch? Eine Blüte, die nach einem geköpften Heiligen benannt ist und nun das Herz eines Mannes heilen soll, der seinen Bruder geköpft hat?"

„Was ist, wenn sie sich irrt ...?"

Alec wandte sich um und zog Bess in seine Arme. „Ach, mein süßes Mädchen. Wenn sie sich irrt, ist Rònaigh verloren."

Für einen langen Moment wagten beide nicht einmal, zu blinzeln, dann traute sich Bessie, seine Umarmung zu erwidern, und schaute Alec mit ihren traurigen braunen Augen an. „Betet, dann. Betet, dass das Mädchen Erfolg hat ..."

„Bessie ... Ich ... ich muss Euch etwas sagen ..."

„Was?", fragte sie und hoffte, dass er die Worte sagen würde, nach denen sie sich sehnte. Ihr Herz machte einen Satz in ihrer Brust. Und dann schallte plötzlich Cadens Stimme durch die Burg. „Oh je!", rief sie und Alec drückte sie noch einmal schnell, bevor sie davoneilte.

* * *

CADEN KONNTE die Ritzen in seiner Decke nicht mehr sehen, doch konnte sehr wohl hören, wie der Wind durch sie hindurch heulte. Seine Augen mochten zwar nichts mehr wahrnehmen, aber seine Ohren wurden immer schärfer.

Schon bald nach der Erblindung hatte er befohlen, dass alles aus seiner Kammer entfernt werden sollte – alles –, all seine Waffen, seine Habseligkeiten, sogar das Kohlebecken, das ihn wärmen sollte. Er war es leid, über seine Truhen zu stolpern und sich die Haare an seinem Arsch zu versengen. Nur das Bett und ein Stuhl blieben im Zimmer und wenn er vor Kälte nachts zitterte, war das nur die Buße für alles, was er getan hatte.

Nun musste er seine Strafe mit so viel Anmut hinnehmen, wie ihm möglich war, und er musste sich damit abfinden, dass Rònaigh dem Untergang geweiht war.

Nichtsdestotrotz sehnte er sich zum ersten Mal seit Monaten danach, an einem anderen Ort zu sein. Er fühlte sich rastlos und sprang völlig nackt aus dem Bett, lief instinktiv zum Fenster und ließ das Sonnenlicht sein Gesicht wärmen.

*Ach* … Wie lang war es her, dass er sich eine so einfache Freude gegönnt hatte?

Seit dem Tod seines Bruders hatte er in kalter und einsamer Dunkelheit gelebt, aber während ihrer Unterhaltung hatte das schlaue Mädchen für einen kurzen Augenblick einen Sonnenstrahl in Cadens Welt gezaubert. Anstatt sich bis zum Vollrausch zu betrinken, wartete er nun auf ihre Rückkehr …

*Aber was, wenn sie nicht zurückkam?* Was, wenn sie Alec überredete, sie von hier wegzubringen? Was, wenn sie niemals zurückkehrte?

Er sehnte sich danach, zu erfahren, wer sie war. Aber selbst wenn er mutig genug wäre, sich die Treppe hinab zu wagen, wurde seine Kleidung doch im Vorzimmer in den Truhen aufbewahrt. Ohne sein Sehvermögen könnte er aus Versehen eines der Gewänder seiner Mutter anziehen. Alec hatte recht; er war zu stolz, um jemanden um Hilfe zu bitten.

Seine Gedanken wanderten wieder zu der jungen Frau, die er in seinem Bett entdeckt hatte, und er überlegte, wer sie wohl sein könnte. Sie hieß Sorcha oder das behauptete sie zumindest. *Aber Sorcha wer? Und woher kam sie?*

Caden hätte dies und viel mehr gern gefragt, aber dafür, dass er eine solche Aufregung verursacht hatte, schien der verdammte Alec sich rar zu machen. Auch wenn sie Freunde waren, war Alec schlauer, als ihn zu reizen, doch genau das hatte er getan. Eigenmächtig war er losgegangen und hatte ein armes Mädchen entführt und das war genau das, was Rònaigh und Caden jetzt nicht gebrauchen konnten – von der Klinge ihres Vaters bedroht zu werden, wenn er unvorbereitet war, sich selbst oder seine Leute zu verteidigen. Welche Konsequenzen würden sie für Alecs ungestümes Handeln erleiden müssen?

Er fing an, die Weisheit, diesen Mann zum Anführer ernannt zu haben, anzuzweifeln.

Er hatte gehofft, dass Alec Vernunft annehmen und den Rest der Dorfbewohner zu Auld MacLeod bringen würde, damit sie dort unterkamen. Vor noch nicht so langer Zeit waren sie Verbündete gewesen und daher würde der Mann sie nicht einfach zurückweisen, insbesondere, wenn sie ihm Rònaigh anboten. Was nützte ihnen Stolz, wenn sie drauf und dran waren, ihr Leben zu verlieren?

Für seine Leute war es eine unhaltbare Situation – ihren vergangenen Ruhm zu bejubeln, wenn sie doch gar keine Zukunft besaßen Man sollte sich nichts vormachen, ihre Situation war katastrophal.

Und trotzdem brachte Sorcha ihn zum Lächeln ...

Obwohl sie glaubte, eine Gefangene zu sein, schien sie keine Scham zu kennen, und zeigte keine Demut. Sie sagte, was sie dachte, und genau, wie sie es wollte. Was für Eltern hatten ein solch dreistes Mädchen aufgezogen? In seinem ganzen Leben hatte Caden keine so selbstsichere Frau getroffen – außer Brighde. Aber diese wandernde, heilige Frau musste mit den Göttern verwandt sein, denn jedes Jahr, solange Caden sich erinnern konnte, war sie nach Rònaigh gekommen und hatte die Insel auch wieder verlassen. Trotzdem schien sie mit ihren hellgrünen Augen, ihrer makellosen Haut und ihrem goldenen Haar viele Jahre jünger als Caden zu sein.

Jedoch selbst Brighdes Schönheit war für Caden nicht Beweis genug gewesen. Er freute sich, sie zu sehen, und war zufrieden, wenn sie wieder wegging. Im Gegensatz dazu hatte dieses Mädchen namens Sorcha seine Gedanken vollends durchdrungen, dabei wusste er noch nicht einmal, wie sie aussah.

Ihr Duft war wie himmlisches Manna und ihre Stimme ließ sich nicht mehr aus seinem Kopf verbannen.

Fürwahr, jedes andere Mädchen wäre schreiend aufgewacht und hätte auch nicht mehr aufgehört, zu schreien. Stattdessen hatte sie sich angemaßt, ihn, den Laird dieses Reichs, einen Erben Conns, zu befragen, und sie hatte von seinem „kleinen Hauptmann" gesprochen, als hätte sie schon Hunderttausende gesehen. Also war sie entweder eine Hure oder eine Heilerin. Caden hoffte, dass sie Letzteres war. Mit diesem Gedanken im Kopf und des Wartens überdrüssig ging er zur Tür – einen Schritt, den er schon tausend Mal zuvor gemacht hatte, als er noch sehen konnte. Er riss die Tür auf und rief so laut er konnte. „Alec!", brüllte er. „Alec!"

Wie bei dem Löwen auf seinem Banner donnerte seine Stimme durch die Burg und Caden war erleichtert, als er Schritte auf der Treppe hörte. Manchmal, auch wenn er darum gebeten hatte, fürchtete er, allein aufzuwachen, und dass er nach Alec rufen und niemand kommen würde.

Glücklicherweise erschien sein Getreuer, sein Hauptmann und bester Freund, immer. „Was ist los?", fragte Alec keuchend. Caden stellte sich vor, dass er mit rotem Gesicht vornübergebeugt dastand, mit den Händen auf den Knien. „Was kann ich für Euch tun, Laird?"

Caden wollte schon nach dem Mädchen fragen, kratzte sich aber stattdessen am Kopf und bemerkte dabei, dass sein Haar fürchterlich fettig war und er sich schrecklich schmutzig fühlte. „Ich brauche ein Bad", sagte er. Ab dem Augenblick, als er dies verkündet hatte, sehnte er sich verzweifelt nach dem Gefühl von sauberem, heißem Wasser.

Einen langen Moment, nachdem er sein Bitte geäußert hatte, herrschte Schweigen. Und dann fragte Alec ein wenig mürrisch: „Ein *Bad*, mein Laird?"

Caden hörte, wie sich ein Lächeln in Alecs Stimme schlich.

„Aye, Ihr Tölpel. Ihr habt schon richtig gehört. Ich brauche ein Bad. Und wenn Ihr das dumme Grinsen nicht aus Eurem hässlichen Gesicht wischt, tue ich es für Euch."

Alec unterdrückte ein Lachen, aber Caden hörte es trotzdem. „Aye, Sir!", sagte er aufgeregt und die Freude in seinem Tonfall verriet ihn. Noch bevor Caden ihn wegschicken konnte, war er fortgelaufen, er rannte die Treppe hinunter und brüllte nach Bess. „Er will ein Bad", rief er dabei. „Caden will ein Bad!" Und er lachte dabei so albern, dass Caden wohl kaum derjenige sein konnte, der verrückt war. Tatsächlich musste er über die Freude in Alecs Stimme grinsen und überlegte, wann zum Teufel der Ochse Bessie seine Gefühle offenbaren würde. Ganz gleich, was passierte, ob gut oder schlecht, Alec rannte als Erstes zu Bessie. Caden hegte den Verdacht, dass er sie sogar über seine Gefolgschaft zu Caden stellte.

* * *

UMGEBEN von den Kindern tat Sorcha etwas, was sie nicht erwartet hätte: Sie pflückte Kräuter wie eine Besessene. Auch wenn die Insel im Winter kalt und abweisend sein musste, so entzückte sie doch eine Apothekerin. Sie hatte bereits Schafgarbe, Milchfleckdistel und Fieberkraut erspäht.

Schmetterlinge flatterten umher. Bienen summten an den Blüten. Am hellen Himmel, der voller Schäfchenwolken war, flogen Basstölpel und Möwen und der seltsame Stern kam dazwischen immer wieder zum Vorschein.

Unten am Ufer waren die dunklen Klippen von Lunden und verschiedenen Arten von Möwen übersät.

Wie versprochen führten die Kinder Sorcha zu dem reichhaltigen Garten voller *ruagaire deamhan.*

Obwohl es für die sternenförmigen Blüten eigentlich noch zu früh war, bedeckten sie den Hügel wie einen Teppich. Die senkrechten Stängel mit den reichen Blütendolden waren so dick, dass sie holzig geworden waren, und einige überragten die Kinder.

Um sicher zu sein, pflückte Sorcha ein Blatt und hielt es gegen das Sonnenlicht, um zu sehen, ob es perforiert war. Und siehe da, dies war der Fall.

Sorcha war immer mehr davon überzeugt, dass Una Alec nach Lochinver geschickt hatte, um sie abzuholen. *Dies ist kein gewöhnliches Feld. Und dies ist keine gewöhnliche Insel.* Aber wenn Una natürlich selbst Cailleach war, dann war sie älter als die Zeit selbst. Sie wäre die blaugesichtige Mutter des Winters. „Seid die Jungfrau, die Mutter und das alte Weib", pflegte sie zu sagen. „Seid der gehörnte Gott, der wilde Geist des Waldes!" Ihr alter Trinkspruch erhielt nun eine neue Bedeutung.

Die Wahrscheinlichkeit, dass diese Leute sie ohne Hilfe gefunden hätten, war nicht sehr hoch. Sorcha zerdrückte die *ruagaire deamhan*-Blüte zwischen ihren Fingern und setzte den lila Saft frei. Das Kraut konnte als Tee oder Tinktur verwendet werden und ganz offensichtlich war mehr als genug für beide Darreichungsformen vorhanden.

Sie verpflichtete die Kinder, ihr zu helfen, die Blumen zu pflücken, und zeigte ihnen, wie man sie abknipste – genau wie Una es ihr gezeigt hatte –, sodass ihre Hände sich nicht verfärbten. Trotzdem hatten alle Kinder rote Hände, als sie fertig waren und Sorchas Rock mit Blüten gefüllt war. Das hellblaue, geliehene Gewand war voller dunkellila Flecken. Die Kleinen lachten und rannten umher, während Sorcha zusah und mitlachte.

Als sie zur Burg zurückgekehrt waren, setzte Sorcha eine Lektion um, die sie von ihrer Schwester Lìli gelernt hatte, und erhob Anspruch auf einen Arbeitstisch. Es war das Erste, was Lìli getan hatte, als sie in Dubhtolargg ankam, und es erschien nur vernünftig, dass Sorcha das auch tun könnte. *Warum auch nicht?* Wenn sie ihnen helfen sollte, brauchte sie einen guten Platz, wo sie die Kräuter schneiden, auspressen und mahlen konnte. Das Mindeste, was sie tun konnten, nachdem sie sie in die Irre geführt hatten, war, ihr einen Tisch zuzugestehen.

Da Una sie und ihre Schwestern nicht zu ängstlichen Menschen erzogen hatte, verlangte Sorcha außerdem die Rückgabe von *grimoire* und *keek stane*. Schließlich enthielt das Buch nicht nur die Geschichte ihres Clans, sondern war auch voller unschätzbarer Rezepte für Heiltränke, die alle von Una aufgeschrieben worden waren. Sorcha wurde klar, dass das ein weiterer Hinweis war, denn Una hatte behauptet, dass sie selbst jedes einzelne Gebräu ausprobiert hätte, und es gab Hunderte in dem Buch. Man hätte ein Dutzend Leben gebraucht, um all das zu tun. Una und Cailleach war ein und dieselbe – hinterhältige alte Hexe. Aber das war eine Sache, die sie mit Una persönlich besprechen musste.

Zu Sorchas Freude gab Alec ihr ohne Widerworte *keek stane* und *grimoire* zurück und richtet ihr sogar einen eigenen Arbeitsraum ein. Er gab ihr das Zimmer, das sie einst als Küche benutzt hatten, bevor sie diese aus dem Turm umgezogen hatten. Das erfuhr sie von Bessie, als diese ihr zeigte, wo sie die nötigen Arbeitsgerätschaften finden konnte – in einem kleinen Raum neben der neuen Küche.

Jetzt musste sie als Erstes die Blumen trocknen. Zu viel Feuchtigkeit würde ihre Tinktur verderben. Sorcha legte die Blüten, die sie als Tee verwenden wollte, in Körbe. Den Rest breitete sie auf dem Steinboden in der Nähe der Fenster aus, sodass die Sonne sie wärmen würde. Bevor sie sie weiterverarbeiten konnte, mussten die Blüten ungefähr zwei Tage liegenbleiben, dann würde sie sie wieder einsammeln, um ihre Heilmittel herzustellen.

Während sie arbeitete, summte sie vor sich hin. Denn trotz der Lage, in der sie sich befand, war sie überaus erfreut über diese neue Übereinkunft, auch wenn es nur vorrübergehend war. Ihre Schwester Lìli hatte kein so schönes Arbeitszimmer. Der Tisch ihrer Schwester stand in einer Ecke ihres Schlafzimmers. Und Una war über all die Jahre, in denen sie ihre Heilkunst ausgeübt hatte, in einer dunklen, feuchten Grotte unter dem Berg versteckt gewesen. Sorcha jedoch hatten sie ihren Tisch in die Mitte eines großen Raumes gestellt, als würden sie ihre Tätigkeiten wertschätzen.

Zuhause hatte sie das Gefühl gehabt, dass man sie für selbstverständlich hielt. Weil Sorcha immer die Verlässliche war. Sie passte auf ihre Nichten und Neffen auf. Sie erledigte die Besorgungen für alle. Sie holte das Wasser. Sie stellte sicher, dass alle saubere Kleidung hatten. Während ihre Schwester Lìli sich um die Kranken kümmerte, begleitete Sorcha sie nur und half, wenn sie konnte.

Fürwahr, Sorcha hatte ihr Zuhause mit einer neuen

Zielstrebigkeit und nicht nur mit dem Verlangen, Una wiederzusehen, verlassen. Vielleicht konnte sie ja mit etwas Glück diesen Leuten helfen und trotzdem Una finden?

Caden Mac Swein tat ihr leid. Wie musste sich ein Mann fühlen, der seinen eigenen Bruder umgebracht hatte? *Ihn kopflos zu sehen? Zu wissen, dass man dafür verantwortlich war?* Allein bei dem Gedanken hätte Sorcha sich am liebsten selbst die Augen ausgekratzt. Aber als sie das verstörende Bild aus ihrem Kopf verbannt hatte, erinnerte sie sich wieder an ihre eigenen Widrigkeiten.

Vor ihrem inneren Auge sah sie erneut, wie Padruig über Aidans Vater stand, mit Blutspritzern auf seinem Bart und seinem Schwert. Er wischte die Klinge am Rock ihrer Mutter ab und dann beobachtete Sorcha mit Schrecken, wie er ihre Mutter schändete.

Am grausamsten war, dass das die letzten Visionen gewesen waren, die der *keek stane* ihr offenbart hatte. *Welch ein Verrat! Welch eine Schlechtigkeit!* Und Sorcha stammte von jenem Mann ab. Jedes Mal, wenn sie darüber nachdachte, gefror ihr das Blut in den Adern.

Sorcha war wahrlich niemals die Art Mensch gewesen, die sich über ihre Umstände beschwerte. Man hatte sie gelehrt, das Beste aus jedem Ereignis zu machen, weil man nie wusste, was der nächste Tag bringen würde. Vor nur einer Woche noch hatte Sorcha geglaubt, sie wäre ein wertvolles Mitglied ihres Clans. So schnell konnte sich alles ändern – und ihre Annahme als Lüge offenbaren!

Aufgewühlt durch ihre Gedanken machte Sorcha eine Pause und ging nach draußen, um den Stern zu betrachten. Wie ein Leuchtfeuer hing er über der Insel, als hätte er sie genau an diesen Ort hatte führen wollen. „Ich weiß, dass Ihr es seid", flüsterte sie. „Ich weiß, dass Ihr es seid, Una. Zeigt mir, was ich tun soll ..."

Aber der Stern antwortete nicht. Er hing stur,

schweigend und wachsam wie das Auge eines Gottes da und leuchtete über der Insel.

„Halò, Mylady", sagte ein kleines Mädchen und winkte Sorcha mit ihren hellrosa Händen zu und Sorcha winkte zurück. Zwei kleine Jungen huschten lachend vorbei.

Erst dann bemerkte Sorcha, wie viele kleine Kinder herumrannten – viel mehr als erwachsene Männer und Frauen, die sich um sie kümmern konnten. Es stimmte Sorcha nachdenklich, wie verletzlich diese Leute sein mussten.

Und wieder dachte sie an ihren eigenen Clan, der auf seine Art auch sehr vermindert war, und sofort fühlte sie sich mit diesen Leuten verbunden. Bis sie die Gelegenheit hatte, sich mit ihrer Mentorin zu treffen, brauchten diese Menschen sie und sie würde ihre Zeit hier gut nutzen, wobei sie mit dem Trauerkloß, der ihr Laird war, anzufangen gedachte.

Sorcha verzieh den Leuten ihre Dreistigkeit und ihre Unhöflichkeit und hatte Mitleid mit ihrer Not. Einmal mehr beschloss sie, die Führung zu übernehmen, und ging zum Stall, um Liusaidh freizulassen. Bei dieser Gelegenheit ließ sie Diabhal auch frei. *Armes Pferd!* Wohin sollten diese Tiere schon fliehen? Wie Sorcha saßen sie auf dieser Insel fest und hatten auch keine Flügel, um davonzufliegen – ganz gleich, was die Kinder glauben mochten.

*Feenpferd – pah!* Als Nächstes würden noch sie behaupten, dass Liusaidh ein Einhorn wäre. Am Ende des Nachmittags lagen beide Pferde unter einem alten Vogelbeerbaum und Sorcha war bereit, die Treppe zu erklimmen und Caden Mac Swein gegenüber zu treten.

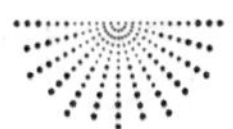

Gerade als er das Schlimmste annahm – dass sie fort wäre –, stürmte Sorcha ins Zimmer, während Caden in der Badewanne trödelte und schon seit geraumer Zeit darauf wartete, dass Moira zurückkam. Es dauerte so lange, dass ihm in der Zeit klar wurde, wie sehr er sich an die Bedienung durch seinen Haushalt gewöhnt hatte. Wie viel Zeit hatten sie damit verschwendet, sich um ihn zu kümmern? Wie viel von ihrer Pflege hatte er als selbstverständlich hingenommen? In seinem tiefen Elend hatte Caden darüber nachgedacht, seine Leute vor sich selbst zu retten, aber wer würde sie vor ihm retten? Es war völlig unnötig, dass jemand seine Launen besänftigte oder sich um seine Bedürfnisse kümmerte. Er war ein erwachsener Mann, der fähiger als manch anderer war – viel fähiger als jeder Tote.

*Viel fähiger als Davie.*

Ihm wurde klar, dass er sich wie ein verwöhntes Kind benommen hatte, eines, das sich den Luxus erlauben konnte, zu schmollen, während seine Leute keinerlei Luxus hatten.

„Es scheint, als wäre ich hierher befohlen, um Euch zu helfen", sagte sie hochmütig.

Caden wurde aus seiner Träumerei gerissen, kreischte wie ein Junge und spritzte sich Wasser ins Gesicht und zum ersten Mal in seinem Leben war er einen Augenblick lang verlegen. Er hätte gerade alles Mögliche tun können. *Alles Mögliche!* Konnte sie nicht klopfen? Er verfluchte, dass er außer seinen Gedanken nichts sehen konnte – ebenso, dass seine Ohren ihn ganz klar im Stich gelassen hatten. Was in Gottes Namen hätte sie getan, wenn sie hereingekommen wäre und er hätte es sich gerade besorgt? Er überdeckte seine Verlegenheit mit Verärgerung. „Wenn es nicht in Eurer Macht steht, die Toten zum Leben zu erwecken", erklärte er ihr, „könnt Ihr mir nicht helfen."

Oder vielmehr *könnte* sie ihm helfen, aber Caden neigte nicht zur Lüsternheit. Auch wenn sein Verlangen mit voller Kraft zurückgekehrt war und er merkte, dass er hart geworden war. Er ließ sich tiefer in die Wanne sinken und ärgerte sich über die Störung, war aber trotzdem erleichtert, dass sie zurückgekehrt war. Obgleich sie sich gerade so verhielt, als wäre sie seine Mutter, dabei war er zwanzig Jahre ohne eine Mutter ausgekommen. Es war zu spät, jetzt noch eine anzunehmen.

„Bemitleidet Euch nicht selbst, Caden Mac Swein. Ihr habt zwei gesunde Beine und zwei gesunde Hände, dafür solltet Ihr dankbar sein!"

Zu diesem Schluss war Caden auch bereits gelangt, aber dieses dreiste Weib – diese Fremde –, brachte es genau auf den Punkt, was seine Schuldgefühle noch intensiver und sein Selbstmitleid noch verwerflicher machte.

Allerdings, hatte *sie* eigenhändig einen Bruder getötet? Könnte sie es ertragen, sich so zu sehen, wie andere sie sahen? Als eine Last – unerwünscht und unverzeihlich?

Ohne etwas von seinen Selbstvorwürfen zu ahnen,

kam das Mädchen näher. Sie tauchte ihre Finger in Cadens Wasser und blieb dann neben ihm stehen. Caden spürte sie so deutlich, als könnte er sie sehen. Erneut bemerkte er, wie sehr sich seine anderen Sinne verbessert hatten, da er ihre große, schlanke Gestalt neben sich fühlen konnte.

*Aber wie konnte er so etwas wissen?*

„Euer Wasser ist schmutzig", sagte sie. „Es war höchste Zeit, dass Ihr gebadet habt. Wo ist Eure Kleidung?" Jede Frage stellte sie mit dem Tonfall und der Arroganz eines Hauptmanns und einen Augenblick lang sehnte sich Caden danach, sich ihr zu widersetzen. Noch nicht einmal als Kind hatte jemand so grob zu ihm gesprochen. Obwohl seine Zehen langsam blau wurden, war es ihm ein Gräuel, wenn er daran dachte, wie sehr sein Gemächt inzwischen geschrumpft sein musste. „Im Vorraum", knurrte er. „In meiner Truhe." Dann schickte er sie mit einer Handbewegung weg und war dankbar, dass sie gehorchte. Verspätet verdeckte er seinen Unterleib mit den Händen und erwartete ihre Rückkehr.

Es war nicht, dass es ihm peinlich war, aber er fühlte sich nicht wohl in seiner Nacktheit, da er noch nicht einmal ihre Reaktion sehen konnte. *Und warum muss ich ihre Reaktion sehen?*

Alec scherzte gern, dass der Arm eines Babys zwischen seinen Beinen hing, und Caden hatte sich seiner Nacktheit niemals geschämt. Aber fürwahr, er wusste nicht, welches der beiden Szenarien ihn am meisten Sorge bereitete: die Möglichkeit, dass Sorcha jung und hübsch war, oder die Wahrscheinlichkeit, dass sie alt und runzlig war. Wie dem auch sein mochte, er war außergewöhnlich verlegen bei dem Gedanken, ihr seinen Schwanz zu enthüllen. Er hörte sie im Vorraum herumwühlen und dann kam sie wieder herein und befahl ihm, aus der Wanne zu steigen. „Ihr seid ein durchtriebenes Weib!", beschwerte er sich.

Aber die verdammte Frau blieb unverdrossen. „Wenn Ihr das glaubt, würdet Ihr nicht meine Schwestern kennenlernen wollen."

*As ucht Dé*! Caden verabscheute den Gedanken. Könnte in ihrer Haut möglicherweise eine andere Frau stecken? Herrisch und übermäßig kühn? Er war Frauen mit so viel Feuer nicht gewohnt.

Da er sich kein bisschen gnädig fühlte, nahm er die Hand von seinem Gemächt und war entschlossen, dafür zu sorgen, dass das Mädchen so rot wurde wie ein Hintern, nachdem er geschlagen wurde. Bei Gott, er war in dem Bereich nicht unzureichend ausgestattet und wenn er auch schon kräftige Arme und Beine hatte, sein Schwanz war ebenso gesegnet. Grinsend stand er auf, genau wie sie ihn gebeten hatte. Wasser strömte von seinem Körper und trotzdem gab sie keinen Laut von sich, kein Keuchen, überhaupt keine Reaktion und diese Tatsache ließ Cadens Wangen erröten. Die winzigen Härchen an seinem Hintern kribbelten vor Bestürzung.

„Raus", befahl sie und Caden stand längere Zeit da und war nicht sicher, was er tun sollte. In Wahrheit hatte er Angst, sich zu bewegen, damit er nicht aus der Wanne stolpern und direkt auf sein Gesicht fallen und die Situation noch peinlicher machen würde. Es war noch nicht so lange her, dass er die Höhe der Wanne beim Einsteigen falsch eingeschätzt hatte, und die Vorstellung, vor ihr wie ein schusseliger Tölpel zu erscheinen, ärgerte ihn.

Merkte sie denn nicht, dass er Hilfe brauchte?

Trotzdem würde er nicht darum bitten.

Er spürte die Luft vor sich und war sich seiner Nacktheit auf einer Art bewusst, die er nicht gewohnt war. Caden ertastete den Rand der Wanne und das kaltherzige Weib stand die ganze Zeit daneben, während er aus dem Bottich stolperte. Er hob ein Bein hoch und über den Rand, wobei er ihr wahrscheinlich sein Arschloch offenbarte, was ihm gar nicht gefiel. Und dann, als er gerade ausrasten wollte, überraschte sie ihn, indem sie ein warmes, weiches Handtuch um ihn wickelte.

*Bei Gott, hatte sie es an dem Kohlebecken gewärmt?*

Manchmal hatte er das für sich selbst gemacht, aber er hatte noch nie jemandem befohlen, es für ihn zu erledigen. Es war ein winziger Luxus, für den niemand Zeit hatte. Und trotzdem war das Mädchen so fürsorglich gewesen, daran zu denken. Außerdem waren ihre Arme auch warm ... und das Gefühl, sie um sich zu spüren, verursachte ein unangenehmes Brennen in seinen Augen. Wie ein kleiner Junge vergrub er sein Gesicht in dem warmen Tuch und gab vor, dass er sich nur abtrocknete.

Von Nahem roch Sorcha nach ... Sonnenschein ... und etwas anderem, etwas, das er nicht sofort zuordnen konnte. Während sie das Tuch um seinen Körper festhielt, entdeckte er, dass sie nicht so klein war. Sie war zwar nicht so groß wie Caden, aber es fehlte nicht viel. Er sehnte sich danach, ihr Gesicht abzutasten, um zu fühlen, ob ihre Haut so weich wie ihr Duft war.

Ihre festen und runden Brüste wackelten an seiner Brust, während sie ihn abtrocknete, und seine physische Reaktion kam sofort. Befangen löste er sich aus ihrer Umarmung und war nicht sicher, was er davon halten sollte, dass sein „kleiner Hauptmann" sich erhob, um einer matronenhaften alten Frau zu salutieren.

Es war einfach unmöglich, dass ein junges Mädchen so viel Mühe in die komplexen Genüsse eines Bades steckte. Sie *musste* alt und erfahren sein. Schade. Und doch ...

„Vorsichtig jetzt", sagte sie und versuchte, ihm das Handtuch abzunehmen.

Caden wehrte sich. „Nay, Weib." Er riss es ihr aus den Händen. „Ich kann mich selbst abtrocknen."

„Nun denn", entgegnete sie und gab nach. Sie trat zur Seite und ihr Duft schwand. Caden spürte den Verlust deutlich – wie die Abwesenheit eines Arms oder Beins.

Er hörte, wie sie mit leichten, schnellen Schritten das Zimmer verließ, und tastete sich zurück zu seinem Bett, wo er sich setzte und das feuchte Handtuch sicher um seine kräftigen Schultern zog. Schultern, die voller Narben waren. Hatte sie sie bemerkt? Hatte der Anblick sie abgeschreckt? Hatte er deswegen keinerlei Wirkung auf sie? Wie viele Narben hatte er jetzt wohl nach der Schlacht auf dem Hügel? *Viele mehr, als Davie sich jemals verdienen können würde.*

*Reiß dich zusammen,* befahl er sich selbst. Sei ein Mann! Er war für alle eine Belastung. Bei Gott, er konnte noch nicht einmal allein ein Bad nehmen.

Sie schien ihn auch nicht als gutaussehend zu erachten, sondern eher als einen Narren zu sehen, der noch nicht einmal den Verstand eines Ochsen besaß.

Und doch hatte sie an jenem ersten Tag gesagt, dass er gut aussähe. Die Erinnerung erfreute ihn.

Er fühlte sich zwiegespalten und verwirrt und saß immer noch da, als Sorcha mit seinem Hemd in der Hand zurückkehrte. Er nahm seinen eigenen Geruch am Stoff wahr, konnte aber nicht sagen, welches sie ausgewählt hatte. Grün stand ihm überhaupt nicht. Das blaue Hemd war abgetragen. Das rote war verblichen. Aber er hatte natürlich keine riesige Auswahl und warum sollte es ihn auch kümmern? Er war kein Sassenach mit Truhen voller Seide. Es gab nur wenige Weber auf Rònaigh und Wolle war knapp. Die meisten seiner Kleidungsstücke hatte er geschenkt bekommen oder bei Ausflügen zur Insel Skye erworben.

Einst, als Caden noch ein kleiner Junge gewesen war, hatte er seinen Vater in das Hinterland Scotias begleitet, wo sein Vater sich beschwerte, dass der Laird ein *Tailard* sei – ein Sassenach mit Teufelsschwanz. *Und warum?* Nur, weil die Frau des Lairds kam, um ihn zu baden – sicherlich eine Beleidigung. Nicht nur implizierte es, dass sein Vater stank, sondern auch, dass eine Engländerin es gewohnt war, einen Laird zu baden, etwas, das eine anständige Schottin niemals tun würde. Die Frauen ihrer Clans hatten Wichtigeres zu tun – wie beispielsweise Kinder großzuziehen und sich um die Küche zu kümmern. Nichtsdestotrotz saß Caden da und erlaubte Sorcha, ihn in jede Stellung zu drehen, die ihr gefiel – wie ein verdammtes Kleinkind.

Er grunzte vor Unmut.

„So", sagte sie mit einem Lächeln in der Stimme. „Jetzt seht Ihr gut aus, Caden Mac Swein."

Wieder spürte Caden eine Regung in seinem Unterleib. Verdammt. Würde das jedes Mal passieren, wenn sie zu ihm sprach? Es war unbehaglich und noch mehr als nur das.

„Danke", sagte er ein wenig ärgerlich und war dankbar, als er endlich sein Hemd übergestreift hatte und es bis zu seinen Knien herunterziehen konnte. „Ich sollte sagen, dass Ihr nicht verpflichtet seid, mir zu dienen, Mädchen. Es gibt schon seit Urzeiten keine Leibeigenen mehr auf der Insel."

„Schon gut", sagte sie zuckersüß. „Ich habe einen Handel geschlossen und werde mein Wort halten. So oder so, Caden Mac Swein, ich werde mein Bestes tun, um Euch zu helfen, und an Beltane in drei Wochen werde ich weg sein."

*Weg? Weg?*

*Wo zur Hölle wollte sie denn hin?*

Sie waren hier in der Mitte der Nordsee.

Es war zu lange her, dass er sich in der Nähe einer Frau aufgehalten hatte, die so gut duftete. „Ich kenne meinen Namen, Weib. Ihr müsst ihn nicht dauernd wiederholen. Wo sind meine Stiefel?", schnauzte er sie an.

Wortlos schob Sorcha ihn zurück auf sein Bett, dann kniete sie sich vor ihn und manövrierte seine Füße in seine Schuhe. Caden hegte unschickliche Gedanken über ihre Lippen an einem Ort, wo sie nicht sein sollten. Sein Schwanz regte sich erneut, obwohl er ihn stur ignorierte. „Was für einen Handel?"

„Ich bin eine Heilerin", antwortete sie. „Gebt mir Euren anderen Fuß und dann beginnen wir mit einem Spaziergang."

„Um Gottes Willen, Mädchen. Ich bin doch kein Hund!"

Die Frau lachte – eine Reaktion, die Caden nicht unbedingt erwartet hatte. Fürwahr, sie musste ein Dutzend Brüder haben, die alle ziemlich temperamentvoll waren, dass sie nicht von seiner Laune beleidigt war. Alle außer Alec schienen zu erzittern, wenn er sprach. Aber schließlich entfernte sie sich. Und zu Cadens Erleichterung – und Ärger – ließ sie ihn auf dem Bett sitzend zurück, um zu warten ...


Das Letzte, was Caden Mac Swein brauchte, war, dass er herumsaß und sich selbst bemitleidete.

Sorcha hatte in seiner Stimme so viel Selbstmitleid vernommen, dass es für ein ganzes Dorf voller Leprakranker gereicht hätte. Sie wollte ihm klarmachen, dass seine Blindheit nur so viel Einschränkung war, wie er zuließ. Constance hatte schließlich auch gelernt, jede Aufgabe, die man ihr auftrug, und noch mehr zu erledigen.

Diese Blindheit war äußerst seltsam. Weder Caden noch Constance hatten Verletzungen in der Nähe ihrer Augen. Caden trug natürlich noch Dutzende von Narben an anderen Stellen, aber sein Gesicht war perfekt. Sie dachte eine Zeitlang darüber nach ...

Es schien fast, als hätten beide etwas gesehen, das sie nicht sehen wollten oder nicht hätten sehen sollen.

Im Fall von Constance hatte sie den heiligen Stein, den Sorchas Leute im Tal versteckt hielten, gesehen. Es war eine Reliquie, die niemand außer den Hütern seit dreihundert Jahren zu Gesicht bekommen hatte. Sorcha stellte sich manchmal vor, dass die Götter im Himmel – beispielsweise Taranis mit seinen Blitzen und Donnerschlägen – Constance als Rache hatte erblinden lassen. Aber Caden hatte nichts Verbotenes gesehen, sondern etwas, das kein Mensch jemals sehen wollte. Was, wenn seine Blindheit keine von den Göttern verhängte Buße war, sondern eine, die er sich selbst auferlegt hatte?

Wenn das der Fall war, würde seine Sehfähigkeit mit seinem Lebenswillen zurückkehren? Das *ruagaire deamhan* würde seinen Zorn beruhigen und ihm ein Gefühl von Frieden zurückgeben.

Sie wartete immer noch, dass Caden merken würde, dass sie nicht zurückkehrte. Sie wollte, dass er von sich aus kam, hauptsächlich, weil sie ihn unmöglich die Treppe hinuntertragen konnte, wenn er sich verweigerte. Sie pfiff leise, gerade so, dass er sie hören konnte, während sie wartete.

Bevor sie die Treppe hinaufgegangen war, hatte sie Alec und Bess darum gebeten, sich um die große Halle zu kümmern, die Tische herzurichten und ein herzhaftes Essen vorzubereiten. Das war das Mindeste, was sie tun konnten, nachdem sie sie von ihrer Reiseroute abgebracht hatten. Sie sehnte sich danach, in etwas Größeres als eine Beere zu beißen – abgesehen von dem nörgeligen Mann. Es würde für sie das erste gute Mahl seit mehr als einer Woche sein. Aber das war nicht der einzige Grund. Sie verstand, dass die Menschen hier knapsen und knausern mussten in der Hoffnung, dass sie bis zum Fest durchkamen, aber es war wichtig, dass Caden klar wurde, dass das Leben weiterging. Ein wenig Normalität würde ihn dazu zwingen, sein Elend zu überdenken. Sie wusste genau, dass er immer noch auf dem Bett saß, und Sorcha wartete oben am Treppenabsatz, da sie nicht kaltherzig genug war, um ihn allein der Gnade der Treppe zu überlassen. Eine falsche Bewegung und selbst ein Dickschädel wie Caden Mac Swein würde seinen Kopf verletzen.

*Caden Mac Swein.*

*Swein des Nordens.*

Sie überlegte, ob es eine Verbindung gab. Der Wikinger war eine viel gepriesene Gestalt aus ihrer Vergangenheit – ein mächtiger Eroberer, der eine Tochter des Königs von Éire geheiratet hatte. Sie kannte die Geschichte gut, denn Una hatte sie für wichtig gehalten. „Wer nicht von der Vergangenheit lernt", hatte sie gesagt, „wird sie wiederholen." Während sie sich an die Worte ihrer Mentorin erinnerte, dachte Sorcha über ihren Vater nach. Es gab einige Leute, welche die Vergangenheit kannten und alles versuchten, um sie zu wiederholen. Tatsächlich hatte ihr Vater MacAilpíns Verrat wiederholen wollen. Er war nach Dubhtolargg gekommen, um den Laird umzubringen und – *Denk nicht mehr darüber nach. Du hast eine Aufgabe, um die du dich kümmern musst.*

Sie pfiff lauter und gerade, als sie dachte, dass er wieder eingeschlafen wäre – stur, wie er ja nun einmal war –, erschien Caden in der Tür zum Vorraum.

Fürwahr! Sie war ganz und gar unvorbereitet auf seinen Anblick.

Bis jetzt hatte sie sich noch nicht die Zeit genommen, ihn wirklich anzusehen. Und da stand er nun, groß und mit goldenem Haar, das seidig und sauber war. Sein Gesicht glich dem eines Wikingergottes. Seine Arme und Beine waren gesund und stark und ein Zeugnis seines Lebens vor dem *Unfall*, denn er war offensichtlich ein Mann, der es gewohnt war, zu arbeiten. Sie schluckte und fühlte sich plötzlich gehemmt. Ihr wurde klar, dass nicht nur blinde Männer manchmal nicht sehen konnten ...

„Da seid Ihr ja", sagte sie schüchtern. „Ich hatte auf eine Begleitung zum Abendessen gehofft."

„Abendessen?", fragte er und hörte sich überrascht an. Aus dieser einfachen Frage und seinem Gesichtsausdruck folgerte Sorcha, dass nicht nur *er* die normalen Haushaltsgebräuche aufgegeben hatte, sondern auch der Rest seines Clans. Verstanden diese Leute denn nicht, dass es wichtig war, zusammen zu Abend zu essen, um ein Gemeinschaftsgefühl zu bekommen? Ihr Bruder hätte eine solche Zeremonie niemals aufgegeben. Sie konnte sich erinnern, dass sie oft heftig gestritten hatten, aber wenn die Mahlzeit serviert wurde, wurde der Streit beigelegt. Aidan verlangte es so.

Sobald Sorcha Alec allein erwischte, würde sie ihm ihre Gedanken dazu mitteilen. Wie sollte Caden leben wollen, wenn selbst seine Clansleute ihn abgeschrieben hatten?

„Ja, Sir, ich glaube, es gibt Kabeljau", lockte Sorcha ihn und beobachtete die Gefühlsregungen in seinem Gesicht – ein Ausdruck kindlicher Freude, wie sie ihn noch nie gesehen hatte. „Alec sagte, er hätte die Fischer heute Morgen hinausgeschickt. Und dazu vielleicht Kohl und Brot", fügte sie hinzu.

Das Lächeln schwand von Cadens Lippen. „Nicht Bessies, oder?", fragte er. Sorcha konnte sich nicht zurückhalten und brach in Gelächter aus. Als sie sich beruhigt hatte, sagte sie: „Macht Euch keine Sorgen,

Caden Mac Swein. Wenn sie gerade nicht hinschaut, nehme ich Euer Stück und verfüttere es an die Hunde."

Er schaute sie ernst an. „Wir halten unsere Hunde nicht drinnen", sagte er.

Sorcha kicherte. „Nun, dann gebe ich es an Alec weiter. Ich habe so ein Gefühl, dass das nicht das Einzige von Bessie ist, an dem er gern knabbern würde."

Sehr zu Sorchas Überraschung fing er an zu lachen und kopfschüttelnd ging er durch das Zimmer auf Sorcha zu. Diese hielt dabei die Luft an.


Es fühlte sich gut an, zu lachen.

*Heute schon zum zweiten Mal.*

Langsam durchquerte Caden das Zimmer, er war überrascht, dass alles aus dem Weg geräumt worden war. Er runzelte die Stirn. Wenn Moira putzte, schob sie alles immer hin und her und obwohl er wusste, dass die Frau es gut meinte, verursachte ihm dies doch noch mehr Beulen und Verletzungen.

Sein Herz schlug heftig, als er durch den Vorraum ging, und er fand es schwierig, zu atmen aus Angst, dass er fallen könnte, und dann roch er, dass Sorcha in der Nähe war.

„Ach, Mädchen", sagte er, als er gegen sie stieß. Sorcha ergriff seine Arme, um ihn zu stützen, und ließ ihn dann aber schnell wieder los. Oh Gott, er fühlte sich wie ein kleiner verliebter Junge. Doch was machte das für einen Sinn, da er das Mädchen überhaupt nicht kannte? Er wusste nur, dass er ihre Stimme und den Duft ihres Haares mochte. Um mehr von ihrem schönen Duft einzuatmen, lehnte er sich vor. Es war wie nichts, was er jemals gerochen hatte ... wie Pollen und Blumen, ein Duft, der ihn jedes Mal überwältigte, wenn sie in seine Nähe kam.

„Achtung, die Treppen sind steil."

„Das weiß ich besser als Ihr."

„Trotzdem werde ich zuerst gehen", verkündete Sorcha in ihrem normalen herrischen Tonfall. „Und wenn wir unten sind, nehmt Ihr meinen Arm."

Sie mochte etwas übereifrig sein, doch Caden gewöhnte sich langsam daran. Er antwortete mit einem Lächeln. „Und wenn ich stolpere, brechen wir uns beide das Genick."

Sie lachte leise und es hörte sich an wie Musik und Cadens Lenden zogen sich wieder zusammen. „Habt keine Angst", sagte sie, „ich bin keine so empfindliche Frau."

*As ucht Dé!* Plötzlich sah Caden ein Bild mit verschlungenen Gliedmaßen vor sich, wild und ausgehungert. Seit seinen frühen unerfahrenen Jugendtagen hatte sein Körper nicht mehr so heftig auf eine Frau reagiert.

Sorcha stieg vorsichtig vor ihm eine Stufe hinunter und wartete, dass Caden die erste meisterte, dann ging sie weiter. So stiegen sie die ganze Treppe hinab, eine Stufe nach der anderen. Sie hielt ihn fest an den Armen. Es ging gut und sie freute sich sehr über ihren Fortschritt, als sie plötzlich mit ihrem linken Schuh an einem losen Stein hängenblieb und rückwärts stolperte. Zu ihrer völligen Überraschung ergriff Caden sie am Arm und verhinderte, dass sie fiel.

Sorcha blinzelte und war nicht sicher, was sie am meisten überrascht hatte – dass sie ihr Gleichgewicht verloren hatte, obwohl sie doch so vorsichtig gewesen war, oder dass er *gewusst* hatte, dass er seine Hand nach ihr ausstrecken und sie auffangen musste.

Plötzlich verstand sie etwas über seine Krankheit: Der Mann *konnte* sehen. Er wollte es einfach nicht. Oder eher, ein Teil von ihm wollte nicht wahrhaben, was seine Augen sehen konnten. Er hatte sie offensichtlich gefangen, weil er sie fallen *sah*, und nicht, weil sie um Hilfe gerufen hatte, denn dazu hatte sie gar keine Gelegenheit gehabt.

Ihr Herz setzte einen Schlag aus, als er sie ein wenig mitgenommen an seine Brust zog. Sorcha legte ihre Wange an sein Hemd und war von den angenehmen Gefühlen, die sie überkamen, als er sie in seine Arme schloss, völlig verwirrt. „Vorsichtig", sagte er und hörte sich viel zu selbstgefällig an. „Die Treppen sind steil."

Neckte er sie?

Sorcha lächelte. „Das haben wir nun festgestellt."

„Ach, ich habe es Euch doch gesagt, Mädchen", betonte er und hielt sie immer noch fest. „Deswegen komme ich selten nach unten. Burg Dunrònaigh wurde vor mehr als fünfhundert Jahren erbaut und es sind mehr als einhundert Stufen bis zum Erdgeschoss."

Sie hatten sich also die Mühe gemacht, Sorcha zu entführen und sie zu ihrer Insel zu bringen, damit sie sich um ihn kümmerte, aber sie waren nicht einmal auf die Idee gekommen, ihrem Laird die Treppe hinunter zu helfen? *Dumme Leute.*

Sorcha löste sich aus seiner Umarmung. „Mehr nicht?", neckte sie ihn und widmete sich wieder dem Abstieg, wobei sie Caden an die Hand nahm. „Keine Angst, die Mutigen werden für ihre Mühen belohnt."

Sie hörte das Lächeln in seiner Stimme. „Und was für eine Belohnung würdet Ihr mir geben?", fragte er, sein Ton heiser und tief, sodass es ihr einen Schauer über den Rücken rieseln ließ.

„Wir werden sehen, mein Laird", antwortete sie kokett. „Wir werden sehen."

Sorchas Magen wurde vom Duft einer warmen, gekochten Mahlzeit gelockt und dieser trieb sie zur Eile an, dennoch nahm sie sich die Zeit, Caden eine Stufe nach der anderen nach unten zu führen.

# KAPITEL ZEHN

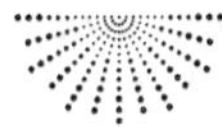

Sorcha war wie vom Erdboden verschluckt.

Sie hatten jeden Zoll der Highlands und darüber hinaus abgesucht und Aidan, Keane und Jaime Steorling trafen sich nun in einem kleinen Gasthaus in der Nähe des Dorfes Lochinver, um zu besprechen, was jeder einzelne von ihnen herausgefunden hatte. Jaime diente dem König und war mit ihrer Schwester Lael verheiratet. Mehr als ein Bericht besagte, dass Jaime sie persönlich vom Galgen abgeschnitten hatte. Wenn der König einem Mann zuhörte, dann war dies Jaime, und der erfuhr so auch etwaige Gerüchte. Etliche Leute hatten erzählt, dass sie ein Mädchen, das auf Sorchas Beschreibung passte, unten am Hafen gesehen hätten. Sie hätte versucht, ein Boot für die Überfahrt nach Skye zu finden. Laut dem Hafenmeister war ein Kapitän darauf eingegangen – im Tausch für das Pferd des Mädchens –, aber als sie die Segel gesetzt hätten, wären sie gen Norden und nicht nach Westen gefahren. Von dem Mädchen hatte man nichts mehr gehört oder gesehen. Jaime schüttelte den Kopf. „Ich kann mir nicht vorstellen, was sie zur Insel Skye locken würde. Dort ist nichts außer bitterer Kälte."

„Wer regiert dort?", fragte Aidan, da er sicher war,

dass Jaime dies wissen würde; schließlich saß er auch in König Davids Rat.

„Die MacLeods", meinte Jaime. „David ist fast am Ende seiner Weisheit mit den diplomatischen Verhandlungen dort. Es ist nahezu unmöglich, die westlichen Inseln zu regieren. Wenn Ihr mich fragt, gehören sie immer noch eher zu Éire, als dass sie Schotten sind."

Das Gelächter einer Hure schallte durch das Wirtshaus und zog Aidans Aufmerksamkeit auf sich. „Ich kann sie nur für verrückt halten."

Keane ignorierte das zur Schau gestellte Geplänkel und wollte seinen Bruder beruhigen. „Sorcha ist im Vollbesitz ihres Verstands, wenn schon nicht ihres Temperaments, also *muss* es einen Grund geben."

„Aye, aber welchen?"

Keane zuckte mit den Schultern, obwohl er gern mehr dazu gesagt hätte. Er wollte seinem Bruder, dem Laird, erzählen, welchen Verdacht er wegen Una hegte, aber er wusste, dass er auf Skepsis stoßen würde. Es schien unmöglich, dass Una den Einsturz ihres Berges überlebt haben könnte. Außerdem wusste Jaime Steorling nichts von den Geheimnissen, die sie dort aufbewahrten. Der echte Schicksalsstein war nicht in Scone. Er befand sich eine Wegstunde unter ihrem Berg, begraben zusammen mit Una und ihrer Grotte. Aber trotz Laels Vertrauen in ihren Mann hatte sie ihr Wort ihrem Clan gegenüber gehalten und ihm nichts von der Reliquie, die sie schon seit Jahren hüteten, erzählt. Nichtsdestotrotz hatte Keane so ein Gefühl, das er nicht abschütteln konnte. Er hatte Sorcha bei ihren letzten Besuchen in Ailginshire so gut kennengelernt und er war betrübt, dass es all dieser Rufe nach Dunràth bedurft hatte, um seine Schwester besser kennenzulernen. Sie war immer so angenehm, unterstützend und nett gewesen. Sie hatte niemals ein böses Wort für andere, aber vor diesem Zeitpunkt konnte Keane die

Male, die er sich mit ihr unterhalten hatte, an einer Hand abzählen. Es war wirklich lächerlich. Und es hatte dazu geführt, dass er über seine Beziehung zu all seinen Schwestern nachgedacht hatte – nicht nur zu Sorcha. Inzwischen hatten alle das Tal verlassen und lebten ihr eigenes Leben und nichts würde mehr wie früher sein. Wenn man bedachte, dass sie so viel als selbstverständlich hingenommen hatten; jene längst vergangenen Tage würden schon bald vergessen sein, wenn sie ihre eigenen Kinder aufzogen. Er und Cailin hatten sich am nächsten gestanden, aber es war Jahre her, dass er sie gesehen hatte. Bei Sorcha hatte er sich große Hoffnungen gemacht, dass sie Interesse an Graeme zeigen und die beiden sich in Dunràth niederlassen würden. Aber zu seiner Überraschung kam sie nicht nach Dunràth, als sie das Tal verließ, und Keane konnte es nicht wirklich verstehen. Obwohl, eigentlich schon, aber das konnte er nicht in Anwesenheit von Jaime erklären. Keane war mindestens zwanzig Pilgern auf dem Weg nach Rònaigh begegnet und er glaubte fest, dass sie dort anfangen sollten. „Nun", sagte er und ließ Una für den Moment bei seiner Erklärung aus. „Ich habe so ein Gefühl, dass sie dem Stern folgt."

Jaime verzog das Gesicht. „Wie der Rest dieser Leute?"

„Aye."

Aidan runzelte die Stirn. „Glaubst du, dass sie so gekränkt ist, dass sie einen Freier akzeptieren würde, ohne sich vorher mit mir zu beraten?"

Manchmal schien es, dass Aidan sich mit zunehmendem Alter für alle Zerwürfnisse, die es zwischen ihnen über die Jahre gegeben hatte, die Schuld gab. Sein Stolz war verletzt, bemerkte Keane.

„Ich glaube, dass sie zornig ist, Aidan. Und ich glaube, dass sie nicht gefunden werden will. Aber nay, ich kann mir nicht vorstellen, dass unsere kleine

Schwester den erstbesten Heiratsantrag annimmt. Außerdem versteht sie die politischen Auswirkungen, insbesondere jetzt, da David es fast geschafft hat, die Clans zu vereinen. Ob zornig oder nicht, Sorcha würde keine Bündnisse ohne deine Zustimmung schließen. Und sie würde weder sich noch das Tal so einfach offenbaren."

„Bei Gott! Ihr seht die Schönheit Eurer Schwester nicht", meinte Jaime. „Es gibt keinen Mann der Christenheit, ob jung oder alt, der Sorcha nicht als Ehefrau begehren würde, und wenn nicht als Ehefrau, dann als …"

Aidan warf seinem Schwager einen unheilvollen Blick zu. „Sprecht es nicht aus", warnte er ihn. „Ich werde nicht zulassen, dass meine Schwester die Hure irgendeines Mannes wird." Er schaute wieder zu der Dirne am anderen Ende des Raumes und verzog das Gesicht vor Unmut.

Keane verschränkte die Arme und wartete, dass sein Bruder seinen Blick erwiderte. „Die Wahrheit ist, Aidan, dass wir jeglichen Einfluss auf Sorchas Zukunft und ihre Treue verloren haben, und du solltest besser hoffen, dass sie sich jetzt nicht Padruigs Wünschen unterjocht."

„Nay. Der Mistkerl sucht sie immer noch", warf Jaime ein.

„Wie lange noch?", fragte Aidan. „Irgendwann wird er sie finden."

Jaime nickte. „Das ist sicher. Was wir herausgefunden haben, wird der Mann auch umgehend erfahren. Jemand hat das Gerücht losgetreten und ich habe es auch schon mehr als tausend Mal gehört: Es gibt nicht genug Gold in ganz Schottland, um das Gerede aufzuhalten."

„Nun, dann beeilen wir uns am besten und reisen nach Rònaigh", schlug Keane vor.

Aidan stand auf. „Du hast recht", sagte er zu Keane. „Du kommst mit mir", befahl er, als hätte sich nichts zwischen ihnen geändert, als wäre Keane nicht inzwischen Laird seines eigenen Gebiets. Er wandte sich Jaime zu und Keane war erleichtert, zu hören, dass sein ältester Bruder bei seinem Schwager einen anderen Ton anschlug. „Und Ihr", sagte er mit der Ehrerbietung eines Königs, „kümmert Euch darum, dass David erfährt, dass wir nach Westen gesegelt sind."

*David* und nicht *König David*, obwohl Aidan überlegte, dem Mann in die Schlacht zu folgen. Die kurze Zeit des in Northumbria von David ausgehandelten Friedens neigte sich dem Ende zu und endlich konnte Aidan den Vorteil erkennen, sich der Krone anzuschließen. Auch wenn der Kniefall vor David eine ganz andere Sache war.

Keane und Jaime erhoben sich von ihren Bänken und Jaime nahm seine Kettenhandschuhe vom Tisch und zog sie über seine vernarbten, alternden Hände. Im Gegensatz zu Aidan, der Politik und Krieg scheute, hatte der Schlächter des Königs mehr als genug davon erlebt. Keane umarmte ihn ein letztes Mal und klopfte ihm auf den Rücken. „Gute Reise, mein Freund!", sagte er. „Bis wir uns wiedersehen."

„Gute Reise", erwiderte Jaime.

„Möge Eure Reise gut verlaufen", sagte Aidan, als sie den Gasthof verließen und ihre Wege sich trennten.

* * *

Zwei Tage nach Sorchas Ankunft hatte sich Burg Dunrònaigh bereits an einen neuen Tagesablauf gewöhnt, nun da der Laird sein Krankenbett verlassen hatte.

Nach und nach wurde Caden Mac Swein wieder der Alte oder so kam es Alec zumindest vor. Er war viel selbstsicherer geworden und immer häufiger blieb er auf dem Stuhl des Lairds sitzen, um Recht zu sprechen, anstatt sich mit seinem Ale in sein Bett zurückzuziehen. Er kam nun viel besser zurecht mit einem ganz neuen Stab, den sein Verwalter, ein älterer Mann namens Afric, ihm geschenkt hatte. Obgleich Sorcha bemerkte, dass er den Stab eher wie eine Waffe hielt, wenn er nicht den Boden damit abtastete. Sie lehrte ihn, gut zuzuhören und nicht nur zu hören, und zeigte ihm die Augen in seinen Fingerspitzen. Wenn Sorcha nicht mit ihren Tinkturen beschäftigt war, verbrachten sie ihre Zeit zusammen. Manchmal spazierten sie über die Wiesen, während Sorcha nach Kräutern suchte, und sie ergriff seinen Arm, damit er den Stab nicht so sehr schwang. „Nay!", schrie sie alle paar Fuß, weil er die Pflanzen abmähte, bevor sie diese überhaupt pflücken konnte.

Fürwahr, selbst in ihrem Garten in Dubhtolargg, wo sie sehr viele Kräuter angebaut hatte, gab es keine solche Fülle. Außer *ruagaire deamhan*, Schafgarbe, Milchfleckdistel und Fieberkraut entdeckte Sorcha außerdem Lavendel, Kamille, Minze und Schwarznessel. Bis sie die Insel verließ, würde ihr Beutel gefüllt sein. Was Caden betraf, nun ... Sorcha mochte ihn sehr. Er war lustig, selbstironisch und freundlich. Alle Kinder liebten ihn. Wie auch seine Clansleute. Manchmal träumte sie, wie es wohl wäre, immer hier zu leben ...

Eines Nachmittags, während Caden im Gras lag und sich sonnte, setzte Sorcha sich neben ihn und schaute zu, wie Liusaidh und Diabhal umherrannten. Sie war gerade damit fertig geworden, seine Arme und Beine zu massieren, da er behauptete, dass sie ihn seit der Erblindung schmerzten; dann pflückte sie eine Butterblume und zupfte ein Blütenblatt ab. „Er mag mich", sagte sie, bevor sie ein weiteres abzupfte. „Er mag mich nicht."

Stirnrunzelnd legte Caden einen Arm hinter seinen

Kopf, schloss die Augen und ruhte sich ein wenig aus. Einen Moment später fragte er: „Wer ist dieser *er*, von dem Ihr sprecht?"

„Jemand", antwortete Sorcha kokett. „Jemand, der nicht weiß, wie sehr er verehrt wird." Sie überlegte, ob er wohl merkte, dass sie von ihm sprach. Jedes Mal, wenn sie einen Augenblick allein war, bestürmten seine Leute sie mit Fragen. *Wird er wieder sehen können? Wie ist seine Stimmung? Weiß er, dass Ihr Diabhal aus dem Stall gelassen habt? Könnt Ihr ihm eine Nachricht von mir geben?* Und ihre Lieblingsaussage von allen war: *Bitte sagt Caden, dass er schnell wieder gesundwerden soll, weil Alec ein Sklaventreiber ist.*

„Wenn er nicht weiß, dass er geliebt wird, wessen Schuld ist das?"

„Hmm, ich verstehe, was Ihr meint", räumte Sorcha ein. „Das ist wahr." Sie nickte weise. „Aber der Mann ist ziemlich stur." Sie hätte auch blind sagen können und etwas ganz anderes damit gemeint, aber dann hätte sie es verraten und er hätte es sicherlich falsch aufgefasst.

Caden Mac Swein hatte nicht nur sein Augenlicht verloren, er war auch allem, was er besaß, gegenüber blind. Er konzentrierte sich viel zu sehr auf das, was er verloren hatte. Und Sorcha war nicht sicher, ob er es überhaupt bemerkte, wenn sie mit ihm liebäugelte.

„Ihr habt also einen Mann dort zurückgelassen, wo Ihr herkommt?", hakte er nach. Sein gutaussehendes Gesicht war angespannt und seine Lippen fest zusammengepresst.

„Aye, nun ... es gab dort jemanden", beichtete Sorcha, obwohl das nicht ganz stimmte. Graeme war nur eine Liebelei und ein Freund gewesen. Sie waren nicht einmal miteinander allein gewesen und fürwahr, obwohl er liebevoll zu Sorcha gewesen war, hatte sie oft das Gefühl gehabt, dass er von all den Widrigkeiten, die er ausgehalten hatte, betäubt war. Lianaes Bruder war gefangen genommen worden und jahrelang in einer dunklen, feuchten Zelle eingesperrt gewesen, bis seine Schwester ihn befreit hatte. In der Zelle hatte er zugesehen, wie sein jüngerer Bruder starb, und hatte unter der Erinnerung an seine Verluste gelitten – seine Mutter, sein Vater, eine Schwester, und schließlich noch ein Bruder, der dem neuen Earl von Moray die Treue schwor.

„Ist er der jemand, von dem Ihr spracht?"

Sorcha antwortete nicht.

Was auch immer sie für Lianaes Bruder empfunden hatte, es war *nicht* dasselbe wie das, was sie für Caden zu fühlen begann. Graeme hatte Sorcha ein wenig mehr Selbstsicherheit gegeben, aber er hatte ihr kein Herzklopfen verursacht, wie Caden es tat.

Wie Caden Mac Swein da mit geröteten Wangen im Gras lag, war er anders als jeder Mann, dem Sorcha je begegnet war. Er war das glatte Gegenteil zu ihren Brüdern, sogar seine Hautfarbe war anders. Aber er war recht schön mit seinem breiten Kinn und der etwas zu großen Nase, die ihm nichtsdestotrotz gut zu Gesicht stand.

„Habt Ihr ihn auch überall *massiert*, so wie mich?", fragte er säuerlich.

Sorcha keuchte. Seine Frage ärgerte und überraschte sie. Als ob sie herumliefe und fremde Männer massierte – und doch konnte er das wohl glauben, denn er wusste ja nicht, wie sie sich normalerweise verhielt. „Caden Mac Swein, diese Behandlung ist ausschließlich medizinischer Natur!"

Trotz ihres Ärgers fand sie seinen Gesichtsausdruck so komisch, dass sie lachen musste. Er schoss aus dem Gras hoch, bückte sich, um seinen Stab zu finden, und fluchte, als Sorcha ihm diesen reichte. „Ach, dann solltet Ihr schnell dorthin zurückeilen, wo Ihr herkommt", sagte er und stapfte davon, wobei sein Stab über das Gras peitschte. Sorcha zuckte zusammen, als er ein Gänseblümchen köpfte. „Ich brauche weder Euer Mitleid noch Eure Hilfe!", sagte er und marschierte davon. Sorcha hatte keine Ahnung, was ihn so verärgert haben könnte. Im einen Augenblick hatte sie den Sonnenschein genossen und im nächsten war er wie ein verwöhntes Kind weglaufen, um Pflanzen zu köpfen.

Damit er Zeit hatte, sich zu beruhigen, ging Sorcha ihm für den Rest des Tages aus dem Weg. Am nächsten Morgen war der Wutanfall vergessen, zumindest ihrerseits. Sie war aufgeregt, weil die *ruagaire deamhan*-Blüten getrocknet und bereit zur weiteren Verarbeitung waren, und begann mit ihren Vorbereitungen. Sie legte einige der Blüten in Gefäße und füllte jeden mit zwei Teilen Wasser und einem Teil *vin aigre*, weil sie etwas Säure brauchte, um der Blüte ihren Wirkstoff zu entziehen.

Als die Behältnisse gefüllt waren, beabsichtigte sie, diese nach draußen zu tragen und in der Sonne zu erwärmen, aber da sie nicht alle allein schleppen konnte, suchte sie nach Caden. Sie fand ihn in der Halle, wo er gerade das Auskehren der Binsen befahl, und sie hörte zu, wie er sich auf seinen Geruchssinn verließ, und war trotz seiner angesäuerten Laune stolz auf ihn.

„Diese Binsen sind schon seit Monaten überfällig", sagte er zu Moira. „Wenn Ihr das Kehren wegen Eurer Knochen nicht mehr schafft, lasst Eure Tochter es machen." Die Frau rührte sich nicht und offensichtlich hörte er sehr gut, denn er blaffte: „Sofort!"

„Aye, Laird!", sagte Moira und eilte davon.

„Wartet", sagte er und hielt sie noch einmal auf. „Was ist das für ein Gestank?"

„Das ist der Fisch von gestern Abend, Sir."

„*As ucht Dé*! Wie kann irgendwer das aushalten? Lasst die Tische reinigen. Und wenn das nicht geschieht, gibt es kein Abendessen für uns alle, bis Ihr fertig seid, und das könnt Ihr dann den hungrigen Kindern erklären."

„Ja, Laird", sagte die Frau und ging von dannen.

Seit Monaten waren diese Leute sich selbst überlassen gewesen und völlig ohne Führung. Sorcha verstand, dass diese Menschen, ganz gleich wie loyal sie auch sein mochten, nur den Erwartungen entsprechend handelten. Viel zu lang hatte Caden Mac Swein gar nichts von ihnen erwartet. Und doch hasste sie es, ihn so verbittert zu sehen – und warum? Sie hatte ihm nur schmeicheln wollen. Sorcha durchquerte die Halle in der Hoffnung, ihn abzulenken, und staunte über die Veränderungen, die vorgenommen wurden. Bei dieser Geschwindigkeit würde die ganze Burg vor Beltane von Spinnweben befreit und gekehrt sein. Die Fensterläden waren geöffnet worden, um den Wind hineinzulassen.

Draußen schien die Sonne warm und man hätte nie gemerkt, dass das Meer noch stürmisch war. Als sie den Turm verließ und sah, wie aufgewühlt es war, war Sorcha dankbar, dass sie ihr auf dem Hinweg einen Schlaftrunk verabreicht hatten. Sie glaubte nicht, dass sie die Überfahrt genossen hätte. Und sie freute sich immer weniger auf ihre nächste Seereise, aber die Gründe dafür hatten nichts mit der Wildheit des Meeres zu tun.

Das tat jedoch im Augenblick nichts zur Sache. Sie brauchte Cadens Hilfe, um die Gefäße zu heben und zu tragen, und ob er nun blind war oder nicht, sie wollte, dass er es erledigte. „Mein Laird, darf ich Euch einen Augenblick stören?", bat sie.

Caden verschränkte die Arme und wandte sich in Richtung ihrer Stimme um. „Warum? Langweilen Euch Eure Heilkräuter schon?"

Sorcha errötete und war dankbar, dass er das nicht sehen konnte. „Nay. Aber ich brauche ein Paar starke

Arme, um mir zu helfen, die Behälter nach draußen zu tragen."

„Aye, dann fragt doch den Mann, den Ihr zurückgelassen habt", sagte er gereizt und Sorcha wurde klar, dass er eifersüchtig sein musste. Direkt vor ihren Augen streckte er seine Brust hervor, als hätte er einen Stock im Arsch. Nichtsdestotrotz traute sich Sorcha, nach seiner Hand zu greifen. Es war unmöglich, sich um einen Mann zu kümmern, ohne ihn zu berühren. Und nachdem sie ihm schon beim Baden, Anziehen und manchmal beim Essen geholfen hatte, streckte sie nun die Hand nach ihm aus mit der Selbstverständlichkeit einer Mutter ihrem Kind gegenüber, obwohl er alles andere als das war. Nur dieses Mal verweigerte er sich und verschränkte erneut die Arme. „Wenn ich Euch mit Euren Gefäßen helfen soll, was habt Ihr als Bezahlung anzubieten? Ich habe gehört, dass mir Eure alberne Stute bereits gehört."

Sorcha runzelte die Stirn. „Meine Stute gehört Euch *nicht*!", widersprach sie und verschränkte selbst die Arme. Ihr war dabei durchaus bewusst, dass sich die Bediensteten einfanden, um sie zu belauschen. Bess und Alec hatten die Köpfe zusammengesteckt und beobachteten sie aus einer Ecke. „Liusaidh gehört mir", versicherte sie ihm. „Und wenn ich hier weggehe, nehme ich sie mit." Sie erhob die Stimme, um sicherzustellen, dass auch Alec sie hörte. „Falls es Euch entfallen ist: Euer Hauptmann hat mich nicht an mein Ziel gebracht! Ich bin nur hier, weil sie mich entführt und angefleht haben, Euch zu pflegen, Ihr undankbarer Tölpel!"

„Ist das so?", fragte Caden mit strenger Stimme. „Und da Ihr es gewagt habt, sie mit *meinem* Diabhal laufen zu lassen, was, wenn *Eure Stute* schwanger wird, Sorcha? Was dann? Werdet Ihr ihr Leben und das ihres

Fohlens auf einem stürmischen Meer aufs Spiel setzen?"

Sorcha blinzelte. Sie hatte über diese Möglichkeit noch gar nicht nachgedacht – nicht bei der kurzen Zeit, die sie hier verbringen wollte. Die meisten Pferde verhielten sich ähnlich wie die Menschen und es dauerte eine Weile, bis sie miteinander warm wurden. Fürwahr, im Tal standen die Tiere manchmal jahrelang zusammen, bevor sie sich näherkamen, und Sorcha wollte lange weg sein, bevor dies passieren konnte.

Nun, da er es ausgesprochen hatte, war sie jedoch besorgt, denn wenn Pferde tatsächlich wie Menschen waren ... sie selbst hatte bereits auf unerklärliche Art und Weise diesen übergroßen Narren, der da vor ihr stand, liebgewonnen. Sie blinzelte erneut und war nicht sicher, wie sie reagieren sollte. Wenn Liusaidh schwanger würde, müsste sie sie wirklich verlassen. Nur konnte sie sich in diesem Augenblick nicht mehr vorstellen, ins Tal zurückzukehren. Tatsächlich hatte Sorcha keine Ahnung, wo sie hingehen sollte, nachdem sie Una gefunden hatte. Darüber hinaus hatte sie noch keine Pläne geschmiedet. Und plötzlich wurde ihr klar, dass sie nirgendwo hingehörte.

Caden wandte ihr den Rücken zu. „Ich werde nicht für umsonst arbeiten."

„Wie unhöflich", entgegnete Sorcha und trat näher. „Ich dachte, Ihr würdet es einfach anbieten als Gegenleistung für den Dienst, den ich Euch erbringe!"

Er wirbelte zu ihr herum und seine blauen Augen funkelten sie an. Einen seltsamen, unangenehmen Moment lang fiel es Sorcha schwer, zu glauben, dass er sie nicht sehen konnte. „Wie wir bereits festgestellt haben, war es nicht meine Wahl, dass Ihr mir dienen sollt, Sorcha. Ihr habt Euren Handel mit Alec gemacht, der übrigens der bessere Mann wäre, um Euch zu helfen, da er nicht auf den Hintern fallen und Eure kostbaren Behälter zerbrechen wird."

„Aye, nun … Ich habe aber Euch gefragt", entgegnete Sorcha. Bei Gott, sie würde ihn dazu zwingen, ihr zu helfen. Sie wollte ihm klarmachen, dass er durchaus dazu und zu vielem mehr in der Lage war. Und überhaupt, sollte er hinfallen, hegte sie die Vermutung, dass sein Augenlicht zurückkommen könnte. Sorcha war überzeugt, dass er nicht blind war – zumindest nicht im herkömmlichen Sinn. Fürwahr, wenn er mit dem Gesicht auf den Boden fiel, war das auch nicht weiter schlimm, denn er brauchte dringend eine Lektion in Demut.

Seine Stimme wurde nun etwas leiser und drohender. „Nun", sagte er, „in dem Fall ist die Bezahlung, dass ich Euer Gesicht sehe."

Einen Augenblick lang verstand Sorcha ihn falsch. Sie stemmte die Hände in die Hüften und starrte ihn finster an. „Ihr könnt mein Gesicht sehen?"

„Nay, Weib! Meine Hände werden das sehen, was meine Augen nicht warhnehmen können. Habt Ihr mich das nicht gelehrt?"


CADEN HATTE GENUG von der Raterei.

Er wollte *wissen*, wie seine Peinigerin aussah. Er ging den Großteil des Tages in einem halben Erregungszustand umher und jedes Mal, wenn das Weib einen bestimmten Tonfall verwendete oder seine Hand berührte, bildete sich ein Zelt unter seinem *breacan*, was sie sicher schon bemerkt hatte. Aber sie schien sich ihrer Wirkung auf ihn nicht bewusst zu sein.

Natürlich hatte ihn der Gedanke, dass sie einen anderen Mann lieben würde, wütend gemacht. Er war schlecht gelaunt und ein Teil von ihm wollte, dass Sorcha wusste, was sie ihm Tag für Tag mit ihrem lieblichen Duft antat. Nachts brachte ihn ihr leises Seufzen fast um den Verstand. Es war unmöglich, zu sagen, ob sie Angst hatte oder einen anderen Mann in ihren Träumen liebte. Ganz gleich, was es war, er sehnte sich danach, zu ihr zu gehen, sie in den Arm zu nehmen und sie vergessen zu lassen.

„Ihr wollt mich ... mit Euren Händen sehen?" Sie klang verwirrt, als wäre der Gedanke ihr nie gekommen, doch Caden hatte kaum noch an etwas anderes denken können, seit sie ihm gezeigt hatte, wie er mit seinen Fingern sehen konnte. Verdammt, es war ihm gleich, wie viele Vertiefungen in einer verfluchten Pflaume waren! Tag für Tag bereute er, dass er es an jenem ersten Tag nicht ausgenutzt hatte, als sie so still neben ihm gelegen hatte – zumindest, um wenigstens ihr Gesicht zu berühren.

*Verdammt sollte Alec sein, dass er sich eingemischt hatte.*

Er sehnte sich so verzweifelt danach, sie zu küssen, dass er sein eigenes Verlangen wie einen bitteren Trank schmecken konnte. Sein Mund fühlte sich heiß und trocken an und auch wenn er seine Bediensteten anraunzte, meinte er es doch nicht so. Er ärgerte sich über sich selbst, weil er an nichts anderes außer an Sorcha denken konnte.

An jenem ersten Tag und jeden Tag seither war er nur aufgestanden, um ihr eine Freude zu machen, und erst, als er den Dreck in seinem Haus roch, wurde ihm klar, wie lange er seine Leute im Stich gelassen hatte. Zuerst war es aber nur für Sorcha gewesen, damit sie sich über ihn freuen würde. Damit sie ihn loben würde. Damit sie lachen und ihm weitere Geschichten über die Kinder erzählen würde. Über ihr Pferd. Über diese Frau namens Una.

Bei allem, was heilig war, Caden hatte fast Lust, sie hier zu behalten und ihr die Überfahrt zur Insel Skye zu verweigern. Wenn er sie gehen ließ, war es ja keine

Entführung mehr. Schließlich hatte er sie nicht hierhergebracht. Nichtsdestotrotz musste er ihr kein Schiff zur Verfügung stellen und sie konnte gewiss nicht fliegen.

Zum ersten Mal in seinem Leben war er so von einem Mädchen besessen, dass er kaum seine Hose zubinden konnte. Vielleicht war der Grund dafür, dass er endlich wissen wollte, wie sie aussah, weil er hoffte, dass er von ihr abgestoßen sein würde, damit er endlich aufhören könnte, davon zu träumen, wie sie unter ihm lag und ihre langen, schlanken Beine um ihn schlang. Wie ihre weiche, rosafarbene Zunge ihn willkommen hieß. Wie ihre drallen Brüste sich nach seiner Berührung sehnten ... Sein Schwanz regte sich wieder und er befürchtete, dass sie ihn noch in den Wahnsinn treiben würde.

Nach jenem ersten Tag hatte sie sich im Vorraum einquartiert und jede Nacht hatte Caden sich gezwungen, in seinem eigenen Bett zu bleiben, sowohl um seiner selbst wie auch um ihretwillen. Denn sollte er herausfinden, dass sie noch Jungfrau war, und ihr dann seinen Samen schenken, würde er nicht mehr willens sein, sie gehen zu lassen. Und nay, er war nicht sonderlich erpicht darauf, ihre verdammte Stute zu behalten, aber er hatte unsinnigerweise angefangen, Mitleid mit Diabhal zu haben, weil dieser seine Stute verlieren könnte, und das alles passte ihm überhaupt nicht. In diesem Augenblick hegte er den Verdacht, dass alle – Alec und Moira, Bessie und Afric – sie beobachteten. Nay, er konnte sie nicht sehen, aber er konnte sie riechen und hören, wie sie hinter seinem Rücken kicherten.

„Ihr wollt also mein Gesicht berühren?", fragte Sorcha noch einmal, sie hörte sich verblüfft an.

„Aye, Mädchen ... als Bezahlung dafür, dass ich Eure blöden Gefäße in die Sonne stelle."

„Nun", sagte sie und schien darüber nachzudenken. Allein, dass sie es vielleicht erlauben würde, festigte seine Erregung. „Ich nehme an, dass ich sie selbst bewegen könnte", sagte sie murrend und Caden dachte, dass sie vielleicht zögerte. *Doch warum?*

„Habt Ihr etwas zu verbergen?", forderte er sie heraus.

„Natürlich nicht! Was sollte es denn ausmachen, wie ich aussehe, Caden Mac Swein?" Er liebte die Art, wie sie seinen Namen sagte – in einem Zug, als wäre er eine Anrede.

„Trotzdem, Sorcha ..." Er merkte, dass er noch nicht einmal ihren Familiennamen kannte. „Ich werde so viele tragen, wie Ihr wollt, und so lange Ihr wollt, wenn Ihr mich nur einen Augenblick lang Euer Gesicht sehen lasst."

„Nur einen Augenblick?"

„Aye."

„Nun, dann, in Ordnung, aye."

Bevor sie ihre Meinung ändern konnte, eilte Caden auf sie zu und folgte dabei dem Klang ihrer Stimme.

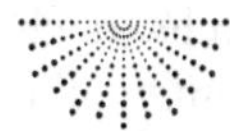

Er ergriff ihre Hand und erstaunte Sorcha mit seiner Zielgenauigkeit. Dann klopfte er mit seinem Stab auf den Boden und führte sie sicher zu einem Platz im Alkoven zwischen den Räumen. Dort schob er sie vorsichtig an die Wand, hielt sie an den Armen fest und ließ den Stab fallen, als er sicher stand. Es klapperte fürchterlich, aber sofern er es überhaupt bemerkt hatte, zuckte er nicht einmal zusammen. Seine blauen Augen starrten angespannt, waren aber nicht direkt auf sie gerichtet.

Wie würde es sich anfühlen, wenn sein Blick sie erfasste? Wie Sorcha sich danach sehnte, die Geheimnisse hinter seinen Augen zu erfahren ... „Nun?"

„Nun."

„Werdet Ihr es tun?"

„Nach und nach."

Das Warten machte sie noch verrückt. Sorcha hatte sich noch nie in ihrem Leben Gedanken darübergemacht, wie es wäre, nach ihrem Aussehren beurteilt zu werden. Sie war kein *Schwachkopf.* Sie wusste, was Caden tat, und *warum* er es tat. Sie hatte auch seine häufigen ... Erregungen nicht übersehen. Wie könnte sie auch? Er war recht gut ausgestattet. Wenn sie keine

Jungfrau gewesen wäre ... oder wenn sie nicht so viel Angst gehabt hätte, ihn ... *was? Ihn zu verlassen?* Nun, dann hätte sie ihre Kammer durchquert, sein Zimmer betreten und wäre vielleicht direkt zu seinem Bett gegangen ...

*Und was dann?*

Natürlich hatte Sorcha noch nie bei einem Mann gelegen, obwohl ihre Leute nicht gerade pietistisch veranlagt waren. Sie liebten sich, wann und wo sie wollten. Die einfache Tatsache, dass sie noch keinen Mann auf diese Weise kennengelernt hatte, zeugte eher von ihrem Mangel an Interesse an den Männern in ihrem Tal.

Genau in diesem Augenblick begehrte sie Caden Mac Swein mit einer Intensität, der sie sich zuvor nicht bewusst gewesen war, obwohl dies die ganze Sache noch verwirrender machte. Und falls er sie hierbehalten wollte, nun ... da lag ihr Problem.

Verärgert, weil sie sich selbst atmen hören konnte, wartete sie ungeduldig, dass Caden seine „Bezahlung" einforderte. Ein Teil von ihr hatte Angst, zu verweilen, und der andere Teil von ihr musste genau an dieser Stelle stehen bleiben, weil sie sich so verzweifelt danach sehnte, dass Caden sie sah und schön finden würde.

Endlich kam er ganz nah heran und Sorcha spürte, wie sein Herz an ihren Rippen pochte, und dann atmete auch er heftig und im Gleichklang mit ihr.

Plötzlich hob er eine Hand, um sie anzufassen, und obwohl er sie um Haaresbreite von ihr entfernt hielt, war sie doch so nah, dass sie die Hitze, die seine Handfläche ausstrahlte, spüren konnte ...

„Wer seid Ihr?", flüsterte er inbrünstig und Sorcha wurde bewusst, wie wenig er doch trotz all ihrer kleinen Geschichten von ihr wusste. Was würde es ihm schon bringen, wenn sie ihm mehr erzählte, da sie ja gezwungen sein würde, ihn zu verlassen?

Seine Hand verharrte ... so weit weg und doch so nah. „Ich bin Sorcha ... Sorcha dún Scoti", sagte sie. „In Dubhtolargg geboren und aufgewachsen."

Als er dies hörte, runzelte er ein wenig die Stirn, als würde er versuchen, genau zu verstehen, was sie gesagt hatte. Nichtsdestotrotz legte er unbeirrt eine Hand auf ihre Wange und ließ sie einen kurzen Augenblick dort verweilen – gerade lange genug, dass Sorchas Herz einen Schlag aussetzte.

Sie trug nun wieder ihr eigenes Kleid. Es war aus weichem Wollstoff gefertigt. Sie schloss die Augen, während seine linke Hand ihren Arm entlang nach oben wanderte, bis auch sie auf ihrem Gesicht lag. Dabei bewegte er den Stoff ihres Kleides. Und dann tastete er endlich mit seinen Händen über ihr Gesicht und zeichnete sehr vorsichtig die Konturen nach, als hätten seine Finger Augen, um zu sehen. Sorcha stand sehr geduldig da, während er jeden Zoll ihres Gesichts untersuchte und mit beiden Händen die Umrisse ihrer Nase nachmalte. Dann fuhr er bei ihren Ohren fort und Sorcha spürte ein Kribbeln im Nacken und merkte, wie ihre Knie weich wurden. Er bewegte seine Finger durch ihr Haar und fuhr die ganze Länge entlang, bis er schließlich zurück zu Sorchas Gesicht kam. Dabei zog er mit einem Finger ihre Augenbrauen nach, bevor er seine linke Hand hinten an ihren Nacken legte.

Sorchas Brustwarzen wurden hart. *Spürte er es auch?* Er lehnte sich vor, als wollte er sie küssen, so nah, dass sie die Hitze seines Atems spürte. Dann sagte er: „Danke, Sorcha dún Scoti."

Und damit war es vorbei.

Bess und Alec beobachteten sie aus einer Ecke und Sorcha errötete. Sie schauten verwundert und gespannt. Dann ließ Caden Sorcha los, griff nach seinem

Stab, den er viel zu schnell fand, und ließ sie dort allein stehen und überlegen, was er wohl dachte.

Sie sah, wie Alec und Bess einander verwirrt anschauten, als Caden sich abwandte und wegging, dann verschwanden ihre Gesichter.

„Lasst uns Eure Gefäße in die Sonne stellen", sagte Caden und klopfte mit seinem Stab heftig auf den Boden und gegen die Wände.

Wut stieg in Sorcha auf, weil sie sich fühlte, als wäre sie untersucht und für mangelhaft befunden worden. Bei Cailleach, sie hätte am liebsten jeden der verdammten Behälter kaputt gemacht.

* * *

TAGE WAREN VERGANGEN, seit Caden verlangt hatte, Sorchas Gesicht zu „sehen", und soweit sie wusste, war er nicht sehr erfreut über das, was er entdeckt hatte. Jetzt wollte er sie nicht mehr in seiner Nähe haben, sofern sie nicht gerade ihre Tinkturen anwendete oder ihm seinen Tee servierte. Sie war fast versucht, ihm ein wenig Wacholder zu verabreichen, damit es ihm so schlecht gehen würde wie ihr. Erst dachte sie, dass sie es sich nur einbilden würde, aber jedes Mal, wenn sie nach ihm sah, brachte er eine alberne Entschuldigung vor und floh aus dem Raum, als würde er sie jetzt als widerlich empfinden.

Sorcha gab es nur ungern zu, aber der Gedanke, dass er sie verachtete, setzte ihr weit mehr zu, als er es sollte. Warum war es ihr so *wichtig*, dass er sie wollte? *Einfach, weil es die ganze Zeit so schien, als wäre dies der Fall?* Sorcha war wohl kaum hässlich. Hatte Graeme ihr nicht oft Komplimente gemacht?

Auf jeden Fall sah sie aus wie Lìli und Aidan und jeder andere Mann, der ihre Schwester jemals gesehen hatte, behauptete, dass sie die schönste Frau auf der

Erde wäre. Logischerweise bedeutete dies, dass Sorcha mindestens einen Funken ihrer Anziehungskraft besitzen *musste. Sollte dem nicht so sein?*

Trotz allem und trotz der Einschränkung durch seine Augen schien Caden wieder er selbst zu werden. Er übernahm erneut die Leitung des *caisteals* und beteiligte sich an den Planungen für das Fest, das am fünfzehnten Mai, in weniger als zwei Wochen, stattfinden würde.

Schade, dass sie begann, den *alten* Caden lieber zu mögen – ungeachtet dessen und trotz ihres wachsenden Verdachte war er immer noch blind. Trotz Alecs Vertrauen in sie hatte sie Cadens Augenlicht noch nicht wiederhergestellt und es blieben ihr weniger als vierzehn Tage, bevor sie wegmusste. Sie wusste nicht, was sie noch versuchen sollte.

„Es sind noch fünf Säcke Gerste da", verkündete Afric und erwischte Caden gerade noch, bevor er die Halle verließ. „Soll ich sie *alle* Bess geben oder sollte ich einige dem Braumeister überlassen?"

„Vier für den Braumeister und einer für Bess", sagte Caden, ohne zu zögern. Obwohl er Bessies Gesicht nicht sehen konnte, leuchteten ihre Augen auf und sie klatschte in die Hände wie ein glückliches Kind. Sie war recht erfreut über die Anordnung des Lairds. Auch wenn sie nicht stolz darauf war, hatte Sorcha sie durch die Tür ihres Arbeitszimmers – das Arbeitszimmer, das sie auch zurücklassen mussten –, beobachtet.

*Das war eine bittere Pille, die sie da schlucken musste.*

Nicht nur musste sie den einzigen Mann verlassen, der ihr jemals etwas bedeutet hatte, sondern sie musste auch das Arbeitszimmer, nach dem sie sich immer gesehnt hatte, zurücklassen. Natürlich könnte sie woanders ein neues Arbeitszimmer finden, aber sie war sicher, dass es nie wieder einen anderen Mann wie Caden geben würde. Mit ihren vierundzwanzig Jahren war sie schon über das heiratsfähige Alter hinaus. Wenn sie diese Gelegenheit verwarf, würde sie nie wieder die Möglichkeit bekommen, einen Mann zu ehelichen, der ihr gefiel – nicht dass er gesagt hätte, dass er sie heiraten würde. Tatsächlich hatte er kaum mit ihr gesprochen. Aber unabhängig davon, dass sie nicht behaupten konnte, dass sie ihn liebte, mochte sie ihn doch so sehr, dass der Gedanke, wegzugehen, schmerzte.

Während sie über all dies und mehr nachdachte, arbeitete sie den ganzen Nachmittag an einer weiteren Ladung Tee, auch wenn er nicht zu helfen schien, denn Cadens Stimmung war erbärmlich und jetzt war selbst Sorchas Laune schlecht.

Vielleicht machte sie etwas falsch? Oder vielleicht hatte der Junge, der ihr jene Blume gegeben hatte, einen Fehler gemacht? *Vielleicht war Biera gar nicht Una?* Und am allerschlimmsten: Vielleicht konnte Sorcha Cadens Augenlicht gar nicht wiederherstellen?

*Oder sein Herz gewinnen?*

Inzwischen war sie selbst blind vor lauter Gefühlen. Diese Leute waren ihr immer mehr ans Herz gewachsen – nicht nur Caden. Sie lernte die Kinder besser kennen und sprach häufiger mit Bessie, als sie sich jemals mit ihren Schwestern unterhalten hatte. Diese Menschen interessierten sich mehr für Sorcha, als es ihre Clansleute in Dubhtolargg jemals getan hatten. Jeder hatte seine Pflichten und nun, da Sorcha darüber nachdachte, stellte sie fest, dass sie daheim nie eine feste Aufgabe gehabt hatte. Sie war nur Sorcha gewesen, die Kleine, Sorcha, die hinterherlief, Sorcha, der Lehrling.

Oh, aye, jeder hatte sie vergöttert, aber sie hatten alle viel zu viel zu tun gehabt, um sich mit ihr zu befassen, und die traurige Wahrheit lautete, dass Sorcha ohne Una im Tal einsam gewesen war. Aber eine kurze

Zeitlang, als Caden und sie gut miteinander ausgekommen waren, hatte sie sich hier gar nicht einsam gefühlt. Wenn sie ins Tal zurückkehrte, würde sie ihr Leben genauso weiterführen wie bisher – ihren Clansleuten für eine geringe Wertschätzung zu Diensten sein, weil diese sie nicht wirklich brauchten. Diese Menschen jedoch brauchten sie.

Ach, war es ihr bestimmt, ihren Bruder und Lianae in Ailginshire zu besuchen, um Graeme zu sehen, nur um ein wenig Herzklopfen zu erleben? Ein Gefühl, das übrigens ganz anders war als das, was sie in Cadens Nähe spürte.

Sorcha war verwirrt und überwältigt und ging nach draußen, um ein wenig frische Luft zu schnappen. Aber dann lief sie weiter zu der Stelle, wo Luisaidh gerne graste. Auf halbem Weg sah sie die beiden Pferde, die einander beschnüffelten. Diabhal legte seinen schwarzen Kopf auf ihren weißen Leib und in kürzester Zeit hatten sie einander die Hinterteile zusammenwandt und umkreisten sich. Sorcha kannte diesen Paarungstanz, wie erstarrt beobachtete sie mit zunehmendem Entsetzen, wie Diabhal sich hinter ihrer lieblichen Stute in Position brachte und seine Nüstern zwischen ihre Lenden steckte.

Und dann bäumte der Hengst sich vor ihren Augen auf und ihre schöne junge Stute tat nichts, um ihn davon abzubringen. Sie hatte ihm erlaubt, sie zu beschnüffeln, und ihren Arsch in sein Gesicht gestreckt! Entsetzt drehte Sorcha sich um und ging davon – und wieder wurde ihr klar ... Pferde waren *genau* wie Menschen.

# KAPITEL ZWÖLF

„Was zum Teufel habt Ihr Euch dabei gedacht, Alec? Das Mädchen ist *keine* Dienerin! Sie ist die Tochter eines Adligen!"

Ganz zu schweigen davon, dass sie auch jung und hübsch war, soweit Caden dies feststellen konnte. Alec hatte ihnen einen Riesenärger beschert. Caden hatte das Mädchen liebgewonnen und er würde keine Wahl haben, wie das Ganze enden würde. Sie würde ihm so schnell und grausam entrissen werden wie der Kopf des kleinen Davie. „Habt Ihr keine Vernunft?"

In diesem Augenblick hatten sie sich in das Lager zurückgezogen und sortierten die Säcke gemäß ihrer Verwendung, wobei Alec ihn anwies, als wäre er dumm: „Dieser. Hier. Vier Schritte. Gegen die Wand."

Caden kam sich vor wie ein Lakai, der nur dafür nützlich ist, Dinge herumzuschleppen. Aber das war nicht, was ihn am meisten ärgerte. Er hatte es geschafft, all seine Fragen – und seine ganze Wut – für den Augenblick aufzuheben, wenn er Alec allein erwischte.

„Jene alte Frau –"

Caden unterbrach ihn: „Seit wann hört Ihr auf alte Weiber?"

Alec kratzte sich am Kopf. Caden hörte das Geräusch und wusste genau, was diese Geste bedeutete. Alec war angespannt. Es war eine vielsagende Geste, die er nicht mit den Augen sehen musste, um sie zu erkennen.

„Nun, Laird, es war noch nie zuvor eine da", erwiderte Alec. „Ich habe mein Bestes gegeben. Und Ihr wisst ja, dass die alte Frau *ohne* ein Schiff hierhergekommen ist. Wie erklärt Ihr Euch das?"

„Sicherlich war die Hälfte von Euch betrunken und Ihr habt es nicht gemerkt."

„Nay, Caden. *Ihr* wart es."

Das war nicht als Beleidigung gemeint und außerdem stimmte es. Caden war den größten Teil der letzten sechs Monate betrunken gewesen und hatte Alec alles aufgebürdet. Fürwahr, wenn ein Schuldiger auserkoren werden musste, würde er zuerst bei sich selbst suchen müssen.

„Ich schwöre bei Cailleachs gutem Auge, dass ich keinen Tropfen angerührt habe, seit Ihr von Eurem Fieber nach Weihnachten aufgewacht seid und ich sicher wusste, dass Ihr überleben würdet."

Caden fühlte sich entsprechend ausgeschimpft, ganz gleich, ob das nun Alecs Absicht gewesen war oder nicht.

„Und was ist mit dem Stern?", beharrte Alec.

„Was ist damit?"

„Ach, Caden, Ihr könnt ihn nicht sehen, aber ich sage Euch, dass er nicht normal ist. Jene alte Frau behauptete, dass er bei Tag erscheinen und hell genug sein würde, dass man danach navigieren könnte, und jetzt ist er da."

„Schwätzer. Wir haben schon früher helle Sterne gesehen."

„Nicht so einen wie diesen, Caden. Sie sagte, dass beim letzten Mal, als der Schicksalsstern so nahekam, ein Kind von einem Clan namens Bethal Ham von Ausländern besucht wurde, die ihm Gold, Weihrauch und Myrrhe brachten."

„Das ist die Christusgeschichte, Trottel. Hört Ihr denn nie den Priestern zu?"

Einmal im Jahr, am Todestag von Sankt Ronan, feierten sie die christliche Geschichte ihrer Insel und obwohl die Mehrheit seiner Leute nicht wirklich gläubig war, wagte es keiner, eine Predigt zu versäumen – sicherheitshalber. Was das Schiff betraf, war dies sicherlich ein Rätsel. Es war unmöglich, dass sich jemand der Insel näherte, ohne gesehen zu werden. Rònaigh war der entfernteste Punkt in der Nordsee und sehr, sehr weit vom Festland Scotias und fast genauso weit von der Insel Skye entfernt.

„Aye, nun, was ist hiermit? Sie hat uns gesagt, wo wir Sorcha finden würden, und dann war sie genau da, wo Biera es gesagt hatte, gekleidet wie vorhergesagt und mit der gleichen Stute unterwegs. Alles war *genau*, wie sie es gesagt hatte."

„Und wohin *genau* hat Biera Euch geschickt, um sie zu finden?"

„Lochinver."

Caden atmete tief durch. „Ihr habt also ein Mädchen von Lochinver gestohlen? Der Teufel soll Euch holen, Mann! Dort sind auch MacLeods und wenn die keinen Anspruch auf sie erheben, kommt jemand anderes, um sie zu holen. Um Himmels willen, Alec, ich hoffe, Ihr habt das auch berücksichtigt! Im Augenblick lässt König David uns in Ruhe, aber mit Eurer Dummheit habt Ihr uns möglicherweise Krieg eingehandelt."

„Nun, wisst Ihr, darum geht es", erwiderte Alec. „Die alte Frau hat gesagt –"

„Niemanden interessiert, was die alte Frau gesagt hat."

„Aber Caden, Ihr versteht nicht. Biera hat gesagt,

dass Ihr Vater kommen wird, um sie zu holen, und wenn er das tut –"

Erzürnt warf Caden den Sack, den er in der Hand gehalten hatte, zu Boden. Er hörte, wie dieser beim Aufprall platzte und das ganze Korn über den Boden verstreut wurde. Er wandte sich um und schlug mit der Handfläche gegen die Wand, von der er irgendwie gefühlt hatte, dass sie sich in seiner Nähe befand. „Wollt Ihr damit sagen, dass Ihr *wusstet*, wer sie suchen würde, und Ihr habt sie trotzdem mitgenommen?" In Wirklichkeit lag Cadens Wutausbruch eine schreckliche Hilflosigkeit zugrunde. Er konnte *niemandem* mehr helfen – noch nicht einmal Sorcha. Alec hatte die Sache in ein gutes Licht gerückt. Auch wenn es ihm inzwischen viel leichter fiel, sich in der Burg zurechtzufinden, war er doch immer noch nicht in der Lage, zu kämpfen. Könnte er dies, würde er einen Funken Verstand in Alecs dicken Kopf hämmern.

„Caden … bitte, … beruhigt euch …"

„Um Cailleachs willen, Alec! Ich brauche keine Augen, um zu sehen, dass Ihr ein Narr seid!"

„Aber Caden, hört mir zu! Ihr Vater ist ein Teufel. Und nun, da Ihr das arme Mädchen kennt, soll ich sie der Gnade dieses Mannes überlassen? Er hat ihre Mutter geschändet! Wer weiß, was er mit ihr machen wird. Biera hat gesagt –"

„Haltet den Mund, Alec! Ich will nichts mehr von dieser Biera hören!"

In Wahrheit würde Caden jeden Mann, der versuchte, Sorcha etwas zuleide zu tun, erwürgen. Aber er war offensichtlich nichts weiter als ein blinder Mann, der blinde Männer führte. Er lehnte sich gegen die Wand, legte seine Stirn an den kalten Stein und versuchte, seine Fassung wiederzuerlangen.

Die Hölle wurde über die Insel kommen und sie hatten keine Krieger, um Sorcha zu verteidigen. *Ròn-*

*aigh war wirklich und wahrhaftig verloren.* Das galt auch für Sorcha, wenn Alec die Wahrheit sprach. Caden war keineswegs in der Lage, sie zu beschützen, und nun, da er etwas für sie empfand, war das Schlimmste von allem, dass er trotz seiner Blindheit einen winzigen Blick auf ein Leben erhascht hatte, das ihm gefallen würde ... mit einer guten Frau an seiner Seite.

Er steckte in seinen dunklen, brütenden Gedanken fest, was Alec Gelegenheit gab, zu sprechen, und so bot dieser ihm die Stirn und fuhr fort: „Biera schwor, dass sie helfen könnte, Caden. Ihr könnt mir jetzt keinen Vorwurf machen, dass ich das Risiko eingegangen bin. Rònaigh ist ohne Euch verloren und in der Zwischenzeit könnten wir dem Mädchen auch helfen ...“

Caden atmete tief durch, hob den Kopf und wandte sich erschöpft um. „Helfen? Wie soll das gehen?“

„Nun, Ihr wisst ja, dass das Mädchen eine Heilerin ist –“

„Aye, Alec, das weiß ich verdammt noch mal sehr wohl. Sie beschmiert mich seit Tagen mit dieser stinkenden Tinktur. Ich will wissen, wie wir *ihr* helfen können, wenn die Hälfte unserer Männer schon tot ist und ich obendrein blind bin – immer noch *blind* nach all der Zeit und ich stinke zum Himmel.“

„Ja, Laird“, stimmte Alec ein wenig förmlicher zu und seine Stimme klang abwesend, als er sprach: „Aber hier und jetzt sage ich Euch, dass alles, was Biera prophezeit hat, eingetroffen ist, und Ihr habt sie ja nicht kennengelernt, Caden. Ich sehr wohl. Sie hatte etwas an sich, das mich an die Götter erinnerte. Sie war nicht von dieser Welt, sage ich Euch. Und ...“

„Und was?“

„Sie sagte, sie würde Conn kennen.“

Caden verdrehte die Augen. „Das Gefasel einer alten Frau, die am *Minch* gestrandet ist. Sie hat Euch eine Geschichte erzählt, die Ihr nur zu gern glauben wolltet, und sie hat Euch übertölpelt, damit Ihr sie mit dem Schiff zur Insel Skye bringen würdet. Stimmt's?"

*Schweigen.*

„Habe ich recht?"

„Nay! Habt Ihr nicht. Sie ist mit uns zurück nach Lochinver gesegelt. Und jetzt hört mir gut zu, Caden Mac Swein, denn wenn das, was sie behauptet, stimmt, werden wir in weniger als einer Woche die Ankunft von drei Schiffen erleben."

„Drei? Wie die drei weisen Männer, die das Christuskind beschenkt haben? Was für ein Quatsch, Alec!"

Was auch immer Caden von solch einem Geschwätz hielt, Alec glaubte es offensichtlich. „Das erste der drei Schiffe wird mehr Vorräte bringen, als Rònaigh je gesehen hat – genug für mindestens zwei Winter. Das zweite bringt ihren Bruder –"

„Ach, noch jemand, um den wir uns Sorgen machen müssen?" Caden schüttelte den Kopf, außer sich vor Sorge, aber er ließ den Mann fortfahren.

„Das letzte Schiff bringt dann ihren Vater. Und an Beltane –"

„Beim Kreuz Christi! Ihr seid verrückt!", explodierte Caden und dem hatte Alec auch noch etwas hinzuzufügen.

„Ihr könnt es für Euch selbst sehen, Caden Mac Swein. Wenn die Vorhersage der alten Frau nicht eintrifft …"

„Was dann?"

„Dann stimmt es und wir sind wirklich dem Untergang geweiht. Sollte es allerdings so kommen und Ihr habt zufällig eine Axt in der Hand, könnt Ihr diese auch genauso gut schwingen. Wenn Ihr etwas für das Mädchen empfindet, werdet Ihr nicht zulassen, dass das Ungeheuer sie holt."

„Wir sind nicht ihre Wärter", erinnerte Caden ihn. „Wir sind ihre Entführer, falls Ihr es vergessen habt.

Die ganze Zeit haben wir uns aus den Machenschaften des Königs herausgehalten und jetzt, schaut, was Ihr angerichtet habt."

Bei der Antwort hörte er zum ersten Mal Enttäuschung in Alecs Stimme: „Und wann seid Ihr jemals einem Kampf für die gute Sache aus dem Weg gegangen? Ich sehe doch Euer Gesicht, wenn sie in der Nähe ist, und ich weiß, dass Ihr das anmutige Mädchen wie wir alle liebgewonnen habt. Wenn Ihr nicht kämpfen wollt, um Sorcha zu verteidigen, lasst Ihr mir keine andere Wahl, als es selbst zu tun."

Caden knurrte seinen Unmut hinaus. „Ihr werdet sehr erfolgreich sein, wenn er ein ganzes Heer auf den drei Schiffen mitbringt", entgegnete er, aber Alec war weggegangen und hatte ihn in seiner Wut allein gelassen. „Hört Ihr mich, Alec?"

*Schweigen.*

„Alec!"

Niemand antwortete und Caden schrie und fluchte, so laut er konnte. Er stolperte über seinen Stock, als er nach dem geplatzten Sack Korn suchte, und dann, nachdem er ihn gefunden hatte, trat er mit dem Fuß so fest er konnte dagegen. Als er wieder etwas klarer denken konnte, grübelte er noch einmal über alles, was Alec ihm erzählt hatte.

Angesichts des Wenigen, was er über Sorcha wusste, würde er lieber bei der Verteidigung ihrer Ehre sterben, als dabeizustehen und irgendeinem Mann zu erlauben, sie gegen ihren Willen mitzunehmen. Als Caden sich das klar gemacht hatte, ging er Alec suchen.

* * *

SORCHA HÖRTE das Gebrüll durch die Steinwände hindurch.

Obwohl sie nicht genau verstehen konnte, was gesagt wurde, konnte sie doch die Stimmen zuordnen. Außerdem hegte sie den Verdacht, dass es um sie gehen könnte. Ihre Ängste wurden bestätigt.

Eine Tür wurde geöffnet und zugeschlagen. Einen Augenblick später platzte Alec herein und stürmte in den Alkoven. Er sah sie in ihrem Arbeitszimmer und drehte sich um; er blieb in der Tür stehen, wobei seine Hände den Rahmen umklammerten und sagte mit besorgter Miene: „Ich hätte gut Lust, vor Beltane abzulegen und Euch persönlich nach Skye zu bringen."

Aber Sorcha wollte nicht gehen, zumindest jetzt noch nicht. Sie schüttelte den Kopf: „Wir haben einen Handel abgeschlossen und ich gedenke, ihn einzuhalten", sagte sie.

Lange Zeit starrte Alec sie nur an, als wollte er noch etwas hinzufügen. „Es wird eine Abrechnung geben", warnte er. „Ich will Euch nicht hier zurücklassen, auf dass Ihr sie erleben müsst."

Sorcha hatte keine Ahnung, wovon er sprach, aber sie hatte keine Angst. Wenn sich diese Leute tatsächlich verteidigen mussten, war sie so fähig wie jeder Mann. Sie wusste, wie man einen Bogen oder ein Schwert benutzte. An dem Tag, als der Earl von Moray ihren Bruder in der Nähe von Dunràth angegriffen hatte, hatte Sorcha als Erste davon erfahren und war zu seiner Rettung geeilt, wobei sie einige Männer aus dem Weg geräumt und Keane vor Morays Klinge beschützt hatte. „Ich gehe das Risiko ein", beharrte sie.

„Ach, Mädchen." Verzweifelt schüttelte er den Kopf. „Wenn Ihr bleibt, müsst Ihr Euch vielleicht dem Teufel stellen, vor dem Ihr flieht."

„Dann soll es so sein", antwortete Sorcha. Einen Augenblick später nickte Alec, ging davon und ließ Sorcha mit ihren Tinkturen und Kräutern zurück. Aber die schreckliche Aufgewühltheit in seinen Augen verfolgte Sorcha noch eine ganze Weile an jenem Tag.

„Ihr müsst Euch vielleicht dem Teufel stellen, vor dem Ihr flieht", hatte er gesagt. Der einzige Teufel, von dem Sorcha wusste, war ihr Vater. Und wenn das der Teufel war, von dem er gesprochen hatte, würde sie die Gelegenheit begrüßen, ihn zu durchbohren.

Wenn es nicht ihr Vater war, würde sie trotzdem bleiben, denn sie verspürte eine Verbundenheit mit diesen Menschen, die sie nicht so einfach erklären konnte. Selbst, wenn es ihr gleich wäre, was den Leuten passierte, hier auf Rònaigh gab es mehr Kinder als Erwachsene. Was für ein Ungeheuer wäre sie, wenn sie Unschuldige im Stich ließe, um sich selbst zu retten?

Fürwahr, sie hatte Una viel zu erzählen, falls diese tatsächlich noch lebte. Aber Sorcha verspürte nicht mehr so ein starkes Verlangen, sie gegen alle Widerstände zu suchen. Für den Augenblick wurde sie hier gebraucht und falls etwas Bösartiges kam, würde sie bleiben und diesen guten Leuten helfen, es zu überstehen.

Und das *ruagaire deamhan* hatte noch eine weitere Verwendung.

Auch wenn viele Leute die feine Linie zwischen dieser und der nächsten Welt, wie auch die Zaubertränke und Zaubersprüche, welche die beiden sowohl verschmolzen als auch teilten, nicht ernst nahmen, so glaubte Sorcha doch fest an die alten Traditionen. Sie sammelte die restlichen Blumen, die sie nicht für ihre Tinkturen und Tees verwendet hatte, zusammen und legte sie in kleine Beutel. Nur zur Sicherheit fügte sie den Päckchen noch ein paar andere Kräuter bei und machte sich dann mit ihrem Korb auf zu ihrer Runde durch das Dorf.

Viele Leute glaubten nicht mehr an die Macht des Zaubers. Aber Sorcha hatte von klein auf gelernt, die *andere* Welt zu respektieren, und wenn es ihr auch nur guttat, ihren Zauber zu teilen. Sie ging von Tür zu Tür und jedes Mal sagte sie das gleiche: „Ich habe Euch einen Talisman mitgebracht." Dann gab sie der Frau an der Tür einen kleinen Beutel und riet ihr: „Hängt ihn hoch an eine Stelle, wo er Euer Zuhause beschützen kann."

Sie machte dies dreimal und dann öffnete eine Frau am vierten Haus die Tür und fing an zu weinen. „Danke, Sorcha – danke. Meine Elspeth ist sehr krank."

„Oh, nein", sagte Sorcha und wurde unsanft erinnert, dass einige böse Dinge überhaupt nicht übernatürlich waren. Sorcha konnte hier jedoch auch helfen. „Darf ich zu ihr?"

Die Frau machte die Tür weiter auf und ließ Sorcha hinein. Drinnen wurde Sorcha klar, unter welch armseligen Bedingungen diese Leute lebten. Es gab nur einen einzigen Gemeinschaftsraum mit einer Schlafstatt, einem Tisch und einem Kessel über dem Feuer. Die kleine Elspeth, die Liusaidh zuvor ein Feenpferd genannt hatte, saß auf dem Bett, das sie mit ihrer Mutter teilte, und schniefte und putzte sich die Nase. Es zog Sorcha das Herz zusammen, das kranke Kind zu sehen. Sie nahm einen anderen kleinen Beutel voller Wacholderbeeren aus ihrem Korb und auf dem Tisch der Frau zerdrückte sie die Beeren, um einen Umschlag zu bereiten. Sie wickelte den Brei in ein Tuch und erklärte der Frau: „Sie darf dies nicht essen und auch nicht direkt auf die Haut reiben. Wenn sie Probleme beim Atmen hat, legt es ihr einfach unter die Nase und sagt ihr, dass sie atmen soll. So ..." Nachdem Sorcha es ihr einmal gezeigt hatte, wusste die Frau sofort, was sie tun sollte.

„Vielen Dank", sagte sie, als Sorcha ging. „Ihr seid ein Segen, meine Liebe. Gott hat uns gesegnet, indem er Euch nach Rònaigh geschickt hat."

Das stimmte nicht ganz, da Sorcha nicht geschickt, sondern gebracht worden war. Dennoch umarmte sie die Frau und machte sich wieder auf den Weg, wobei sie darüber nachdachte, dass diese Leute in Wirklichkeit ein Segen für sie selbst waren. Zum ersten Mal, seit sie die Wahrheit über die Umstände ihrer Geburt erfahren hatte, war Sorcha für den Augenblick zufrieden und Una und Padruig Caimbeul waren weit weg. Nay, sie würde diese Menschen nicht verlassen.

Auf welche Widrigkeiten diese Leute sich auch vorbereiteten, Sorcha würde ihnen zur Seite stehen. Und wenn sie zu ihrer Verteidigung zum Schwert greifen musste, würde sie auch das tun.

Aus Angst, dass Caden sie wegschicken wollte, kam Sorcha verfrüht von ihrer Runde durch das Dorf zurück und stieg die Treppen hinauf, um sicherzustellen, dass er sie nicht so einfach loswerden könnte.

Sie wusste, dass Caden trotz seines Zorns und seiner Bemühungen, sie zu meiden, nicht gefeit gegen sie war, ebenso wie sie nicht gefeit gegen ihn war.

Und genau jetzt in diesem Augenblick gedachte sie, dies zu beweisen …

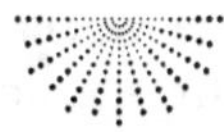

Über eine Woche war seit Sorchas Ankunft vergangen und Caden war noch genauso blind wie an dem Tag, als sie angekommen war. Keiner ihrer Umschläge, Heiltränke oder Salben half. Wenn überhaupt hatte sie seinen Lebenswillen gestärkt. Er sollte verflucht sein, wenn seine Leute für seine Gleichgültigkeit leiden sollten. Und Sorcha ... Sie traf keine Schuld. Nun, da er ihre Notlage verstand, fühlte er sich ihr gegenüber ebenso beschützerisch wie gegenüber seinen Leuten.

Jene alte Frau hatte Alec alles erzählt. Sorcha war eine leibliche Tochter von Padruig Caimbeul und selbst so weit im Norden hinter dem Ende der Erde wussten sie von Padruigs Schurkereien – dem illegalen Bündnis mit dem Laird von Teviotdale, dessen Tochter König Davids Schlächter grausam verstümmelt gefunden hatte. Zu spät hatte Teviotdale Padruig den Krieg erklärt und Männer um sich geschart, die sich gegen ihn stellen sollten. Ohne Beweis von Padruigs Schuld hatte sich ihm unglücklicherweise niemand angeschlossen. Auch nicht Caden, der zu viel zu verlieren hatte, wenn er sich gegen einen von Davids Günstlingen stellte. Schließlich durfte man nicht vergessen, was mit

Óengus und seinen Söhnen passiert war. Sie hatten die sieben Fürstentümer und ihr Leben verloren und der Titel Earl war nun einem Mann verliehen worden, der so gierig war, dass er sich mit den Mördern seines Vaters verschwor. Trotzdem war die Geschichte von Padruigs Verrat in Dubhtolargg wohl die fesselndste von allen Geschichten, die sie je gehört hatten. Es war kein Wunder, dass er die Stirn gerunzelt hatte, als Sorcha den Ort ihrer Geburt genannt hatte, obwohl ihm dies erst klar wurde, als Alec ihn an Padruigs Verrat erinnert hatte. Caden wollte verdammt sein, wenn er Sorcha einfach einem solchen Mann übergab. Was auch passierte, er würde dafür sorgen, dass sie unbeschadet fliehen könnte.

Was seine eigenen Leute betraf … er wusste nicht, was er tun sollte. Er konnte alles glauben, was Alec offenbart hatte … oder er könnte seine Leute zusammenrufen und sie wegbringen. *Jetzt.* Sie zu den Booten führen und zur Insel Skye segeln. Er würde in der Tat seinen Stolz überwinden und mit Auld MacLeod Frieden schließen, ihm die Insel und ihre Erträge übergeben.

Zum ersten Mal seit seiner Erblindung stieg er die Treppen allein hinauf und hielt sich nahe der Wand, wobei er seinen Stab benutzte, um die Stufen auszumachen. Er wusste genau, wie viele es bis zu seinem Zimmer waren. Als er eintrat, spürte er sofort Sorchas Anwesenheit. Wenn man vom Geruch der Umschläge einmal absah, war der Raum schön warm und er dachte, dass sie vielleicht ein Bad vorbereitet hatte … Er spürte die Feuchtigkeit in der Luft und roch das Lavendelwasser.

„Mein Laird", sagte sie mit lieblicher Stimme und kam ihm entgegen, um ihn zu begrüßen. Alles, was er sagen wollte, war vergessen, als sie begann, an seinem Hemd zu ziehen.

„Sorcha?"

„Ich habe ein heißes Bad für Euch vorbereitet", sagte sie, nahm ihn eifrig an die Hand und als Caden versuchte, diese wegzuziehen, ergriff sie sie wieder.

Seit er ihre Geschichte von Alec gehört hatte, hatte Caden versucht, sie zu meiden, und hoffte gegen alle Hoffnung, dass sie von sich aus gehen würde. Alec hatte ihr eine sichere Überfahrt nach Skye angeboten, aber aus irgendeinem Grund blieb sie da ...

Sorcha zog ihn schnell aus, wobei sie ausnutzte, dass er abgelenkt war, und bevor Caden wusste, wie ihm geschah, stand er splitterfasernackt da. Sie hatte dafür gesorgt, dass ein Feuer in einem Kohlebecken in seinem Zimmer brannte.

*Hatte sie es ganz allein hier hineingebracht?*

Hätte er es nicht besser gewusst, hätte er sie auch für einen Mann halten können, als er ihre langen, schlanken Arme spürte. Ihre Haut war weich und geschmeidig und allein der Gedanke daran machte ihm Appetit, bei ihr zu liegen. Ohne ein Wort führte sie ihn zur Wanne, legte seine Hände auf den Rand und ging weg, damit er allein hineinsteigen konnte.

Wie konnte er da Nein sagen?

Müde wie er war, traute er sich nicht, sich zu beschweren. Er legte seinen Stab neben der Wanne ab und kletterte hinein. Während er sich in das Lavendelwasser sinken ließ, erstarrte er, als er hörte, wie ein weiteres Kleidungsstück auf den Boden fiel. Das Geräusch war weich und verführerisch, als der Stoff über nackte Haut glitt.

Auf seinen Armen bildete sich Gänsehaut und wie bei einem unerfahrenen Jüngling begann sein Herz heftiger zu schlagen. „Sorcha", protestierte er schwach.

Er spürte, wie ein Fuß mit kleinen Zehen in seine Wanne schlüpfte ... „Psst", sagte sie. „Psst." Und dann ließ sie sich auf ihn herab.

Caden konnte nicht mehr sprechen, denn die Verführerin lehnte sich vor, um ihn auf den Nasenrücken zu küssen. „Sorcha", sagte er erneut, obwohl er ihre langen wohlgeformten Beine spüren konnte, wie sie sich seinem Körper anpassten. Ihr Po glitt nach unten, um seine sofortige gigantische Erregung zu umgeben.

SORCHA GENOSS SEINE LÜSTERNE REAKTION.

Auch wenn sie keine Erfahrung in den sinnlichen Freuden hatte, wusste sie doch von den Neckereien ihrer Schwestern, wie man einen Mann und dabei sich selbst erfreute.

Er ließ seinen Kopf auf den Rand der Wanne sinken und sein Gesicht entspannte sich. Aber nur um sicherzugehen, fragte sie: „Wenn Ihr es nicht wollt, Caden Mac Swein, und Ihr mich nicht anziehend findet, werde ich gehen ..."

Ihre Stimme hörte sich schmollend an, während ihr Finger mit seiner Brustwarze spielte. Er atmete ein und öffnete den Mund, um zu sprechen, aber es kamen keine Worte heraus. Außer einem heiseren Seufzen brachte er nichts hervor.

Ermutigt nahm Sorcha nun die Seife und begann seine Schultern einzuschäumen, wobei sie das schlüpfrige Stück über seine warme, nackte Haut gleiten ließ und nur innehielt, um jede seiner Narben mit den Fingerspitzen nachzuzeichnen. Wie viele Schlachten musste er schon erlebt haben? Über seiner Brust direkt unter seiner Schulter befand sich eine lange Narbe und instinktiv lehnte sie sich vor, um sie zu küssen.

„Sorcha", protestierte er, aber dieses Mal zitterte seine Stimme. Sorcha ließ ihre Hand nach unten zwischen sie beide gleiten und einen kurzen Augenblick lang gab sie vor, sich zu waschen. Aber dann ließ sie die

Seife los und legte ihre Hand um seinen Schaft, wobei sie leicht zudrückte.

Seine Finger schossen vor, packten sie am Handgelenk und hielten sie zurück. „Wenn Ihr das macht, Sorcha dún Scoti, müsst Ihr wissen, dass ich Euch *nie* wieder gehen lassen kann."

„Aye", flüsterte sie so verführerisch, wie sie konnte.

„Niemals", betonte er erneut. „Und ich meine *niemals*."

Sorcha lächelte und ihr Herz schlug wie wild. Ihr Körper sehnte sich nach mehr und obwohl sie noch nie das Gefühl eines Mannes in ihr erlebt hatte, wusste sie genau, was zu tun war. Sie sehnte sich danach, dass dieser Mann in sie eindrang. Also hörte sie auf ihren Körper, rutsche ein wenig zur Seite und stemmte sich ein bisschen hoch, damit sein Gemächt sie an ihren intimsten Stellen berühren konnte. Unter ihr erzitterte Caden wieder und sie genoss die Macht, die ihr dies gab. „Soll ich aufhören?", fragte sie flüsternd.

„Nay", antwortete er schroff und schluckte. Sein Adamsapfel bewegte sich auf und ab. Sorcha lehnte sich vor, um ihn zu küssen. Um seine Worte zu unterstreichen, lockerte er den Griff um ihr Handgelenk und seine Finger glitten zu ihrer Hüfte.

Mehr musste Sorcha nicht wissen. Sie setzte sich auf ihn und spreizte ihre Beine, um ihn in sich aufzunehmen, und auch sie erzitterte vor Freude bis zu dem Augenblick, als sie auf die Barriere ihrer Jungfräulichkeit stießen …

Sie sah, dass er es auch spürte, denn seine Augen weiteten sich und seine Hände schossen wieder hoch und ergriffen sie an der Taille, um zu verhindern, dass sie ihn vollständig in sich aufnahm.

Aber Sorcha hatte nicht die Absicht, sich zurückhalten zu lassen. Sie wollte dies so sehr wie Luidsaidh Diabhal gewollt haben musste. Sie wollte Caden Mac

Swein und sie wollte seine Kinder gebären. Sie wollte ein kleines Baby, das sie an ihrer Brust halten konnte, so wie Lìli, Lael und Lianae. Selbst Kellen, Lìlis ältester Sohn, würde schon bald Vater werden und Sorcha hatte noch nicht einmal bei einem Mann gelegen. Ermutigt schob sie Cadens Hände weg und das Gewicht ihres Körpers führte sie nach unten. Das Reißen ihrer Jungfernhaut war schmerzfrei und von Vergnügen überschattet. Und dann, als er vollständig in ihr war, wiegte Sorcha sich auf ihm und gewöhnte sich an seine Größe, während sie seinen Samen in ihren Leib lockte. „Buin mo chridhe dhuit", flüsterte sie und knabberte an seinem Ohr. *Mein Herz gehört Euch.* „Von diesem Moment an."

Seine Stimme war heiser vor Verlangen. „Tá mo chroí istigh ionat", sagte er. *Mein Herz ist in Euch.*

Und es stimmte. Sorcha spürte, wie es in ihren Adern schlug bis hin in ihren Unterleib …

Ihr Körper antwortete ihm, hungrig vor Verlangen, und dann musste nichts mehr gesagt werden …

# KAPITEL VIERZEHN

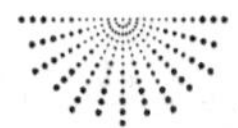

Sorchas Herz befand sich nicht mehr im Tal.

Ein ganz bestimmter Grund hatte sie nach Rònaigh geführt und nun wollte sie hierbleiben. Was auch immer passierte, sie wollte bei Caden bleiben.

Seit ihrem Beiliegen im Turm hatte sie fast jeden wachen Moment in seiner Nähe verbracht, sich um ihn gekümmert und ihre Tinkturen aufgetragen und wenn die Zärtlichkeiten überhandnahmen, liebte sie ihn.

Sorcha war so lange verzweifelt gewesen, ob sie jemals einen Mann finden würde, um die Freuden der Geburt von Kindern zu erleben, aber sie hatte nie zugelassen, dass sie um etwas trauerte, was niemals sein würde. Sie war zu pragmatisch veranlagt, als dass sie eine solche Energieverschwendung zugelassen hätte. Und jetzt musste sie sich überhaupt nichts mehr versagen. Caden war ein Mann, der die sinnlichen Freuden genoss, und er schämte sich nicht, ihr dies zu zeigen.

Ganz gleich, wo sie sich auch befanden, in seinem Zimmer, unter einem Vogelbeerbaum, auf dem Strand oder in der Nähe der Klippen, er schien ohne jegliche Scham zu sein, wenn er sie für sich beanspruchte.

Er konnte es natürlich auch nicht sehen, wenn sie Publikum hatten, und manchmal konnte Sorcha weder ihn noch sich selbst befriedigen – nicht, wenn die Kleinen aus der Ferne zuschauten. Heute klopfte sie ihm auf die Hände und widerstand ihm. „Wir sollten uns auf die zu erledigenden Aufgaben konzentrieren", schimpfte sie, als er versuchte, ihre Brust zu berühren. Er war wie ein kleiner Junge mit einem wertvollen Spielzeug.

„Ach, Mädchen. Es ist nun schon drei Wochen her und es funktioniert nicht, fíorghrá." *Meine wahre Liebe.* „Lasst uns lieber stattdessen Babys machen. Sie werden meine Augen sein."

Sorcha lachte. „Nay. Nicht, wenn so viele Kinder zusehen."

„An toir thu dhomh pòg?" *Gebt Ihr mir einen Kuss?*
„Nay", sagte sie erneut und lachte.


DA ER IMMER WIEDER ZURÜCKGEWIESEN WURDE, SEUFZTE Caden und legte sich auf das von Tau benetzte Gras, wobei er zufrieden war, Sorcha so nah bei sich zu haben. Er konnte sie nicht mit seinen Augen sehen, aber seltsamerweise konnte er sie mit seinem Herzen sehen und spürte ihre Silhouette, die neben ihm saß wie ein Hirngespinst hinter seinen Lidern.

In solchen Augenblicken war es einfach, zu glauben, dass alles in Ordnung wäre. Der Frühling war gekommen. Es war warm. Und wenn es nach Caden ging, würden seine Kinder schon bald auf der Wiese umherlaufen. In kürzester Zeit hatte sich so viel geändert.

Für den Moment reichte es ihm, die Welt mit Sorchas Augen zu sehen. Offensichtlich hatte sie diese Art Tiere, die auf ihrer Insel wohnten, noch nie gesehen, denn er nahm den Schrecken in ihrer Stimme wahr, als sie in der Nähe des nördlichen Strands saßen und zuschauten, wie die Seehunde in der Brandung spielten.

„Wie viele sind jetzt da?", fragte Caden.

„Unzählige", antwortete Sorcha und tippte auf seine linke Hand.

Caden bot ihr seinen Arm. „Schon bald werden die Felsen voll von ihnen sein."

Seit zwei Tagen hatte sie ihre Tinkturen und Öle durchgehend aufgetragen und ihn gezwungen, ihren bittersüßen Tee zu trinken. Natürlich ließ er sie gewähren, obwohl es nichts zu nützen schien.

Nichtsdestotrotz war er nun viel entspannter und spürte die Schmerzen, die er nach der Erblindung gefühlt hatte, nicht mehr. Aber vieles davon hatte nur wenig mit dem Tee zu tun, ganz gleich, was sie behauptete, denn er war ein wohlgesättigter Mann. „Habt Ihr schon einmal etwas über Selkies gehört?"

„Selkies?" Ihre Stimme war süß und weich wie Butter mit Honig und er lehnte sich vor, um ihren Duft ohne den *ruagaire deamhan* zu erhaschen. Dieser schien übrigens seinen Urin schlimmer als Knoblauch riechen zu lassen.

Sie massierte weiter seine Arme und dann seine Beine und wurde hin und wieder von den Haaren auf seinen Beinen abgelenkt. Er wollte sie warnen, dass das ganze Reiben sein Augenlicht nicht erneuern, aber bestimmt etwas anderes wiederherstellen würde. „Man sagt, dass Selkies als Seehunde im Meer leben, aber an Land legen sie ihre Haut ab und werden menschliche Wesen. Daher würde keiner meiner Leute sie jemals essen. Demnächst gehe ich mit Euch zur *Grotte des Riesen*, wo sie Schutz suchen."

„*Grotte des Riesen?*"

„Eine alte Grotte unten am Strand."

„Aber warum wird sie so genannt?"

„Fürwahr, Mädchen, ich weiß es nicht. Ich weiß nur, dass meine Großmutter sie so genannt hat. Meine Leute nennen sie seit vor meiner Geburt schon so."

Caden nahm an, dass es etwas mit seinen Wikinger-

Vorfahren zu tun hatte, da diese von den Éiren als Riesen wahrgenommen wurden. Seine Hautfarbe und seine Größe waren auf seine Wikinger-Herkunft zurückzuführen.

*Welche Farbe hat Sorchas Haar? Welche Farbe haben ihre Augen?*

Er würde töten, um diese Dinge und mehr zu erfahren. Er kannte die Umrisse ihres Gesichts und die feinen Züge ihrer Nase und ihres Munds. Er hatte sie, wie auch die Gegebenheiten seines Landes, auswendig gelernt und kannte jede winzige Falte und Sommersprosse. Aber er hatte keine Ahnung, wie alles zusammen aussah.

Sie massierte seine müden Muskeln und wurde schnell mit seinen Beinen fertig, bevor sie sich wieder seinen Fingern zuwandte – jenen Fingern, die kalten und harten Stahl gehalten hatten. Er seufzte vor Freude, als sie diese knetete und ihn ihre tödliche Arbeit vergessen ließ. Er hatte keine Ahnung, wie ihre Behandlung seinen Augen helfen sollten, aber er hatte nicht vor, sich zu beschweren.

Über sich hörte er Möwen und wünschte, dass er sie sehen könnte. Wie viele Male hatte er herumgesessen und sie als selbstverständlich erachtet? Um diese Jahreszeit gab es überall Lunde, die mit ihrem schwarzweißen Federkleid, ihren sonderbaren orangefarbenen Schnäbeln und ihren entenartigen Füßen auf den Felsen saßen.

In den letzten paar Wochen hatte Caden mit Sorcha an seiner Seite den ganzen Haushalt in Ordnung gebracht. Sie war bei Weitem nicht demütig und hatte eine entschlossene und doch freundliche Art, die alle dazu brachte, nach ihrer Pfeife tanzen zu wollen. Sie war wahrlich seine Gefährtin. Hatte sie das auch für ihre Leute in Dubhtolargg getan?

Vermissten diese sie sehr?

Es gab so viel, was Caden nicht von ihr wusste, von seiner geheimnisvollen, in Nebel gehüllten Prinzessin. „Ihr sprecht nicht viel über Eure Leute?"

„Nay", sagte sie schnell – viel zu schnell für Cadens Geschmack, weil er alles über die Frau, die er zu lieben begonnen hatte, wissen wollte.

„Hmm", sagte er. Und dann: „Haben sie Euch schlecht behandelt?"

„Nay", antwortete sie, ohne dies näher zu erläutern, woraufhin Caden nur noch mehr drängte.

Beharrlich fuhr er fort: „Schämt Ihr Euch für Eure Leute?"

Ihre Stimme wurde nun traurig. „Nay, Caden. Die Wahrheit ist, dass mein Bruder Aidan ein äußerst ehrbarer Mann ist."

„Warum habt Ihr sie dann verlassen, Sorcha?"

Ihre Stimme wurde noch trauriger und es zerriss ihm das Herz. Noch vor wenigen Minuten hatte sie sich so glücklich angehört. „Weil ich dort nicht mehr hingehöre", sagte sie.

„Und wo gehört Ihr hin?", drängte er weiter.

Ein kleines Lächeln war wieder in ihrer Stimme zu hören. „Hier hin ... zu Euch, zu dem Mann, den ich zu lieben beginne." Aber dann warf sie ein: „Caden, erwartet Ihr zufälligerweise Besucher auf der Insel?"

„Besucher?"

„Aye, ich sehe Schiffe."

„Schiffe?"

„Drei, um genau zu sein."

Ein kalter Schauer lief Caden über den Rücken. Er stand sofort auf. Panisch tastete er den Boden nach seinem Stab ab. Dieser lag plötzlich in seiner Hand, als wäre dies durch seinen Willen geschehen, aber dann merkte er, dass Sorcha ihn ihm gereicht hatte. Er streckte die Hand aus und ergriff sie am Arm. „Lasst uns gehen", forderte er.

„Nay, Caden! Wir sind noch nicht fertig!" Sie protestierte umsonst.

„Jetzt!", sagte er und zog sie hoch.

„Caden!", wiederholte sie. Dennoch wandte er sich instinktiv um und zog die Frau, die er heiraten wollte, in Richtung Burg, wo Wee Davie hatte warten sollen. Bei Gott, er würde Sorcha niemals gehen lassen. Er würde nicht zulassen, dass dieser Schurke sie holte. Und wenn es das Letzte war, was er jemals tat, er würde Padruig Caimbeul an Ort und Stelle ermorden.

# KAPITEL FÜNFZEHN

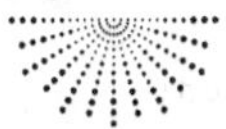

Es war erschreckend, zu sehen, wie schnell sich die Insel mit fremden Menschen füllte. Innerhalb weniger Stunden standen Zelte in allen Farben und Größen auf der ganzen Insel.

Hoch oben im Turm beschrieb Sorcha den Anblick für Caden; dieser hörte zu und umklammerte ihre Hand wie ein Mann, der Angst hat, einen Arm oder ein Bein zu verlieren. In seinem Verhalten verspürte Sorcha eine gewisse Besorgnis, was sie dem Anlass zuschrieb.

Alec hatte ihnen erklärt, warum sie gekommen waren – um bei der Handfeste zwischen einem Sohn des Conn und einer Tochter von Cruithne dabei zu sein. Und nun erinnerte sie sich an eine Prophezeiung, von der Una ihr erzählt hatte, in der eine Vereinigung vorhergesagt wurde, die von einer Zeit des Friedens kündete. *Was für eine Ironie dies war.* Als MacAilpín die sieben Söhne der Piktenvölker ermordet hatte, um sein Recht auf den Thron zu sichern, brach er einen mit Blut besiegelten Waffenstillstand. Danach war die heilige Reliquie der Dalriada Könige, der Schicksalsstein, verflucht worden und würde denen Krieg bringen, deren Blut nicht rein genug war, um beide Nationen vereint zu regieren. Die Hüter waren beauftragt worden, An Lia Fàil zu beschützen. Aber nun, da der Stein verloren war, trugen Sorcha und Caden gemeinsam das Blut von Schotten und Pikten sowie Wikingern und Éire in sich. Sie könnten die vorhergesagte Verbindung sein, aber ironischerweise besaßen sie den Schicksalsstein nicht mehr.

Nichtsdestotrotz war die Zusammenkunft ein großartiger Anblick.

Sorcha war erschrocken über die Anzahl der Menschen, die ihrem Stern folgend gekommen waren – viel mehr, als sie jemals an einem Ort und niemals in ihrem Tal gesehen hatte.

Mit einer Ausnahme: als König David vor seiner Reise in das Grenzland, bei der er sich nach dem Tod von König Henry von England sein Land sichern wollte, zu ihnen gekommen war. An jenem Tag hatte sie zum ersten Mal Keanes Frau Lianae getroffen und Lìli hatte sich den ganzen Tag gesorgt, was sie für so viele Gäste auftischen sollte.

Sorcha musste jetzt daran denken, aber dankenswerterweise musste sie sich nicht um Essen oder Vorräte sorgen. Die Schiffe waren mit Geschenken beladen. Korn. Kräuter. (Einige hatte Sorcha noch nie gesehen oder von ihnen gehört.) Schafe. Auerochsen. (Große, temperamentvolle Tiere und wenn sie bleiben sollten, würde dann der Platz ausreichen?) Pferde, Ziegen, Schweine. Es gab sogar Weine aus Frankreich und Käse und geräuchertes Fleisch vom derzeitigen König von Éire. König David schickte Seidenstoffe aus Flandern in vielen verschiedenen Farben.

„Ausnahmslos alle behaupten, dass ihre Geschenke ein Tribut an die Braut von Dunrònaigh sind", sagte Alec. Sorcha und Bess schauten einander fassungslos an.

Fürwahr, selbst mit ihrer Gabe der Voraussicht

hätte Sorcha niemals vorhersehen können, was dieser Besuch auf Rònaigh bewirken würde. Wie hatten es diese Leute dann wissen können? Wie hatten sie gewusst, dass sie ebenfalls jenem Stern folgen müssten? Wie hatten sie vorhersehen können, dass sie jemals den Laird von Dunrònaigh würde heiraten wollen?

Caden drückte Sorchas Hand, als wollte er sie beruhigen – oder vielleicht eher, um sich selbst zu beruhigen – und Sorcha hielt sie fest. „Ich nehme an, dass sie eine Hochzeit erwarten", sagte er und Alec und Bess schauten einander wieder an. Die Spannung im Raum war spürbar, da Caden noch nicht zugestimmt hatte, Sorcha zu heiraten. Auch hatte er vorher noch nicht über dieses Thema gesprochen. Natürlich hatte er gesagt, dass er sie niemals freigeben würde, aber ein Bett mit ihr zu teilen und sie zu ehelichen, waren zwei verschiedene Paar Schuhe. Sicherlich wollte Alec ihn beruhigen, als er sagte: „Nun, für den Augenblick sind sie zufrieden, wenn sie am Fest teilnehmen können."

Wenn so viele Leute dem Stern gefolgt waren, hatte sich vielleicht auch ihr Bruder Aidan aufgemacht, um sie zu suchen. „Ich nehme an, dass mein Bruder nicht unter ihnen ist?"

Alec schüttelte den Kopf. „Noch nicht."

„Noch nicht?" Sie schaute Alec stirnrunzelnd an und merkte, dass dieser Caden besorgt ansah, obwohl dieser es gar nicht sehen konnte. Ihr Geliebter stand zum Fenster gewandt; vielleicht konnte er sich das, was die anderen sahen, vorstellen und wieder drückte er Sorchas Hand.

„Er will damit sagen, Mädchen, dass es, der Menge nach zu urteilen, nur eine Frage der Zeit ist, bis alle Eure Leute zu Besuch kommen."

Sorcha nickte und war von der Erklärung beruhigt. Das hoffte sie, aber sie hatte Aidan seit ihrem furchtbaren Streit nicht mehr gesehen und war auch für ein persönliches Treffen noch nicht bereit, insbesondere, wenn Aidan Sorcha alles, was sie geplant hatte, übelnehmen würde.

Und doch würde dies ihr Leben sein. Seit dem Augenblick, als sie das Tal verlassen hatte, verstand sie sehr wohl, dass nichts jemals wieder wie früher sein würde. Aidan würde sich mit dieser Erkenntnis abfinden müssen, denn im Tal gab es nichts mehr für Sorcha. Nun drückte sie Cadens Hand.

„Ich nehme an", sagte Caden und hielt dann einen Augenblick inne, „wenn sie wegen einer Handfeste gekommen sind, sollten wir ihnen eine Handfeste geben ... Aye?" Er wandte sich um, zog Sorcha in seine Arme und sie hörte ein leises Keuchen von Alec und Bessie. Sorcha hielt die Luft an. „Was sagt Ihr, Mylady Sorcha? Wollt Ihr mich zu Euren Mann nehmen, auch wenn ich blind und manchmal schlecht gelaunt bin?"

Sorcha war plötzlich atemlos. Sie hob ihre Hand, um Cadens Wange zu berühren, und Tränen brannten in ihren Augenwinkeln. „Ja, mein Laird. Ich will. Was auch passiert, ich werde an Eurer Seite sein."


*„Ihr Rock war aus grasgrüner Seide,*
  *ihr Mantel aus feinem Samt.*
  *An jeder Locke der Mähne ihres Pferdes*
  *hingen neunundfünfzig Silberglocken."*


DIE STIMMUNG WAR AUSGELASSEN. Gesang und Tanz bestimmten den Tag. Lauten ertönten. Rohrblätter summten.

Inspiriert von der anstehenden Zeremonie sprangen Männer und Frauen über Besenstiele, ein Ritual, indem Paare vor den Augen der Menschen über eine notdürftige Schwelle gingen, was eine Reise von ihrem alten Leben in ein neues symbolisierte, und sie sich so verheirateten. Es war eher eine Geste für jene, die keine eigene Türschwelle besaßen, über die sie eine Braut hätten tragen können. Leider würde die Zeremonie für Sorcha und Caden nicht so unkompliziert sein. So sehr sie den Mann auch heiraten wollte, sie wäre doch lieber über den Besenstiel gesprungen. Schon bald würden alle Augen auf ihnen ruhen und Sorcha hatte noch nie gern im Mittelpunkt gestanden. An wie vielen Festen hatte sie teilgenommen und sich nicht dazugehörig gefühlt?

*Unzählige.*

Wenn man von den Jugendstreichen von Keane und ihrer Schwester Cailin absah, hatte Sorcha noch nie solche Narreteien gesehen. Die alte Moira ergriff die Hand eines Fremden, aber er zuckte zurück und schüttelte den Kopf. Unbeirrt machte sich Moira auf zum nächsten und hob ihre Röcke, um zu beweisen, dass sie immer noch ein Nest besaß, in dem man liegen konnte.

Sorcha lachte die ganze Zeit und erzählte Caden von den Ereignissen des Tages, damit er mit ihr zusammen lachen konnte. Seine dunkle, nachdenkliche Stimmung, die ihn im Turm bedrückt hatte, war verschwunden, denn es war unmöglich, sich nicht zu freuen, wenn alle so ausgelassen feierten.

Fürwahr, die Ereignisse im Tal schienen Jahre zurückzuliegen. Es war schwer, zu glauben, dass erst so wenig Zeit vergangen war. Aber natürlich war es schon ein Weile her, seit es einen Grund für ein Fest in Dubhtolargg gegeben hatte. Selbst Kellens Hochzeit war auf Ablehnung gestoßen und dann war der Unfall passiert und Una ...

Heute jedoch wurde der Tag nicht überschattet. Sie wünschte nur, dass Caden jedes Lächeln und all die Ausgelassenheit sehen könnte. Aber sie merkte sich alles, damit sie ihm in den frühen Morgenstunden davon berichten konnte.

Bess und Alec nutzten die Gelegenheit und ließen sich von der Stimmung mitreißen. Sie fassten einander an den Händen, sprangen über den Besenstiel und verschwanden dann lachend in einer ruhigen Ecke, um ihren Hochzeitskuss zu teilen.

Sorcha hielt Caden an der Hand, während sie auf den großen Moment warteten, und sie versicherte ihm, dass sie in seiner Nähe war, und trotz der Schmetterlinge in ihrem Bauch genoss sie den Zauber dieses Tages.

Sorcha trug das Brautkleid von Cadens Mutter, das viel zu kurz war, und klatschte in die Hände und sang alle Lieder mit, wobei sie etwas verärgert über sich selbst lachte, wenn sie den Text nicht vollständig kannte.

„Gefällt es Euch?", fragte Caden.

Mit der linken Hand umklammerte er den Stab, den Afric ihm aus Eschenholz gemacht hatte. Er hatte eine purpurfarbene Jacke mit Goldbesatz an und eine schwarze Hose. Er war groß und sah gut aus und sein sehr blondes Haar schien wie Silberfäden in der schwindenden Sonne.

CADEN genoss die uneingeschränkte Freude in Sorchas Stimme.

Einen Augenblick lang erlaubte er sich, all die Dinge zu vergessen, die Alec ihm offenbart hatte, und obwohl er einen Mann angewiesen hatte, seine Axt zu schärfen, tappte er mit dem Fuß und bewegte den Kopf im Takt mit der Musik.

Es war unglaublich, wie geschärft seine Sinne geworden waren. Er konnte das Quieken eines jeden Kindes hören. Jeden Ton der Laute. Das Rascheln eines jeden Rocks, der vorbeiging. Er roch jeden süßen Kuchen in jedem Paar Hände ... und er roch den Lavendelduft in Sorchas Haar.

Stolz überkam ihn und er wünschte sich von ganzem Herzen, dass er sie sehen könnte – nicht nur mit seinen Händen, sondern auch mit seinen eigenen Augen. Er wollte das Funkeln in ihren Augen sehen, wenn sie lächelte, und wie ihre Nase leicht zuckte, wenn er sein Gesicht an ihre Wange schmiegte. Tief in seinem Herzen wusste er all diese Dinge, aber das war nicht genug.

„Wo ist Alec?", fragte er, da er ihn in seiner Nähe wissen wollte.

„Mit Bess verschwunden", antwortete sie und fing wieder an, zu klatschen und zu singen.


*„IHR ROCK WAR aus grasgrüner Seide,*
*ihr Mantel aus feinem Samt.*
*An jeder Locke der Mähne ihres Pferdes*
*hingen neunundfünfzig Silberglocken."*


IN ERWARTUNG DES TEIN-ÉIGIN – *des Notfeuers* – wurden alle Flammen auf der Insel gelöscht, einschließlich eines jeden Funkens in jedem Ofen oder Kamin. Eine neue Flamme würde von dem heiligen Feuer entzündet und verteilt werden, sobald es gesegnet worden war. Am Ende der Feier würden alle Dorfbewohner ihre Fackeln an die Flamme halten und einen Teil des Tein-Éigin mit nach Hause nehmen, um ein neues Jahr zu beginnen.

Als es dämmerte, wurde die Insel langsam still und die Kleinen schliefen auf der Wiese, wo sie sich hingelegt hatten. Die Mütter saßen am Hügel in Erwartung der Fortsetzung der Feierlichkeiten in der Nacht und tranken Met und Ale.

Männer hoben die Augenbrauen, als Mädchen vorbeigingen, und sie zwinkerten ihnen zu und erröteten. Es war das einzige Mal im Jahr, dass Frauen auswählen durften, und es war schon mehr als einmal passiert, dass ein schüchternes, süßes Mädchen einen Ehemann erwählte, der sie das ganze Jahr nicht wahrgenommen hatte.

Auf dem Meer wurden nach und nach zu Ehren der Beltanetradition die Lichter auf den Schiffen gelöscht. Das Zwielicht des Jahres stand vor der Tür – die Zeit zwischen den Zeiten, wenn die Dunkelheit nachließ und das Sommerlicht zurückkam. Nach einer Weile war nur noch das Funkeln des Schicksalssterns zu sehen, zusammen mit dem sanften Leuchten des Neumonds. In den letzten Augenblicken, als der Tag der Nacht nachgab, war es, als würde die Welt aufhören zu atmen. Und dann auf einmal zerzausten Mütter die Haare ihrer Kinder, um sie zu wecken, damit sie das Anzünden des Feuers sehen konnten.

„Juhu!", riefen die Dorfbewohner alle zusammen.

„Juhu!", jubelten die Kinder.

Vier sehr junge Mädchen, welche die vier Ecken der Erde symbolisierten, trugen neue Fackeln und jede entzündete ihren Bereich. Es dauerte einen langen, spannenden Augenblick, in dem jeder sich im Mondlicht räkelte, bevor plötzlich die Flamme hoch in das aufgeschichtete Holz sprang und ein Leuchtsignal in die Nacht sendete. Dieses erhellte die Gesichter rundherum mit orangefarbenem Licht.

Kinder rannten umher und rieben sich den Feenstaub aus den Augen. Sowohl die Besucher wie auch die Dorfbewohner brachten Trinksprüche auf die Göttin des Lichts aus. Und danach, unter dem wechselnden Schein der Sonne, des Mondes und der Sterne, rannten kleine Mädchen hinter kleinen Jungen her. Männer und Frauen spazierten durch den Tein-Éigin Rauch, um sich zu reinigen und Fruchtbarkeit zu erlangen. Nacheinander wurde das ganze Vieh, ob alt oder jung, hindurchgeführt, auch um Fruchtbarkeit zu fördern. Es war ein großartiger Anblick.

WER HÄTTE NOCH vor kurzer Zeit gedacht, dass Sorcha an einem so großartigen Moment teilnehmen würde und ein neues Zuhause gefunden hätte?

*Was würde Una sagen, wenn sie mich jetzt sehen könnte? Was würde Aidan tun? Würden sie sich für mich freuen? Würden sie klatschen, singen und fröhlich sein?*

Diese Leute freuten sich sicherlich über alle Maßen und –

Sorcha keuchte, als sie plötzlich ein bekanntes Gesicht in der Menge entdeckte. Aber nay ... das konnte nicht sein ... Sie starrte über die züngelnden Flammen, nur um sicher zu gehen, dass ihre Augen sie nicht trogen.

*Der Mann sah aus wie Lìli.* Tatsächlich war es ein wenig, als würde sie in den Spiegel schauen, aber als Mann.

Er war von Menschen umgeben, die Sorcha nicht kannte, und wurde von einer seltsamen, schönen Frau begleitet, die Sorcha ein wenig bekannt vorkam. Ein sehr schlechtes Gefühl überkam Sorcha, denn dies musste Padruig Caimbeul, ihr Vater, sein.

*Wenn Ihr bleibt, seht Ihr Euch möglicherweise dem Teufel gegenüber, vor dem Ihr flieht.*

*Alec hatte es gewusst.* Irgendwie hatte er es gewusst. Wusste Caden es auch? *Sicherlich nicht.* Sie schluckte schwer und betete, dass sie sich täuschte. Voller Angst entschuldigte sie sich und ließ Caden einen kurzen Moment in Africs Gesellschaft zurück, während sie sich auf die Suche nach Alec und Bess machte. Sie fand sie, zog sie beiseite und fragte als Erstes nach der Frau neben Padruig. „Wer ist das?"

„Brighde", sagte Bess lächelnd. „Die gute Dame leitet das Fest fast jedes Jahr, seit ich denken kann."

Sorcha hob ihr Kinn. „Brighde", sagte sie und wiederholte den Namen. Sie runzelte die Stirn, denn da war noch etwas anderes an der Frau, was sie nicht einordnen konnte. Sie war groß und anmutig mit goldenem Haar. Tatsächlich war sie so strahlend wie die Flamme des Feuers und obwohl es unvorstellbar war, war ihre Schönheit noch strahlender als selbst Lìlis. Aber natürlich in dem Fall auch viel, viel schöner als Sorcha es jemals sein könnte.

Einen winzigen Augenblick lang war Sorcha eifersüchtig und sie war dankbar, dass Caden die Frau nicht sehen konnte, denn ihr war unvorstellbar, warum ein Mann sie anstatt der langbeinigen Schönheit wählen sollte. Doch dann wandte sich der Mann neben der Frau zu Sorcha um und Schauder der Angst liefen über ihren Rücken.

*Er kannte sie.*

*Padruig kannte sie.*

Ihr Herz raste, als sie zurück an Cadens Seite eilte, seine Hand nahm und diese drückte. Sie wollte es ihm erzählen, konnte es aber nicht. Denn, selbst wenn sie es tat, was konnte er schon tun? *Caden war blind.* Die Musik und der Tanz gingen weiter, aber Sorcha sang nicht mehr mit.


*„IHR ROCK WAR aus grasgrüner Seide,*
*  ihr Mantel aus feinem Samt.*
*  An jeder Locke der Mähne ihres Pferdes*
*  hingen neunundfünfzig Silberglocken."*

· · ·

AUF DER ANDEREN Seite des Feuers stand Padruig Caimbeul, die in Kettenhandschuhen steckenden Hände hinter dem Rücken verschränkt. Er trug seine vollständige Rüstung und das Metall reflektierte das orangefarbene Glimmen des Feuers. Er wartete. Es waren zu viele Leute da, als dass er einfach seine Tochter hätte mitnehmen können, also wartete er auf eine bessere Gelegenheit und amüsierte sich auf Kosten anderer.

*Strohdumm und langweilig.* Diese Leute waren nur wenig mehr als abergläubische Bauern und trotzdem hatten sie so viele Pilger auf ihre Insel gelockt – für was? Das Entzünden eines zeremoniellen Feuers?

*Sie waren grob und beschränkt.*

Allein der Gedanke, sein Blut mit ihrem zu verbinden, widersprach allem, für das er stand. Wenn er zufällig die Gelegenheit bekam, Sorcha zu ergreifen, bevor sie ihr Eheversprechen gab, würde er das sicherlich tun. Und wenn er das Mädchen erst einmal in seine Gewalt gebracht hatte, würde es sich niemand anmaßen, ihm zu sagen, was er mit seinem eigenen Fleisch und Blut tun dürfte und was nicht.

Trotzdem gab es noch einen Mann, der alles verderben könnte. Gemäß Davids Gesetz wäre er der Mann, der das Recht hätte, über Sorchas Zukunft zu entscheiden. *Aidan dún Scoti.*

Glücklicherweise hatte Padruig ihn noch nicht gesehen und auch sonst erkannte er niemanden bei diesem furchtbaren Fest. Er beobachtete, wie eine alte Frau vorbeiging, ihre Röcke hob und ihren faltigen, haarigen Schamhügel präsentierte. Bei Gott, ihre Lippen hingen weiter runter als seine Eier. König David würde diese Leute sicherlich verschmähen, denn sie waren gottlos und dumm.

Nicht zum ersten Mal schaute er zu seiner Tochter

und überlegte, ob sonst noch jemand die frappierende Ähnlichkeit zwischen ihnen bemerkt hatte. Ihm war klar, dass Sorcha von ihm war, denn sie sah genauso aus wie seine treulose Tochter Lìli, sogar einschließlich der Haarfarbe. Aber sie war sogar noch schöner als Lìli, obwohl sie auch etwas von der Hure hatte, die ihre Mutter gewesen war.

Trotz der Schönheit von Riannag dún Scoti oder Sorcha konnte keines der Weibsbilder der Frau neben ihm das Wasser reichen. Wenn er von seiner Aufgabe abgelenkt war, dann lag es an ihr. Bei all dem Küssen, Umarmen und den Liebeleien um ihn herum hätte er am liebsten die goldene Mähne der Schlampe ergriffen und sie an den Strand geschleift, um seinen zuckenden Schwanz in ihren Mund zu stecken. „Sie kommt aus Dubhtolargg", erzählte die Frau beiläufig.

Padruig verdrehte die Augen. „Aye, das habe ich gehört", sagte er und richtete seinen Sack, wobei der Gedanke an die alte Frau ihn immer noch anekelte.

„Wie schade. Wie ich gehört habe, gibt es keine Erben."

Padruig wandte sich zu der Frau. „Niemanden?"

Sie schüttelte den Kopf. „Nay, denn Caden Mac Swein hat keine Erben."

Padruig blinzelte. „Noch nicht einmal eine Schwester?"

Die Frau schüttelte erneut den Kopf und lächelte reuevoll. „Leider niemanden. Ich vermute, sollte er verheiratet und ohne Erben sterben, würde König David sein Land und seine Braut an ihren Vater übergeben."

Padruig hob das Kinn angesichts dieser plötzlichen Offenbarung. Er öffnete den Mund, um zu sprechen, schloss ihn dann aber wieder. Ihm war klargeworden, dass Caden Mac Swein – sollte er den Mann öffentlich herausfordern – keine andere Wahl hätte, als für Sorcha zu kämpfen oder sie freizugeben. Er sah nicht aus wie ein Mann, der seine Frau einfach gehen lassen würde. Wenn er also wartete, bis sie sich ihr Eheversprechen gegeben hatten, und dann Mac Swein tötete, würde er doppelt profitieren. Dann hätte er seine Tochter und dieses Land, auch wenn es recht armselig war. Bei Gott, er war kein Narr. Warum sollte er auch nur eine Münze ablehnen? Und all die Vorräte, die hierhergebracht worden waren, hatten schon an sich einen beträchtlichen Wert. Padruigs Schwanz wurde hart, während er der Frau zuhörte, wie sie von Dunrònaighs Laird erzählte. Nay, nicht wegen ihrer Schönheit. Nicht mehr. Gier war ein mächtigeres Aphrodisiakum. Jetzt würde er erst einmal abwarten und wenn sich die Gelegenheit ergab, würde er wie ein Rabe herabschießen und sich an der Leiche des Lairds von Dunrònaigh laben.

SORCHA BEGANN IMMER MEHR den Verdacht zu hegen, dass Padruig genau wusste, wer sie war – und dass er außerdem nach Rònaigh gekommen war, um sie zu holen. Aber Caden war in keinem Zustand, um ihrem Vater gegenüberzutreten – blind, wie er immer noch war. Wieder drückte sie seine Hand. „Ich bin müde", sagte sie. „Wollen wir gehen?"

„Und die Massen enttäuschen?", neckte er sie. „Ich glaube nicht."

Trotzdem zog Sorcha an seiner Hand in der Hoffnung, dass er mitkommen würde. „Ich bin aber müde, mein Liebling. Wir können morgen heiraten, wenn ich ausgeruht bin."

Caden hielt sie so fest, als wären seine Füße wie angewurzelt und seine Finger aus Ketten. Plötzlich gab es kein Entrinnen mehr, denn die Frau namens Brighde stand vor dem Tein-Éigin und sprach so laut sie konnte. „Große Götter, die Leben erschaffen und her-

vorbringen“, sagte sie und kündigte damit die Handfeste an, „wir bitten um Euren Segen an diesem Tag der
Zusammenkunft!“

Jubel brach in der Menge aus. Unzählige Augen
blickten auf Sorcha und Caden.

Schön und anmutig streckte Brighde die Hand aus
und rief sie beide in den inneren Druidenkreis.

Erstarrt vor Angst blieb Sorcha stehen, aber Bessie
schob sie nach vorn, im Glauben, dass ihr Zögern nicht
mehr als nur Aufregung wäre.

Brighde hielt einen Strauß mit hellroten Bändern in
der Hand und nun trat sie vor, nahm Sorchas freie
Hand und lächelte lieblich.

Da sie keine andere Wahl mehr hatte, drückte
Sorcha Cadens Hand fester und zog ihn mit sich. Und
dann, als sie nebeneinander im Druidenkreis standen,
zögerte die Frau nicht weiter. Sie schlang ein Band um
ihre verbundenen Handgelenke und band die beiden
zusammen.

„Es wird im Nu vorbei sein“, sagte Caden, um sie zu
beruhigen, aber Sorcha konnte nicht erklären, dass sie
genau *das* befürchtete. Er war nicht vorbereitet, um
sich zu wehren. Sollte ihr Vater sie angreifen, würde er
wehrlos sein und sie konnte nur hoffen, dass ihr jemand zu Hilfe kam. Im Gegensatz dazu war Padruig
bewaffnet und vorbereitet gekommen, was man an
seiner glänzenden Rüstung erkennen konnte. Sie
suchte in der Menge nach Alec und fand ihn nicht. Ihr
Herz schlug so heftig wie Kriegstrommeln. Angst legte
sich um sie wie Brighdes Bänder.

„Sorcha und Caden“, sagte Brighde laut und Sorcha
spürte Padruigs Blick, wie seine Augen sie wie die eines
Geiers durchbohrten. Trotzdem war Brighdes Stimme
frei von Angst. Sie war so weich wie Seide und voller
Klarheit. „Kommt Ihr freiwillig, um diese Verbindung
einzugehen?“

„Ja", sagte Caden.

„Ja ... d-das tue ich", stimmte Sorcha zu. Sie schaute nervös über das Feuer hinweg zu der Stelle, wo Padruig gestanden hatte, stellte aber fest, dass er fort war. Sie betete, dass er als Gast einer anderen Person gekommen und jetzt woanders hingegangen war und sie gar nicht erkannt hatte.

„Wollt Ihr einander ehren und respektieren?", fragte die Frau und war sich der Aufregung, die Sorcha durchlitt, nicht bewusst.

„Ich will", stimmten beide zu und wieder schaute Sorcha zu Caden auf und wurde von seinem Lächeln beruhigt. *Vielleicht kannte Padruig sie nicht? Vielleicht hatte er sie nur angestarrt, weil sie die Braut war?*

„Wollt Ihr einander in schweren Zeiten helfen?"

„Ich will", sagten beide gleichzeitig. Brighde legte ein weiteres Band um ihre verbundenen Handgelenke. Achtmal würde das Band geschlungen werden, dann hatte die Zeremonie auch vor dem Gesetz Bestand. Wenn der letzte Trinkspruch ausgebracht worden war, würden sie die Bänder gemeinsam lösen und damit anzeigen, dass sie freiwillig als Mann und Frau zusammenbleiben wollten.

Aidan und Lìli hatten diese Worte vor elf Jahren gesprochen, als Sorcha erst dreizehn gewesen war. Und nach so viel Jahren liebten sie sich immer noch, obwohl keiner von ihnen die Verbindung gewollt hatte.

Brighdes Worte erinnerten sie an die Hochzeit ihrer Schwester, außer dass Una die Zeremonie an jenem Tag am Hügel mit ihrer krächzenden Stimme durchgeführt hatte, die so alt war wie die *Am Monadh Ruadh* – die roten Hügel, in denen sie lebten. Sie war sicherlich nicht so weich und beruhigend wie die dieser Frau gewesen – und doch hatte Una Sorcha durch alle Notlagen auf ihrem Weg geführt und sie wünschte sich von ganzem Herzen, dass sie jetzt hier wäre. Una wüsste bestimmt, wie man mit Padruig verfahren müsste. Sie würde ihm einfach mit ihrem Stab auf den Kopf schlagen. Sie würde sicherstellen, dass er vor den Augen aller entmannt würde, und ihn mit Hunden von der Insel hetzen. Sie schaute zu ihrem Verlobten und überlegte, was er wohl dachte. Ihm schien die Gefahr, in der sie sich befanden, nicht bewusst zu sein und er hatte wohl keine Ahnung, dass ihr Vater da war.

„Wollt Ihr einander treu sein, damit ihr zusammen stark werdet?"

„Ich will", sagte Caden, ohne zu zögern, und schien den Aufruhr in Sorcha nicht zu bemerken.

„Ich will", sagte sie und versuchte noch mehr, sich auf Brighdes Stimme zu konzentrieren.

Als wenn sie dies ahnte, lehnte Brighde sich vor. „Wenn Eure Hände faltig werden, wollt Ihr füreinander da sein?"

„Wir wollen", sagten beide gleichzeitig und wieder wurde das rote Band um ihre Handgelenke geschlungen. Sorcha drückte Cadens Hand und schluckte schwer.

Etwas Furchtbares deutete sich an.

Ihre Visionen – die Gaben, die ihr in die Wiege gelegt worden waren – waren schon viel zu lange nicht mehr aufgetreten – nicht mehr seit dem Tag, als sie die schreckliche Tat ihres Vaters im *keek stane* gesehen hatte. Sie hatte sie alle unterdrückt so wie Caden sein Augenlicht. Aber jetzt, im ungünstigsten Moment, spürte sie eine Verdunkelung um ihre Augen, ein sicheres Zeichen, dass eine Vision sich anbahnte. *Aber nay, das musste daran liegen, dass sie nervös war.* Ihr Atem wurde schwerer, als das Band ein weiteres Mal um ihre Handgelenke geschlungen wurde.

„Ist es Eure Absicht, dem Clan Frieden und Harmonie zu bescheren?"

„Das ist es", sagten beide, aber Sorcha fiel es schwer,

ihre Lippen und ihre Zunge zu bewegen. Ihr Blick verdunkelte sich noch mehr und sie konnte Blut und Tod riechen. Sie blinzelte und wieder sah sie, wie Padruig über Aidans Vater und Mutter stand, während sich die Bilder im Notfeuer manifestierten. Ihr wurde schlecht. Übelkeit stieg in ihr auf und die Stimmen verschmolzen und hörten sich an wie ein fürchterliches Brummen.

„Wenn Ihr ins Wanken geratet – und das werdet Ihr –, werdet Ihr dann den Mut und die Treue aufbringen, Euch an all die Versprechen zu erinnern, die Ihr einander gegeben habt?"

„Aye", stimmte Caden zu.

„Aye", sagte Sorcha und schluckte die Galle hinunter, die in ihrem Hals aufstieg. Als sie zu der Frau namens Brighde aufsah, erspähte sie etwas Bekanntes – hellgrüne Augen, die zu Una in deren Jugend gepasst hätten.

Brighde erwiderte ihren Blick … und lächelte …

Einen Moment lang starrten die beiden Frauen einander an und Sorcha wurde klar, dass sie diese Augen besser als ihre eigenen kannte.

*Brighde. Brigit.*

Das graue, drahtige Haar war leuchtend und schön. Die Klappe auf ihrem linken Auge fehlte und sie hatte zwei schöne, grüne Augen – die Augen der Hüter. Die Beine, mit denen sie vor Kurzem noch wegen ihres Alters gehumpelt war, waren nun lang und stark und verliehen ihr eine erhabene Größe. Sie brauchte keinen Stab mehr, aber in jenem Moment merkte Sorcha, wer sie war – obwohl es unmöglich war!

*Die verwandelte Una!*

„Es ging immer um Euch", flüsterte Brighde ihr ins Ohr. Sie hatte ein Funkeln in ihren beiden guten Augen. „Ihr wart immer die Eine, Sorcha dún Scoti …"

Aus Zwielicht wurde Schatten und Sorcha sah zu

Caden auf, während sich der Mond verdunkelte. Im gleichen Augenblick wandte sich Brighde mit lauter Stimme der Menschenmenge zu und die Erde schien in ihrem Kern zu beben. Der Wind heulte durch Sorchas Ohren. „Ist jemand hier, der etwas dagegen hat, dass diese beiden heiraten?" Dann wurde es dunkel um Sorcha und sie bekam keine Luft mehr, denn Padruig Caimbeul trat vor und sagte: „Ich."

Ein überraschtes Raunen ging durch die Menge. Sorcha sah, wie Caden bleich wurde, dann fiel sie in Ohnmacht.


AUCH, wenn er entspannt gewirkt haben mochte, war Caden doch äußerst angespannt gewesen.

Er hatte auf diesen Augenblick gewartet. Er spürte, wie Sorcha neben ihm zusammenbrach, und bewegte sich schnell, um sie aufzufangen und in seine Arme zu nehmen. Er rief nach Alec. Bänder wurden von seinem Arm gerissen und schnitten ihm ins Fleisch.

„Ich bin Padruig Caimbeul", sagte ein Mann. „Und Ihr maßt Euch an, meine Tochter ohne meine Zustimmung zu ehelichen. Gemäß den Gesetzen von Scotia und David mac Mhaoil Chaluim fordere ich Euch heraus, zur Verteidigung meiner Ehre zu kämpfen! Der Gewinner bekommt alles und wir kämpfen bis zum Tod!"

Sorcha wurde in die Arme eines anderen weitergereicht, aber dies geschah mit Vorsicht und instinktiv wusste er, dass sie gut aufgehoben war. Das letzte Band wurde von Cadens Handgelenk abgerissen.

Er war bereit, zu kämpfen, auch wenn er blind war. Seine Augen konnten nicht sehen, aber seine anderen Sinne waren schärfer als je zuvor und wenn er allein gewesen war, hatte er wieder begonnen, die Hellebarde seines Großvaters zu schwingen. Er war nicht ganz unvorbereitet. Aber etwas passierte, während er da umgeben von den züngelnden Flammen des Notfeuers stand und seine Ohren jedes Geräusch wahrnahmen.

Das Geräusch von zwei Klingen statt einer zischte in der Nacht. Ein Schwert war aus der Scheide gezogen worden und mitten in der Luft zum Stillstand gekommen. Die andere Klinge schnitt durch die Luft und drehte sich unwiderruflich auf Caden zu. Es war unmöglich, zu sagen, was als Nächstes passierte, weil es so schnell ging. Intuitiv hob Caden die Hände und bereitete sich auf das Gewicht der Hellebarde seines Großvaters vor. Es war der gleiche Instinkt, der ihn dazu getrieben hatte, Sorcha an jenem Tag auf der Treppe aufzufangen. Selbst damals hatte er eine Vermutung, die sein Herz nicht anerkannte.

Ein Schatten zog am Mond vorbei und alles wurde vor seinen Augen offenbart. Er sah, wie die Axt durch die Luft flog und fing sie am Griff. Die Menge keuchte.

Der letzte Fetzen des roten Bandes wurde von einem Windstoß davongetragen. Vor seinen Augen stand ein dicker, graubärtiger Mann in englischer Rüstung. Er sah aus wie ein Mann, der gekommen war, um Krieg zu führen, und nicht, um Frieden zu bringen.

Hinter dem Mann stand Alec, der Cadens Axt nicht mehr festhielt, aber dessen Hände verharrten, als wäre *Ungeheuer* noch dort.

Die Menge trat zurück und einen Moment lang zuckten die Brauen des fetten Mannes, als er merkte, dass Caden nicht mehr blind war. Er brauchte einen verwirrten Augenblick, um sich zu erholen, und dann gab er einen unmenschlichen Ton von sich. „Verfluchter Mistkerl!", rief er und Caden wich mit der Waffe seiner Vorfahren in der Hand zurück.

Es blieb keine Zeit, die Axt zu justieren. Mit gezogenem Schwert stürzte Padruig Caimbeul auf ihn zu. Aber er konnte ja nicht wissen, dass Caden meisterhaft zielen konnte. Er konnte nicht ahnen, wie tödlich *Ungeheuer* sein konnte. Er konnte es nicht wissen, so wie Caden nicht hatte wissen können, dass er nur an sein Augenlicht glauben musste, ebenso wie er an seine Frau glaubte. „Für Davie", sagte er und holte weit aus.

Metall prallte in der Luft auf Metall. Das Getöse schallte über das Land.

„Für Sorcha!", rief er lauter mit wiederhergestelltem Selbstbewusstsein.

Padruig Caimbeul parierte und erholte sich schnell, da er ein leichtes Schwert führte. Aber Caden drehte sich und schwang die Axt mit aller Macht. Dieses Mal wie jedes Mal fand die Klinge ihr Ziel und schnitt sauber durch Metall, dann Fleisch und Knochen. Es gab kein metallisches Klirren mehr. Kein Kriegsgeschrei mehr. Eine undurchdringliche Stille legte sich über die versammelte Menschenmenge. Aber Caden verweilte nicht, um zu sehen, wie Padruig Caimbeuls Körper zu Boden ging. Er wandte sich ab und folgte Brighde, die seine Frau in die Burg trug, da er Sorcha nicht zum ersten Mal in den Augen ihres toten Vaters sehen wollte.

# KAPITEL SECHZEHN

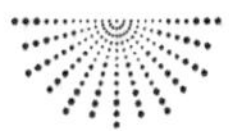

Sorcha erwachte im Zimmer des Lairds und wieder einmal in Cadens Bett. Nur dieses Mal saß ihr Ehemann neben ihr und schaute ihr in die Augen – und zwar mit *sehenden* Augen, wie Sorcha sofort bemerkte und an ihrer Freude fast erstickte.

Er beugte sich hinab, um ihr ins Ohr zu flüstern: „Ihr scheint unbeirrt Euren Weg in mein Bett zu finden und dafür bin ich dankbar."

Sorcha versuchte, zu antworten, aber sie konnte vor lauter Tränen nicht sprechen. Sie setzte sich auf und schlang ihre Arme um die Brust ihres Mannes und weinte hemmungslos an seiner blutverschmierten Jacke.

Er strich ihr über das Haar. „Liebste. Ich dachte, ich würde niemals das Glück haben, Euer Gesicht zu sehen", gab er zu. „Ihr seid schön und ich bin gesegnet, dass ich mich nicht in die Schönheit in Eurem Gesicht, sondern in die Schönheit in Eurem Herzen verliebt habe."

„Wie?", fragte Sorcha.

Caden schmunzelte. „Wie ich Euch lieben kann oder wie es kommt, dass ich sehen kann?"

Sorcha hob eine Hand an sein Gesicht und staunte

über das wissende Schimmern in seinen tiefblauen Augen.

Er ergriff ihre Hand und drückte sie. „Ich weiß es nicht, Liebes. Sagt mir nur, dass Ihr mich immer noch wollt, auch wenn ich nicht mehr blind und übelgelaunt wie eh und je bin."

Sorcha erstickte fast an ihrem Lachen und klammerte sich mit unverhohlener Freude an seine Jacke. „A-chaoidh, Caden Mac Swein." *Für immer.* „Ich werde Euch furchtbar lieben bis zu meinem Tod."

Wieder flüsterte er in ihr Ohr: „Versprecht mir, dass Ihr das tun werdet."

„Ich verspreche es!", sagte sie. „Das tue ich doch!"

Jetzt war es an Caden, herzlich und unverhohlen zu lachen, und er drückte Sorcha besitzergreifend an seine Brust wie einen Schatz, von dem er nicht geglaubt hatte, ihn je zu besitzen.

Erst dann erinnerte sich Sorcha an die Frau namens Brighde, die ihr zugeflüstert hatte, und sie musste laut keuchen. „Wo ist sie?"

Caden hielt sie fest. „Wer, meine Liebe?"

„Brighde – ich kenne sie!"

Seine Stimme war ernst. „Fort. Ebenso wie Euer Vater."

Einen Augenblick lang versagte Sorcha die Stimme. Und dann traute sie sich zu fragen: „Tot?"

„Nur Euer Vater, cèol mo chridhe." *Musik meines Herzens.* „Brighde wird an einem anderen Tag zurückkehren, wie sie es seit meiner Jugend macht. Ich weiß nicht, wie sie so jung bleibt, aber sie muss schon steinalt sein."

*Die beiden waren eins: Una und Brighde.* Es gab keine andere Erklärung dafür und da war noch so viel mehr, was es zu sagen gab, aber Sorcha war wie betäubt vor Emotionen.

Langsam löste sich Caden von ihr und ergriff

Sorcha an den Schultern, um sie zu stützen. „Hört mir zu, mo chridhe, *mein Herz*, da ist noch jemand, der mit Euch sprechen möchte, wenn Ihr es erlaubt."

Bevor Sorcha Ja oder Nein sagen konnte, platzte ihr Bruder Aidan mit gehetztem Blick in das Zimmer. „Sorcha!", sagte er. „Dank sei Cailleach!"

„Oder Brighde", murmelte sie und lächelte ihren Bruder zitternd an. Eines Tages würde sie ihm alles erzählen oder vielleicht auch nicht. Wenn Una sich sonst niemandem offenbart hatte, gab es vielleicht einen Grund dafür und Sorcha wagte nicht, sich ihr zu widersetzen.

Sie drängte Caden, sie aus dem Bett steigen zu lassen, stand auf und warf sich ohne Zurückhaltung in die Arme ihres Bruders, ihr Hals war wie zugeschnürt und sie konnte nicht sprechen. Dann erblickte sie Keane über Aidans Schulter hinweg und ließ Aidan los, um den Jüngsten ihrer Brüder zu umarmen. Fürwahr, sie hatte nicht geglaubt, dass sie die beiden jemals wiedersehen würde. Und sie hatte fälschlicherweise geglaubt, dass sie das auch nicht wollen würde, aber seit sie das Tal verlassen hatte, war so viel passiert.

Ihre einzige Klage war, dass Lìli nicht da war, um ihr Wiedersehen zu erleben. Selbst wenn Sorcha hunderttausend Jahre lebte, würde sie nie wieder einen ihrer Geschwister als selbstverständlich erachten. Sie stammte zwar von einem Teufel ab, aber manchmal wurden auch Teufel gesegnet. Padruigs Segen war: Er hatte zwei Töchter mit reinem Herzen und trotzdem war der Mann zu blind, um zu erkennen, dass seine Stärken in ihnen lagen. Eine feine Ironie, da er von einem Mann getötet wurde, dessen Augen ihn getäuscht hatten, und der sich nur daran erinnern musste, dass auch er gesegnet war.

Aidan und Keane versicherten Sorcha, dass es allen gut ging, dass sie besorgt waren und auf Nachricht warteten, aber wohlauf waren. Cailin und Lìli waren im Tal geblieben. Lianae wartete in Dunràth auf Keane. Lael war wieder schwanger und Catrìona wusste gar nichts von Sorchas Martyrium, aber einen Tag vor Aidans Abreise hatten sie Nachricht erhalten, dass auch sie endlich nach elf Jahren ein Kind erwartete.

Sorcha war noch nicht schwanger, aber über so etwas würde sie auch mit ihrem ältesten Bruder nicht sprechen. Doch sie hatte vor, Cadens Lüsternheit bei jeder Gelegenheit weidlich auszunutzen.

Sie lächelte ihren Mann heimlich an und dann geleitete er alle aus dem Zimmer, um Sorcha Zeit zum „Ausruhen" zu geben. Stunden später, als sie Hand in Hand die große Halle betraten, saßen die Gäste aus der Verwandtschaft an den Tischen. Sorcha war kurz besorgt wegen dem, was eventuell aus dem Turm zu hören gewesen war – insbesondere nachdem sie entdeckte, dass sie mit der Anwesenheit des Königs gesegnet worden waren.

Dem geheimen Schmunzeln nach zu urteilen, hatten sie ein wenig zu viel gehört. Obwohl gnädigerweise niemand etwas sagte – insbesondere nicht ihre Brüder – und obgleich Bessie anmerkte, dass Sorcha schon bald einen riesigen Bauch vor sich hertragen würde. Sie hatte vielleicht die Qualität und Menge ihrer Speisen gemeint, aber Sorcha bezweifelte dies angesichts des wissenden Funkelns in ihren Augen.

Das Festmahl an diesem Abend war eine viel ernstere Angelegenheit, trotz all der Ausgelassenheit draußen. Das entfernte Geräusch der Laute und das Dröhnen der Stimmen war in Rònaighs großer Halle nur noch gedämpft. Es war nicht angebracht, weiter zu tanzen und zu singen, wenn ein Mann gestorben war – ganz zu schweigen davon, dass er unabhängig von seinen Sünden immer noch Sorchas Vater war. Während der nun folgenden Unterhaltung erfuhr Sorcha, dass Aidan und Keane wegen eines Missverständnisses zu spät zu ihrem Fest gekommen waren. Sie waren versehentlich mit David zu einer Insel namens Süd Rònaigh gereist, die etwas näher an Skye lag. MacLeod hatte sie persönlich wieder auf den Weg zur Nordsee geleitet. Unglücklicherweise oder vielleicht auch glücklicherweise waren sie erst nach der Konfrontation mit Padruig angekommen.

Was ihren Vater betraf, so hatten sie seine Leiche – seinen Kopf und seinen Körper – an David mac Mhaoil Chaluim übergeben, damit dieser sie seiner Witwe brachte. Padruigs Land und Vermögen fielen nicht an Saundra Caimbeul. Padruig hatte dies selbst mit kühnen Worten vor der Schlacht verkündet. Sie wurden am letzten Abend des Besuchs des Königs in Gänze an Caden überschrieben – im Gegenzug für seine Treue zur Krone von Scotia. Sehr zur Freude der Leute von Rònaigh wurde an jenem Abend die Halle zu früherem Ruhm zurückgeführt. Die Wandteppiche waren sauber. Frische Binsen mit hellgelben Blüten wurde auf dem Boden ausgestreut und jeder auf der Insel kannte den Namen dieser Blüten.

Der Ehrenplatz auf dem erhöhten Stuhl, auf dem einst der große Conn höchstpersönlich gesessen hatte, wurde David mac Mhaoil Chaluim angeboten. Und obwohl sich die Mac Sweins noch an keinen Herrscher gebunden hatten, taten sie dies jetzt und knieten in einer offiziellen Zeremonie, bei der viele Zeuge waren, vor David mac Mhaoil Chaluim.

Im Gegenzug bot David Caden an, die Standarte mit dem Löwen auf Padruigs sieben Steintürmen zu hissen. David räusperte sich und erhob sich, um einen Trinkspruch auf Mac Swein und seine Braut auszubringen.

„Auf Clan Chattan", sagte er. *Der Clan der Katze.* „Mögen Eure Söhne und Töchter Euch zum Ruhm

Eurer Vorfahren erheben." Und um zu beweisen, dass in seinen Adern reines schottisches Blut floss, fügte er hinzu: „Móran làithean dhuit is sìth." *Möget Ihr mit Frieden und einem langen Leben gesegnet sein.*

„Alba gu brath!", sagte die Versammlung gemeinsam, womit man ohne Zweifel meinte: „Auf ewig Scotia!"

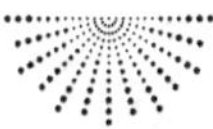

CAISTEAL INBHIR NIS, 5.JUNI 1139

Inbhir Nis war aus rotem Sandstein gebaut, aus dem angeblich auch An Lia Fàil gehauen worden war. Es war eine Metapher für den Niedergang eines Volkes und seine sieben, prachtvollen Steintürme standen jeweils für eines der sieben eroberten Piktenvölker.

Und doch hatte es nicht als Monument der Zerstörung angefangen. Dort an der Mündung des Flusses Ness waren die ersten drei Türme von König Davids eigenem Vater, Malcom mac Dhonnchaidh, errichtet worden, schon bald nachdem Macbeths *caisteal* niedergebrannt worden war. Später erhöhte Padruig Caimbeul ihre Anzahl auf sieben und begann mit dem Bau eines achten Turms, der aber nie fertiggestellt wurde. Sorcha hegte den Verdacht, dass dieser achte für den Niedergang von Dubhtolargg stehen sollte. Und nun, da Padruig es niemals geschafft hatte, das letzte verbliebene Piktenvolk zu zerstören, lag der Turm als Ruine brach, ein unansehnliches Symbol der Anmaßung, die sie und Caden noch in Ordnung bringen mussten. Aber wie ironisch es doch war, dass die Jüngste der Hüter jetzt die Herrin eines *caisteals* war, welcher das Ende ihres Volkes zelebrieren sollte. Padruig war so von ihrer Zerstörung besessen gewesen, dass in seinem Zorn über ihre Ausdauer Dämonen von ihm Besitz ergriffen hatten.

Und doch hatte alles nichts genützt.

Sorcha hätte ihm sagen können, dass sein Monument fehlerhaft war. Der echte Schicksalsstein bestand nicht aus rotem Sandstein, sondern aus einem dunkleren Stein wie die Klippen von Rònaigh. Der falsche Stein von Scone war eine Replik, die aus dem roten Stein aus den nördlichen Highlands zwischen Loch Ness und der Nordküste von Caithness gehauen war. Aber jetzt war der Stein wieder in die Erde, aus der er einst gehauen worden war, zurückgekehrt, ähnlich wie ein schwarzes Sandkorn unter dem *Am Monadh Ruadh*.

Eines Tages würden sie und Caden den Hof von den Trümmern befreien und einen Springbrunnen bauen wie der, der einst im Hof von Lilidbrugh gestanden hatte. Vor ihrem Untergang war die Stadt der alte Sitz von Fidach, dem Herzen von Sorchas Leuten, gewesen, als ihre Ländereien noch die Namen von Cruithnes Söhnen trugen – Cat, Fidach, Ce, Fotla, Circinn, Fortriu und Fib. Ihre eigenen Leute waren Fidach bis zu dem Tag treu, als sie den Stein stahlen und in die Berge flohen, wo sie ihre Bündnisse aufgaben. Aber Padruig konnte mit Sicherheit nur gewusst haben, dass die dún Scoti von ihrer Herkunft Pikten waren. Alles andere war ein Geheimnis, das mit Sorchas Leuten sterben würde.

Sorcha selbst hatte ein lebenswertes Leben. Sie und Caden hatten nun zwei Töchter.

Ein knappes Jahr nach ihrer Hochzeit bekam sie ein kleines Mädchen. Im folgenden Jahr zu ihrem ersten gemeinsamen Weihnachtsfest auf *caisteal* Inbhir Nis gebar sie noch eins. Und jetzt war sie wieder schwanger und obwohl sie um einen Sohn betete, hatte sie so eine Ahnung, dass es eine weitere Tochter werden würde.

Fast zwei Monate waren vergangen, seit Caden nach Carlisle beordert worden war.

Als Zeichen der Verbundenheit hatten Davids Barone und all seine Grafen ihn nach Durham begleitet, wo er sich mit Stephens Frau Matilda von Boulogne getroffen hatte. Sogar Aidan hatte sich als großes Zeichen des Vertrauens in den König Scotias dazu herabgelassen und für seine Bemühungen gewann David alle Streitpunkte, die nötig waren, um die Zwistigkeiten mit England zu beenden. Für Sorcha hatten all diese Kleinkriege keine Bedeutung. Sie verstand Dinge, die selbst der König von Scotia niemals wissen würde. Sie wusste beispielsweise, wo der echte Schicksalsstein begraben war. *Nicht in Scone.*

Leider würde weder David noch sonst irgendein König jemals für seine Krönung auf dem Stein sitzen. Er war wie Una für immer für Scotia verloren. Aber Sorcha hielt all die kleinen Erinnerungen der Mutter, die sie niemals gehabt hatte, in Ehren und versteckte sie sicher in ihrem Herzen.

Was Scotia betraf ... so würde die Einheit eine flüchtige Freude ohne den gesegneten Stein sein, aber Sorcha war froh, dass sie zumindest eine Zeit lang Frieden erleben würden. Ach, die Entscheidung über das Schicksal lag nicht in den Händen der Menschen.

Während Sorcha an diesem Abend auf die Rückkehr ihres Mannes, des Lairds, wartete, begab sie sich auf ihren Rundgang durch den *caisteal*, um sicherzustellen, dass alles in Ordnung war, bevor sie die Treppe zum Kinderzimmer hinaufging.

Es war ein größerer *caisteal* als Dunrònaigh mit

einem Haushalt mit doppelt so vielen Leuten wie auf der ganzen Insel Rònaigh, aber sie hatte Afric, um ihr zu helfen, während Bessie und Alec zurückgeblieben waren, um sich um Rònaigh zu kümmern. Am besten war, dass Sorcha nur eine zweitägige Reise von Dubhtolargg entfernt war. Wenn sie ihre liebe Schwester vermisste, brauchte sie nur ihre Kinder zu rufen und sich auf den Weg zu machen. Aber Caden billigte solche unbegleiteten Reisen natürlich nicht und allein ging Sorcha solche Risiken nicht mehr ein, nicht mit zwei kleinen Mädchen und einem weiteren, das unterwegs war. Inzwischen war noch nicht einmal ihre Schwester Lael noch so wagemutig.

Die Kerzen im Kinderzimmer waren bereits gelöscht. In der Mitte des Raums brannte ein Feuer in einem kleinen Kohlebecken und tauchte die Wand in ein warmes, kupferfarbenes Licht. Beide Mädchen lagen zusammen im Kinderbett.

Mit zwei Jahren war Brigit ein blondes Kind mit hellblauen Augen wie ihr Vater. Ihr Wille war zu schwach, um süßen Dingen zu widerstehen, obwohl sie einen starken Willen an den Tag legte, um sich jeglicher Autorität zu widersetzen. Eines Tages würde sie dafür sorgen, dass Sorchas Haar so weiß wie Unas wurde.

Im Gegensatz dazu war Ria ruhig und ausgeglichen und hatte schwarze Haare und sehr grüne Augen. Sie sah Sorchas Mutter ähnlich. Und daher trug sie auch den Namen ihrer Mutter ... Ria ... wie ihre Nichte ... für Riannag und für den Stern, der sie nach Westen geführt hatte in das ferne Land, wo sie sich selbst gefunden hatte und einen Prinzen heiratete.

Das war die Geschichte, die sie ihren kleinen Mädchen erzählte, und auch allen anderen, denn es war eine wahre Geschichte. Ein wenig Vertrauen, ein bisschen Voraussicht und viel Zorn hatten ihr den Weg durch die Wälder von Inbhir Nis den ganzen Weg nach Lochinver freigemacht, dorthin, wo ihr Schicksal sie mit offenen Armen erwartete.

Sorcha schaute auf ihre beiden kleinen Kinder, die friedlich im Bett schliefen, und seufzte zufrieden. Wenn sie aufwachten, würden sie wieder schreckliche Gören sein.

Dankenswerterweise würde Caden am nächsten Morgen zur Frühstückszeit eintreffen. Seine Frau konnte es kaum abwarten. Sie vermisste ihn schrecklich. Aber während Sorcha dastand und überlegte, wie es ihren geliebten Schwestern wohl ging, wurde ihr klar, dass es das Schicksal einer Frau war, zu warten. Trotzdem gab es ihr eine gewisse Gelassenheit, zu wissen, dass sie Stützpunkte in ganz Scotia hatte. Lianae in Ailginshire. Lael auf Keppenach. Catrìona in Chreagach Mhor. Lìli in Dubhtolargg. Und schließlich und endlich Cailin in Carlisle, wo Cameron dem König als Leibwache diente. Ab und zu sah Sorcha sie an Davids Hof, aber nun schon seit einiger Zeit nicht mehr.

In dem Augenblick klopfte es an die Kinderzimmertür. „Herein", sagte sie.

Ein Diener trat ein und schaute verlegen. „Mylady, unten ist eine alte Frau, die behauptet, dass sie etwas für Euch aufbewahrt."

„Eine alte Frau?" Sorcha wurde leicht ums Herz wie jedes Mal, wenn sie hoffte, Una zu sehen. Seit jenem Tag vor drei Jahren, als sie Caden geheiratet hatte, hatte sie die Frau namens Brighde nicht mehr wiedergesehen. Der Schicksalsstern kam und verschwand und war nie wiedergekehrt und so hatte sich jegliche Spur von Brighde und von Una verloren. Sorcha hoffte so sehr, sie wiederzusehen, aber sie war wirklich und wahrhaftig fort ...

Als sie den Ausdruck auf Sorchas Gesicht sah, sagte

die Dienerin: „Entschuldigt die Störung, Mylady. Soll ich sie wegschicken?"

„Nay", antwortete Sorcha. Sie legte einen Finger auf die Lippen und hoffte, ihre Töchter nicht zu wecken. Dann deckte sie sie besser zu und schaute noch einmal auf sie herab. Sie hauchte ihnen einen Kuss zu und eilte zur Tür. Als sie diese hinter sich geschlossen hatte, fragte sie das Mädchen im Flur: „Hat die Frau noch etwas gesagt?"

„Nay, Mylady. Sie sagte nur, dass sie mit Euch sprechen wollte."

„In Ordnung. Bitte führt sie in die Halle. Ich kümmere mich sofort um sie."

„Aye, Mylady", antworte die Dienerin und eilte davon.

*Konnte es Una sein? Endlich!*

Sorcha atmete tief durch und versuchte, ihre Aufregung zu unterdrücken. *Wer sonst würde sie zu einer solch seltsamen Stunde besuchen?* Außer, wenn es Nachrichten von Caden gab? Aber die Angelegenheiten in Durham waren erledigt und der ganze Haushalt kannte ihre Schwestern und wenn es eine von ihnen wäre, hätte das Mädchen dies gesagt.

*Wer konnte es sein?*

Sie hielt inne, als sie die Halle betrat, wo eine fremde Frau am Podium stand. Die Dame war nicht Una. Und auch nicht Brighde.

Sorcha schluckte ihre Enttäuschung hinunter und ging mit erhobenem Haupt weiter. „Seid willkommen", sagte sie freundlich. „Ich bin die Herrin von Inbhir Nis." Keine Jungfrau mehr, aber das ärgerte sie überhaupt nicht. „Was kann ich für Euch tun?"

Die Frau wandte sich zu Sorcha und lächelte. „Hallo Sorcha", sagte sie. „Ihr kennt mich nicht, aber ich weiß, wer Ihr seid. Ich bin Uhtreda."

„Uthreda?"

Es war unmöglich, zu sagen, wie alt die Frau sein könnte. Je nachdem, aus welchem Blickwinkel Sorcha ihr Gesicht betrachtete, war sie entweder um Jahre älter oder jünger. Aber für eine alte Frau war sie recht schön mit dunklem Haar und hellblauen Augen. Sie trug ihr Haar wie ein junges Mädchen in Zöpfen mit eingeflochtenen goldenen Bändern. Auch ihr Kleid war gut gearbeitet und von winzigen Goldfäden durchwirkt.

„Ich bin mit Lianae befreundet."

*Keanes Frau.* Sorcha hob ihr Kinn und überlegte, wer sie sein könnte. Lianaes Mutter und ihre Schwestern waren schon lange tot. Sie hatte nur eine Tante, die sie nicht besonders mochte. Sie hatte sonst noch zwei Brüder, Graeme und Lulach, wobei sie ersteren liebte und letzteren verabscheute.

„Mein Sohn ist der Earl von Moray", erklärte die Frau. In einer Hand hielt sie einen kleinen Beutel aus einem Material, das zu ihrem saphirblauen Gewand passte. Der Earl von Moray war ein mächtiger Mann und außerdem die rechte Hand des Königs. Nichtsdestotrotz hatte Sorcha so eine Ahnung, dass die Frau nicht im Namen ihres Sohnes gekommen war. „Aye", sagte Sorcha. „Ich weiß, wer Ihr seid, Lady Uhtreda. Bitte tretet ein."

„Wie freundlich Ihr doch seid", erwiderte die Frau. Sorcha führte sie direkt in ihr Privatgemach, wo sie sich ungestört unterhalten konnten.

„Was für ein schönes Gemach", sagte Uhtreda. Und das war es auch.

Überall lagen sarazenische Kissen verstreut und die Stühle waren mit Samt aus Paris überzogen; alles war noch von Padruig gekauft worden und so schön es auch war, so hatte Sorcha doch einen bescheideneren

Geschmack. Sie fühlte sich jedoch nicht mehr gezwungen, zu erklären, dass diese Extravaganz nicht von ihr war. Nach und nach hatte sie sich an die Diener, die aufwändigen Wandteppiche und all die goldenen Pokale gewöhnt.

„Danke sehr", sagte sie. „Wie ich gehört habe, hat die vorherige Herrin einige Zeit hier mit ihrer einzigen Tochter verbracht, als diese noch jung war." Sie sprach natürlich von Lìli und ihrer Mutter, aber es war einfacher, dies nicht zu erwähnen. Es war solch eine Tragödie, dass die beiden nie Frieden geschlossen hatten, aber es musste auch gute Zeiten hier gegeben haben, weil Sorcha immer noch Lìlis Freude spüren konnte.

Die beiden Frauen saßen bis spät in die Nacht zusammen und Uhtreda unterhielt Sorcha mit Geschichten über ihren Vater, Gospatric, und über ihren berüchtigten Vorfahren, Uhtred den Kühnen, die beide Könige von Northumbria gewesen waren. Aber natürlich unterließ sie es, anzumerken, dass sie auch mit dem gefallenen Duncan verheiratet gewesen war, der König der Schotten gewesen war. Sie war eine adlige Frau mit tadellosen Manieren und obwohl sie eine freundliche Art hatte, spürte Sorcha, dass es einen dunkleren Kern gab. An einem bestimmten Punkt streckte Uhtreda die Hand aus und ergriff Sorchas Finger. Dabei spürte Sorcha so etwas wie einen Ruck, als wäre ein Blitz von einer Hand in die andere übergegangen. Überrascht musste sie keuchen, aber Uhtreda drehte Sorchas Hand um und ließ einen kleinen Edelstein hineinfallen. Dieser kam ihr bekannt vor, aber Sorcha hatten ihn schon lange nicht mehr gesehen ...

Es war der Kristall, der am Griff von Unas Stab angebracht gewesen war – ein kleiner, funkelnder Juwel, der manchmal die Farbe zu wechseln schien. Una behauptete, dass sie so wusste, ob Sorcha und ihre Geschwister die Wahrheit sagten, denn der Edelstein war ein besonderer Stein, der die Farbe entsprechend der Stimmung wechselte.

Sorcha öffnete den Mund, um zu sprechen, aber sie brachte kein Wort heraus.

Uhtredas Stimme war sanft und beruhigend wie ein Bergbach. „Ganz gleich, wie ihr Name auch lautet – Biera oder Brighde oder Merlin oder Una oder Cailleach –, sie wird immer bei Euch sein, Sorcha. Ihr kennt doch das Sprichwort, dass Namen Schall und Rauch sind, oder? Erzählt mir doch, ob Ihr das Buch aufgehoben habt, Liebes?"

*Wie konnte sie etwas über das Buch wissen?* Sorcha hatte es in ihrer Truhe in ihrem privaten Schlafzimmer zusammen mit ihrem *keek stane* versteckt.

Der *keek stane* war still geblieben seit dem Tag, an dem er ihre Verwandtschaft mit Padruig offenbart hatte. Und der *grimoire* … Nun, inzwischen hatte Sorcha alle Tränke auswendig gelernt und ab und zu schlug sie etwas darin nach, um sicher zu sein. Aber ansonsten waren die Dinge in das Gewand von Cadens Mutter gewickelt, das Kleid, das sie bei ihrer Hochzeit getragen hatte. Sorcha nickte, konnte aber nicht sprechen.

„Gut", sagte Uhtreda. „Sehr gut." Dann schloss sie Sorchas Hand um den Edelstein. „Behaltet ihn bei Euch, meine Liebe. Eure kostbaren Töchter und Enkelinnen werden dieses Land heilen. Findet gute Männer, die den Namen verdienen und starke Frauen zu schätzen wissen. Lehrt sie so zu sein wie Ihr. Und dann eines Tages …" Ihre Stimme verstummte allmählich, als hätte sie noch etwas sagen wollen. „Eines Tages wird sich der Kreis wieder schließen. Und beim nächsten Mal wird vielleicht alles anders sein."

„Anders?", fragte Sorcha mit einem Blinzeln. „Inwiefern anders?"

Die Frau seufzte inbrünstig und das Wissen in ihren

Augen schien ihre Lider schwer zu machen. „Meine Liebe, die Zeit ist wie ein aufgewickelter Faden", erklärte sie. „Manchmal zieht man daran und das Knäuel wickelt sich anders ab ... versteht Ihr?"

Da sie ihr Leben lang an Unas Prophezeiungen gewöhnt war, nickte Sorcha. Sie vermisste ihre Mentorin so sehr und schaute in Uhtredas verschwommene blaue Augen und spürte eine Verwandtschaft mit der alten Frau. Dann war der Besuch plötzlich zu Ende, denn ein Horn ertönte und der gesamte *caisteal* geriet in Aufruhr.

Uhtreda lächelte. „Euer Herr ist zurückgekehrt", sagte sie. „Ihr müsst gehen und ihn begrüßen und ich muss zurück nach Moray, um auf meinen Sohn zu warten. Diese Männer", sagte sie klagend, „was würden sie ohne eine starke Frau, die sie führt, tun?"

Sorcha wusste, was sie tun würden. Sie erinnerte sich, wie ihr Ehemann und Alec Dunrònaigh geführt hatten – nämlich überhaupt nicht. Sie erwiderte das Lächeln der Frau, legte eine Hand auf ihren Bauch und erhob sich. „Es wird ein Mädchen", bestätigte Uhtreda.

„Ich weiß", sagte Sorcha lächelnd. Dann wünschte sie der Frau eine gute Nacht, bot ihr ein Zimmer zum Schlafen an und ging ihren Mann, den Laird, begrüßen. Caden war bereits im Hof, als Sorcha kam, und sie stürzte in seine Arme. „Endlich!", rief sie.

Ihr Mann legte seine Arme um sie und küsste sie. Er roch nach Regen, Pferden und Schweiß und tagelanger Reise, aber es war der einzigartige Duft ihres Mannes, der sie vor Verlangen erzittern ließ. „Ich gehe davon aus, dass Ihr mich vermisst habt, Frau?"

„A-chaoidh", flüsterte sie, was so viel bedeutete wie auf immer und ewig. Und sie neckte ihn: „Auch Ihr scheint den Weg unbeirrt zurück in mein Bett zu finden", sagte sie und wiederholte die ersten Worte, die

Caden zu ihr gesagt hatte, als sie nach dem Verrat ihres Vaters erwachte. „Und dafür bin ich nur dankbar."

Er hob beide Augenbrauen. „Wie dankbar?"

Sorcha nahm ihn an die Hand. „Nun, mein Laird. Warum lasst Ihr mich es Euch nicht zeigen?"

Und das tat sie. Sie tat es immer wieder bis ans Ende ihrer Tage.

Liebe Leser und Leserinnen, die Geschichte ist nun erzählt – zumindest, was die Hüter betrifft. Es gab so vieles, was mich dazu inspirierte, diese Reihe zu schreiben, und Schottlands Vergangenheit ist die ideale Grundlage. Ich habe nach besten Kräften sowohl Geschichte wie auch Legenden in meine Romane einfließen lassen. Beachten Sie jedoch bitte, dass es das Privileg des Autors ist, die Vergangenheit zur Unterhaltung seiner Leser und Leserinnen zu ändern. Aber nicht alle geänderte Geschichte ist automatisch falsch ...

Ich bin ziemlich sicher, dass sie inzwischen herausbekommen haben, dass der Stern, dem Sorcha gefolgt ist, der Halley'sche Komet ist, der ungefähr alle vierundsiebzig bis neunundsiebzig Jahre erscheint. In dieser Geschichte ist er ein wenig früher gekommen (die tatsächliche Erscheinung war im Jahr 1145). Jedes Mal, wenn er erscheint, bestimmt seine Nähe zur Erde, wie lange er am Himmel zu sehen sein wird und ob er mit bloßem Auge auszumachen ist.

Um den An Lia Fàil, auch bekannt als der Schicksalsstein oder der Stein von Scone und von einigen auch als *clach-na-cinneamhain* bezeichnet, ranken sich viele Legenden. Im Laufe der Geschichte wurde er gestohlen, versteckt, man machte sich damit aus dem Staub, er wurde unter Thronen versteckt und bis heute kann keiner sagen, wo der echte Stein sich befindet und welcher es ist. Es gibt einen Bericht aus dem neunzehnten Jahrhundert über zwei Jungen, die einen Erdrutsch am Dunsinane Hügel in der Nähe eines uralten Forts, das als Macbeths Burg bezeichnet wird, erforschten (dies ist der ursprüngliche Name von *caisteal*

Inbhir Nis oder Inverness). Dort entdeckten die Jungen eine Spalte und eine Höhle, in der sie auch einen geheimnisvoll geschnitzten schwarzen Stein fanden. Jahre später wurde die Höhle wiedergefunden und dort nicht nur der fragliche Stein, sondern auch zwei plakettenähnliche Tafeln. Der Stein wurde nach London zur Untersuchung geschickt und nie wiedergesehen. Wahre Geschichte. So viel zu originellen Verschwörungen!

Noch ein Wort zu Cadens Erblindung: Der alte Name dafür ist hysterische Erblindung. Der moderne Name ist Konversionsstörung und sie tritt auf, wenn eine Person ein unerträgliches Trauma erlebt. Es gibt kein eindeutiges Heilmittel, da es eine Störung ist, die vorwiegend psychologisch ausgelöst wird. Die Erblindung kann vorübergehend sein, also Tage, Monate oder Jahre dauern oder dauerhaft bleiben, obwohl die Entfernung von Stress und Auslösern zu einer vollständigen Heilung führen kann. Es gibt so viel, was die Medizin nicht weiß, aber beispielsweise hat Johanniskraut fantastische Eigenschaften, um Stress abzubauen, und ich würde sogar so weit gehen und behaupten, dass es eine Art von „Körper und Seele“-Medikament ist, um mit viel gutem Glauben diese Störung zu heilen.

Und nun zur Insel Rònaigh: Heute heißt die Insel North Rona und obwohl sie sich geographisch dort befindet, wo ich es beschreibe, ist sie doch etwas kleiner. Aber für eine winzige Insel hat sie eine gewaltige Geschichte. Sie war jahrhundertelang bewohnt, wenn auch in viel geringerem Umfang, als ich es im Buch angedeutet habe, und wurde im siebzehnten Jahrhundert verlassen, nachdem von der Pest infizierte Ratten die Krankheit nach einem Schiffbruch angeblich auf die Insel brachten. Eine Geschichte erzählt, dass das ganze Dorf tot aufgefunden wurde, wobei sie an ihren Tischen saßen und in ihren Betten lagen.

North Rona steht nun unter Naturschutz. Für mich hört es sich immer noch wie ein magischer Ort an mit Seehunden, Seevögeln und Ruinen auf der ganzen Insel. Die *Grotte des Riesen* existiert ebenfalls, wie auch die Ruinen von St. Ronan, ein Mönch aus dem sechzehnten Jahrhundert, der irgendwie auf einer winzigen Insel in der entfernten Nordsee gelandet ist – warum? Nun, ich möchte gern glauben, dass da draußen im All tatsächlich Feenstaub ist und dass er, wie die Essenz unserer Geschichten, ansteckend ist. Leider existieren all diese Charaktere nur im Kopf dieser Autorin – und nun auch in Ihren. Ich hoffe, dass auch Sie sie im Herzen tragen werden.

Was kommt als Nächstes? Die Geschichte von Malcom MacKinnon! Inzwischen ist er erwachsen und hat sich sehr verändert und nimmt uns mit auf eine Reise in das Grenzland Englands, als zwischen England und Schottland Krieg herrschte. Bis dahin wünsche ich Ihnen frohes Lesen!

Alba gu brath!
(Auf ewig Schottland!)
-Tanya Anne Crosby

# WÖRTERBUCH

Eingefügt für mehr Lesegenuss. Bei den hier nicht aufgeführten gälischen Wörtern ergibt sich die Bedeutung aus der Geschichte an sich. Suchen Sie nach den gälischen Wörtern, die kursiv im Text zu finden sind.

**Am Monadh Ruadh**: die Cairngorms, aber wörtlich genommen die roten Hügel im Gegensatz zu Am Monadh Liath, den grauen Hügeln

**Auerochsens**: große, wilde Rinder, die heute ausgestorben sind

**Bean sìth:** Todesfee

**Ben:** Berg

**Breacan:** Kurzform von breacan-an-feileadh oder echter großer Kilt

**Brollachans:** Ghule

**Corries:** Senke am Zugang zu einem Tal oder an einem Berg

**Crannóg:** hölzerne Behausungen, die den Pikten als Wohnung dienten und oft direkt über einem Gewässer gebaut wurden

**Dwale:** ein Getränk, das aus Nachtschatten und Belladonna gemacht wurde und oft für die Anästhesie verwendet wurde

**Inbhir Nis:** Inverness

*Grimoire:* Zauberbuch

*Keek stane*: ein Sehstein oder eine Kristallkugel

*Loch:* See

*Mormaerdom:* Gälischer Name für das Königreich von Moray

*Mormaer:* Gälischer Name für einen regionalen Herrscher oder Herrscher über eine Provinz

*Qintain:* Teil der Trainingsausrüstung für das Lanzenstechen; oft geformt wie ein Mensch

*Reiver:* ein Räuber oder Plünderer an der englisch-schottischen Grenze

*Scotia:* Schottland, auch bekannt als Alba

*Selkies*: mythologische Kreaturen, die als Seehunde im Meer leben, sich dann aber häuten und an Land menschlich werden

*Sluag:* Gott der Unterwelt

*Tailard:* abwertende Bezeichnung für die ausländischen Engländer, die als Dämonen oder Ungeheuer mit Schwänzen erachtet wurden.

*Targe:* ein runder Schild für die Verteidigung

*Die blauen Männer:* mythologische Geschöpfe, die auch als Sturm-Kelpies bekannt waren

*Die Mounths*: eine Hügelkette am südlichen Ende von Strathdee im Nordosten Schottlands

*Der Minch:* ein Fjord im Nordwesten Schottlands, der die nordwestlichen Highlands und die nördlichen inneren Hebriden von Lewis und Harris in den äußeren Hebriden trennt

*Trews:* enganliegende karierte Hosen

*Uisge-beatha:* Whiskey, wortwörtlich bedeutet es das Wasser des Lebens

*Vin aigre:* Essig oder saurer Wein

*Woad:* ein Färbemittel, das aus der Waidpflanze gewonnen wurde

# ES WAR EINMAL EINE HIGHLAND LEGENDE

Sind Sie neugierig auf Uhtredas Prophezeiung? Haben Sie schon *Es war einmal eine Highland Legende* gelesen? Verpassen Sie nicht die Legende, mit der alles begann. Gehen Sie mit Annie Ross aus dem heutigen Schottland zurück in das Jahr 878 v. Chr., wo sie ihren Platz als Hüterin des Schicksalssteins einnehmen und den Glauben eines mächtigen Highland Chiefs wiederherstellen muss.

*Lesen Sie* Es war einmal eine Highland Legende

# ÜBER DIE AUTORIN

Die Romane von Tanya Anne Crosby standen bereits auf mehrere Bestsellerlisten, einschließlich der New York Times und USA Today. Sie ist bekannt für ihre emotionsgeladenen und humorvollen Geschichten mit den darin vorkommenden ausgefallenen Charakteren. Ihre Romane werden von Lesern und Kritikern gelobt. Sie lebt mit ihrem Ehemann, ihren zwei Hunden und zwei launischen Katzen im nördlichen Teil des US-Bundesstaates Michigan.

*Weitere Informationen:*
Website
Email
Newsletter

WEITERE BÜCHER VON TANYA ANNE
CROSBY

**DEUTSCHE BÜCHER**
**Die Frauen der Highlands**
Eine Frau für MacKinnon

Lyons Geschenk

Ein unverhoffter Antrag

Unbezähmbare Herzen

Die Magie der Highlands

Neue Hoffnung Für MacKinnon

**Die Hüter des Steins**
Highland Fire: Ein Highlander-Roman

Das Schwert des Königs

Für den Laird

Die Jungfrau aus dem Nebel

Es war einmal eine Highland-Legende

**Novellen**
Eine Bescherung für den Herzog
Mit Herz und Hündin

Des Wikingers Preis

Das Verlöbnis

Eine Braut für den Silberwolf

Perfekt in meinen Augen
Geküsst
Glücklich bis ans Ende ihrer Tage

**Romantischer Krimi**

Die letzten Stunden der Florence W. Aldridge

Der Zunge Gewalt

Du sollst nicht lügen

Erlösungslied

# JEWELS OF HISTORICAL ROMANCE

Wenn Ihnen meine Bücher gefallen haben, würde ich Ihnen gern einige andere Autoren empfehlen, die bei Ihnen sicher Anklang finden werden!

Wir gehören einer Gruppe mit Namen "The Jewels of Historical Romance" an, bekannt für erstklassige historische Romane voller Detailreichtum und fesselnder Liebesgeschichten. Klicken Sie einfach auf die entsprechenden Links, um die deutschen Titel auf der jeweiligen. Viel Spaß beim Lesen!

CHERYL BOLEN
BRENDA HIATT
TANYA ANNE CROSBY
CYNTHIA WRIGHT
LAUREN ROYAL
LUCINDA BRANT